오타쿠에게 완벽한 여자는 없다

"HYAKUNEN NO KOI" by Setsuko Shinoda
copyright ⓒ2003 Setsuko Shinoda
All rights reserved.
Original Japanese edition published by The Asahi Shimbun Company, Tokyo.
This Korean edition published by arrangement with
The Asahi Shimbun Company, Tokyo
in care of Tuttle-Mori Agency, Inc., Tokyo through EntersKorea Co., Ltd., Seoul.

이 책의 한국어판 저작권은 (주)엔터스코리아를 통한
일본의 The Asahi Shimbun Company와의 독점 계약으로
도서출판 아라크네가 소유합니다.
신 저작권법에 의하여 한국 내에서 보호를 받는 저작물이므로
무단전재와 무단복제를 금합니다.

오타쿠에게 완벽한 여자는 없다

시노다 세쓰코 지음 ★ 이영미 옮김

디오네

묵직한 오크 문을 여는 순간, 신이치는 왠지 불편한 느낌이 들었다.

니혼바시에 있는 신탁은행 본사 빌딩은 메이지 중기에 프랑스 건축가가 설계한 건축물이라고 한다. 후키누케(건물 내부에 두 층 또는 여러 층을 천장 없이 훤하게 뚫어놓은 구조)라고 착각할 정도로 드높은 로비 천장하며 우뚝 솟은 대리석 기둥들, 소음이 거의 없는 고속 엘리베이터, 그 모든 것이 강력한 위압감을 풍겨 금융관계자 외의 방문객들을 쫓아버리려는 것 같았다.

그러나 신이치가 느낀 불편함은 그런 위압감 때문만은 아니었다. 빌딩 맨 꼭대기 층에 있는 응접실로 안내받아 들어섰을 때 건물의 위압적인 구조와는 이질적인, 몹시 어색한 뭔가가 감지되었다.

그것은 색정적인 향기였다. 실제로 그 그린 노트(막 베어낸 풀이나 나뭇잎 또는 나뭇가지를 연상시키는 상쾌한 향)는 진한 퍼퓸이 아닌 오드콜로뉴였고, 비즈니스 장소에 적합한 상쾌한 향기였지만 신이치에게는 그를 위축시키는 성숙한 여인의 향기처럼 느껴졌다.

"어서 오세요. 여기까지 와주셔서 감사합니다."

여자 하나가 파티션 안에서 모습을 드러내자, 그린 노트 향은 한층 진하게 피어올랐다.

"처음 뵙겠습니다. 오바야시라고 합니다."

여자는 미소를 지으며 가볍게 고개를 숙였다.

"안녕하세요. 바쁘신 와중에 죄송합니다. 잘 부탁드리겠습니다"라며 신이치 옆에서 편집자 아키야마 센코가 명함을 내밀었고, 동행한 카메라맨 미네무라도 자기소개를 하며 명함을 건넸다. 신이치가 조금 늦게 명함을 들고 "안녕하세요. 라이터 기시다입니다"라고 말하려고 했지만 말문이 막혔다.

긴장하면 자기 성姓인 기시다의 '기' 소리가 목에 걸려버린다.

아키야마가 "기, 기, 기……"라고 더듬거리는 신이치의 말을 가로막고, 여자에게 취재에 응해줘서 고맙다는 인사를 거듭했고, 미네무라는 "인터뷰 전에 사진 촬영을 해도 괜찮겠습니까?"라며 삼각대를 펼치기 시작했다.

신이치는 말없이 테이프레코더를 꺼내며 카메라 앞에서 부드럽게 미소 짓는 여자를 훔쳐보았다. 키가 컸다. 굽이 7센티미터쯤 되는 구두를 신어서 더 커보일지도 모르겠지만, 어쨌거나 왜소한 자기가 마주서면 턱 정도밖에 못 미칠 것 같았다. 정장을 입은 허리선은 가늘고 타이트스커트 아래로 드러난 다리는 하이힐 위에 늘씬하게 뻗어 있었다.

신이치는 양복 브랜드나 패션에 관한 지식은 없었다. 그러나 여자가 입은 차콜그레이 컬러의 테일러드슈트가 상당한 고가품이라는 것은 충분히 짐작이 갔다. 안에 입은 흰 셔츠 깃이 눈부시게 빛났다. 옷깃에서 갸름하게 뻗어나온 목과 그 위의 하얀 얼굴이 어스름한 응접실에서 빛을 발하는 것 같았다. 아몬드 모양의 커다란 눈, 가늘고 곧은 콧날. 시뇽(chignon, 뒷머리에 땋아 붙인 쪽머리) 스타일로 올린 머리는 그리스 조각을 연상시키는 목덜미에서 턱에 이르는 라인을 두드러져 보이게 했다.

바스트 샷 촬영을 마친 카메라맨 미네무라가 렌즈를 갈아 끼웠다. 광각으로 잡아 전신을 찍으려는 것이다. 이번 인터뷰 기사에는 필요없겠지만 그는 몸의 선이 아름다운 여자를 만나면 자주 전신 촬영을 하곤 했다. 미네무라가 아니더라도 필요 이상으로 셔터를 누르고 싶어지는 여자이긴 하지만, 신이치로서는 그저 주눅이 들 뿐이었다.

쌍꺼풀 위에 푸른색 아이섀도를 펴 바른 여자나 몸에 꽉 끼는 옷을 입은 여자는 예전부터 대하기 부담스러웠다. 그런데 눈앞에 있는 여자는 파운데이션을 연하게 바른 정도였고, 서른

세 살이라는 나이에 비하면 옷도 머리도 극단적일 만큼 수수했다. 회사는 비즈니스 장소라는 분별력 이전에, 젊어 보이려는 노력은 싸구려 여자들이나 하는 짓이라고 말하는 듯한 여자의 고상한 품위가 엿보였다. 그러나 어디를 봐도 차림새는 수수했지만 전체적인 인상은 숨을 죽이게 할 만큼 화려했다. 신이치는 무의식적으로 뒷걸음질을 쳤다. 화장이 짙지 않아도, 캬바쿠라(단란주점 비슷한 일본의 술집) 종업원 같은 옷은 안 입었어도, 오바야시 리카코는 분명 그가 대하기 버거워하는 타입의 여자였다.

촬영을 끝낸 미네무라가 스피드라이트(사진 촬영용 섬광 장치, 흔히 말하는 플래시)를 정리하기 시작했다. 드디어 인터뷰 시작이다.

여자와 마주보는 소파에 앉자 일본인치고는 빛깔이 옅은 커다란 눈동자가 쾌활한 표정을 띠며 신이치를 바라보았다.

"음…… 저어…… 감사합니다"라며 신이치가 고개를 꾸벅 숙였다. 그 말만으로도 목이 경련이 인 것처럼 꿈틀거렸다.

"회사는 몇 년도에 입사하셨습니까?"

메모를 보며 곧바로 본론으로 들어갔다. 말끝이 떨렸다. 신이치는 결코 인간 자체를 싫어하진 않는다. 다만 공통된 흥미나 화제를 가진 동료 이외의 인간과는 도저히 활기 있는 대화를 나눌 수 없는 것뿐이다. 처음 만나는 사람에게 "야아, 같은 금융기관이라고 해도 일반 시중은행과는 분위기가 완전히 다르군요. 건물도 상당히 품격이 있습니다"라는 식의 잡담부터 꺼낼 수가 없었다.

그러나 인사도 예고도 없이 느닷없는 질문을 받은 리카코는 동요하는 기색이 전혀 없었다.

"90년입니다"라고 침착하고 부드러운 목소리로 대답했다.

"아 네, 90년. 으음 그럼…… 일반 시중은행이 아닌 신탁은행을 선택하신 이유는?"

이건 그야말로 심문 수준이다. 옆에 앉은 편집자 아키야마 센코가 언제든 구조선을 띄울 태세로 사태를 지켜보고 있었다.

신이치는 애당초 기자도 인터뷰어도 아니다. 공학부 출신인 그는 해외 SF소설 번역을 본업으로 삼고는 있지만, 원체 수요가 적은 데다 정평이 나 있는 대가들의 영향력이 커서 일은 거의 없었다. 이따금 당연한 일인 양 초벌 번역 하청을 의뢰받는 경우가 있긴 하지만 그것만으로는 먹고살 수 없었다. 그래서 매뉴얼 번역이나 과학기사 작성 등, 문필 관계 일은 뭐든 닥치는 대로 하면서 서른이 된 지금까지 혼자 힘겹게 살아왔다.

그러나 오늘 같은 인물 취재는 처음이었다. 전부터 간혹 과학기사를 써오던 비즈니스지 《전략 2000》의 편집자 아키야마 센코가 〈상장기업 여성 관리직에게 묻는다. 남녀고용기회균등법 15년〉 시리즈를 맡아줄 수 없겠냐는 얘기를 꺼냈을 때는 물론 거절했다.

"그러지 말고 좀 도와줘요. 하필이면 오늘 마쓰이 씨가 볼거리로 쓰러져버렸어요."

마쓰이는 신이치와 같은 SF 동호회의 남자 선배인데, 현재는 《전략 2000》 및 몇몇 잡지에서 정규 기사를 담당하는 베테랑 라이터였다. 번역만으로는 생계가 어려운 신이치를 못 본 척할 수 없었는지 자신의 담당 편집자인 아키야마 센코를 소개시켜준 인물이기도 하다.

"참 나, 서른다섯 살이나 먹은 사람이 볼거리를 앓다니 기가 막힐 노릇이죠. 남자가 전화기에 대고 죽는 소리를 해대지 뭐예요. 아픈 사정은 이해하지만 이쪽도 지금 죽을 지경이에요. 정말 농담이 아니라니까. 상대방과 사전에 어렵게 약속을 잡아뒀고, 카메라맨까지 구해놓은 상태예요. 우리를 구해줄 사람은 당신뿐이에요."

아키야마 센코가 궁지에 몰린 절박한 목소리로 말했다.

"죄송합니다, 전 그런 일은 정말 자신이 없어요. 히라오카 나오코나 기누타 데쓰코 씨는 어떨까요?"

신이치는 전화기에 대고 고개를 숙이면서 인물 인터뷰를 할 수 있을 만한 라이터 이름을 댔다.

"안 돼요. 그 사람들은 인터뷰는 할 수 있지만, 기사는 우리가 써야 해요."

"그래도 전……."

남에게 이야기는 잘 끌어내지만 도저히 일본어라고 볼 수 없는 문장을 쓰는 사람과 제대로 된 기사는 쓸 수 있지만 다른 사람과 대화가 서툰 사람. 어느 쪽을 고르느냐 하는 순간, 아키야마의 선택은 후자였다. 어쩌면 수입이 적은 자기를 배려해서 일을 주는 건지도 모른다고 신이치는 생각했다.

자신 없는 일인 줄 뻔히 알면서도 끝까지 거절할 수 없었던 이유는 세상의 쓴맛 단맛 다 본 것 같은 중년 편집자에게 은의恩義를 느끼고 있었기 때문이기도 하다.

"상대는 머리가 좋은 사람이니까 괜찮아요. 이쪽의 질문 의도를 충분히 헤아리고 적합한 대답을 해줄 거예요."

아키야마는 그렇게 말하고, 팩스로 오바야시 리카코의 프로필을 보냈다.

'동방신탁은행 국제영업개발부 영업개발 프로젝트 매니저'라는 직책이었다. 도쿄대 이학부 수학과 대학원을 수료하고, 동방신탁은행에 입사, 연금신탁 부서에서 2년간 수리계산과 시스템 설계를 담당한 후 사내社內 유학으로 미국에서 MBA를 취득해 돌아왔다. 현재는 어학 실력과 국제 감각을 살려 국제영업개발부에서 일하고 있다.

경력으로 본 바로는 성별을 따질 수 없는 인재라는 생각이 들었다. 이과와 문과를 넘나들며 활약하는 우수하고 유능한 인재라는 사실이 능히 짐작이 갔다. 게다가 실제로 만나보니 흠 잡을 데 없는 완벽한 용모였다.

"제가 시중은행이 아니라 신탁은행을 선택한 이유는 이쪽 업무는, 예를 들면 연금 부문이나 부동산 부문 등 각각의 영역에 전문성이 상당히 높다는 점 때문입니다. 동방신탁은행이라는 하나의 회사 안에 회사 몇 개가 더 있는 것 같죠. 따라서 전문성 높은 각각의 섹션이 고객과의 관계 속에서 하나의 문제를 다양한 각도에서 철저하게 파악하고, 그 결과 큰일을 이뤄낸다는 즐거움이 있다고 할까요……. 물론 거래하는 금액이 크다는 점도 들 수 있겠죠."

오바야시 리카코는 온화하기 이를 데 없는 미소를 머금고 논리 정연하게 설명했다. 베이지 계열의 오렌지 색 립스틱은 우아하고 아름다웠다.

"아, 그렇군요. 그런데 귀사의 불량채권은…… 아니, 그게 아니다. 으음, 채권 발행에 관해서…… 그러니까 그게……."

신이치는 점점 더 더듬거렸고, 말은 자꾸만 끊어졌다. 공학부 출신인 신이치는 SF 번역이나 사이언스 라이터 흉내는 낼 수 있지만 경제에는 어두웠다. 경제 중에서도 금융 부문은 특히 더 어두웠다. 그러나 신이치가 심하게 당황하고 어리석은 말실수나 실례되는 질문을 해도 오바야시 리카코의 표정은 처음부터 끝까지 평온했다. 신이치는 그녀의 평온함에 자기도 차츰 안정되는 기분이 들었다.

표정이나 말에 과도하게 지성을 드러내는 사람은 자신감이 없는 사람이다. 오바야시 리카코는 자신감에서 배어나온 여유 있는 미소와 성숙한 여자의 섹시함이 몸짓과 표정에 드러나는 사람이었다.

"회의석상에서 논리적으로 공격적인 매니지먼트 이론을 펼치는가 하면, 파티에는 웨이브헤어에 슬릿 드레스로 등장해 카틀레야 같은 빛깔과 향기를 흩뿌린다. 늘 권력 가까이에 있고, 그쪽이 유리하다고 판단하면 언제든 태연하게 '여자'를 연기할 수 있는 여자 모습을 한 남자. 사무실에서 전표 정리로 세월을 보내는 여성의 눈에는 딴 세상 사람이라는 동경과 서글픈 체념을 동시에 불러일으키는 존재다."

신이치는 전에 동료 라이터 기누타 데쓰코가 그렇게 단언했던 파워엘리트 여성이란 바로 이런 사람일까 생각하며 입을 떡 벌리고 오바야시 리카코의 얼굴을 바라보았다.

신이치는 그녀가 아름답다고 느꼈다. 파워엘리트 여성을 몰아세우던 기누타를 필두로 그의 주변에 있는 여자들에게 품었던 경멸과 공포가 오바야시 리카코에게는 전혀 느껴지지 않았다. 그뿐인가, 인터뷰가 진행되어 갈수록 긴장감은 차츰 사라져갔다.

페미니스트 라이터의 말을 인용할 필요도 없이, 신이치에게 오바야시 리카코는 여자가 아니었다. 대체 무슨 생각을 하는지 알 수 없고 논리가 통하지 않으며 하나 더하기 하나가 둘이라는 간단한 논리조차 모르는 '여자'라는 동물. 그들은 겉모습이 그럴듯한 남자에게는 간드러진 목소리로 아양을 떨고, 신이치처럼 키도 수입도 출신 대학 수준도 낮은 남자에게는 경멸의 시선을 보내며, 조금이라도 장소에 걸맞지 않은 태도를 취하면 곧바로 집단으로 우롱한다. 오바야시 리카코는 그런 심술궂고

음험한 '여자'라는 생물이 아니었다.

오바야시 리카코는 시종 싹싹했고 이야기는 논리 정연했으며 대화를 나누는 것도 표면적인 태도에서 그치는 게 아니라 상대의 인격을 진심으로 인정하며 대화를 이끌어나가는 성의와 지성이 넘쳐났다.

"그럼 현재 오바야시 씨가 담당하는 일은 뭔가요?"

"항공기 파이낸스라는 업무입니다."

"비행기?"

신이치는 무심코 메모지에서 얼굴을 들었다.

"네. 항공회사, 예를 들면 전일항공이나 일본항공에서 비행기를 쓰잖아요. 지금까지 항공회사들은 제조업체에서 비행기를 직접 사들이는 케이스가 많았습니다만, 요즘 들어서는 각 사의 기체가 많이 노후되었습니다. 그런데 항공기 성능이 좋아진 만큼 가격도 올랐기 때문에 새 비행기를 구입하는 건 쉬운 일이 아니죠. 예를 들면 점보기 한 대에 1억 달러나 하니까요. 그래서 제조업체와 항공회사 사이에 리스회사가 개입해서, 리스회사가 비행기를 사서 항공회사에게 빌려주는 일을 하게 된 겁니다. 그 리스회사는 일반 투자가에게서 일부 출자를 받고, 대부분은 은행에서 융자를 받는 형태로 설립되는데요. 저희 은행에서도 그쪽 마케팅에 참여하고 있고, 최근에는 항공회사에 자금 대출을 해주기도 합니다."

"아, 네……. 규모가 상당히 큰 것 같군요."

"실제로 관여하고 있으면 큰일이라는 실감은 없지만, 올해에만 23억 달러의 파이낸스 계약이 성립되었으니 그 말이 맞을지도 모르겠군요."

"항공기 성능이 발전한 건 분명한 사실이죠. 점보기만 해도 얼마 전에 견학을 가서 봤더니 글래스 콕핏으로 바뀌어서 깜짝 놀랐는데……."

"글래스?"

리카코가 의아한 표정을 지었다.

"아 네, 조종실이 디지털화되었다는 뜻입니다. 옛날에는 콕핏에 계기판이 늘어서 있었는데 이제는 모두 컴퓨터 화면처럼 바뀌어서 계기가 액정으로 표시되는 형태가 된 거죠."

"그건 무슨 의미가 있나요?"

"다시 말해 소프트웨어적으로 처리할 수 있다는 말이죠. 개발 단계에서는 몇 가지 문제가 있긴 했습니다. 예를 들면 파일럿이 편광렌즈 선글라스를 쓰면 액정 화면과 간섭干涉이 일어나서 전혀 안 보이는 일도 있었죠. 그러나 지금은 그런 문제도 모두 해소되었습니다."

첫 대면, 그것도 동료가 아닌 사람에게 말이 술술 나온다는 사실에 신이치는 스스로도 놀랐다.

"잘 아시네요. 비행기를 좋아하세요?"

"네"라고 대답하는 신이치는 자기도 모르게 미소를 머금고 있었다.

"초등학생 때 프라모델을 만들기 시작했을 때부터 정신을 못 차렸습니다. 전투기 포럼을 보고 있으면 어떻게 저렇게 아름다울까 진심으로 감격합니다. 요코타 기지의 프렌드십 데이에는 꼭 참가하고, 이루마에서 블루 임펄스(Blue Impulse, 항공자위대의 곡예비행팀)의 에어쇼를 봤을 때는 정말이지 뭐랄까…… 가슴이 뜨거워졌다고 할까요."

저주가 풀린 것처럼 말이 술술 흘러나왔다. 그때 테이블 밑에서 누군가 다리를 걷어찼다. 아키야마 센코였다. 쓸데없는 말로 상대 기분을 상하게 하지 말라는 눈빛으로 신이치를 흘겨보았다.

그러나 리카코의 반응은 달랐다. 그녀의 눈은 그때까지의 특권계층 분위기의 침착한 빛을 발하는 게 아니라, 호기심으로 물든 순진무구한 광채로 반짝였다.

"저도 요코타 프렌드십 데이에 가보고 싶었어요."

"아, 비행기 좋아하세요?"라고 물어본 후, 바보 같은 소리를 했다는 사실을 알아차렸다.

항공기 파이낸스 일을 하고 있으니 업무 차원에서 비행기나 기지를 보고 싶어 하는 당연한 것이다.

"잘은 모르지만, 저도 실물 전투기를 보고 싶어요. 볼 수 있나요?"

아키야마는 어리둥절한 표정을 짓고 있었다.

"그럼요. 물론 격납고에 있긴 하지만, F16 같은 건 로프를 치고 설치해 놨으니까요."

"어머, 멋져요. 그게 20미터쯤 되던가요?"

"아뇨, 그건 F15죠. 가격을 낮추기 위해 엔진을 하나만 실어 소형화했기 때문에 15, 6미터쯤 될 겁니다. 그건 조종 스틱이 오른쪽에 있다는 거 아세요? 꼭 조이스틱처럼."

"조종은 어떻게 하죠?"

"일반 비행기와 다르지 않습니다"라며 신이치가 순서대로 설명해주었다.

"조종하실 수 있어요?"

"네. 한때 플라이트 시뮬레이션에 빠졌었는데, 어떻게든 실제 비행기로 날아보고 싶어졌습니다. 그래서 작년에 괌에 있는 비행학교에 가서 경비행기 면허를 땄습니다. 실은 전투기를 조종해보고 싶었죠. 전투기 공중전을 단 한 번만이라도 해볼 수 있다면 그대로 격추되어도 좋습니다."

"자, 이제 슬슬"이라며 아키야마가 날카로운 목소리로 끼어들었다.

"멋져요. 경비행기도 너무 멋져요."

아키야마는 눈에 들어오지도 않는 듯 리카코가 말했다.

신이치는 리카코에게 미소를 지으려 했지만 별빛처럼 반짝이는 그녀의 눈동자를 본 순간, 자기도 모르게 눈을 내리깔았다.

"여객기만이 아니라, 전투기도 실물로 보고 싶어요."

"요코타에 같이 가실래요?"

그렇게 말한 순간, 아키야마가 또다시 발길질을 했다.
"네, 꼭 가고 싶어요."
리카코가 한 치의 망설임도 없이 대답했다.
"공개가 7월 말쯤이니까."
"그럼 세 달이나 기다려야 하잖아요"라며 리카코가 얼굴에 실망의 빛을 드리웠다.
"으음…… 경비행기라도 괜찮으시면……."
"태워주실 건가요?"
"무섭지 않으세요?"
"전혀."
아키야마가 어이없는 표정으로 "이제 슬슬 끝내실까요?"라고 말을 건넸다.
"아 네, 실례했습니다."
리카코는 다시 유능한 여직원의 얼굴로 돌아가 있었다.
"아닙니다. 저희야말로 가당찮은 실례를……"이라며 아키야마가 땀을 닦으며 사과했다.
신이치는 '바쁘신 와중에 시간을 내주셔서 고맙습니다'라는 정중한 인사 대신 "그럼, 이만. 실례하겠습니다"라며 고개를 꾸벅 숙였다.
응접실에서 나온 아키야마가 나지막이 한숨을 내쉬었다.
"와, 정말 놀랐어요. 이런 데서 항공 마니아를 만날 줄이야. 그것도 여성 마니아라니, 처음 봤어요"라고 신이치가 말하자마자 아키야마가 "모자라긴!"이라며 차가운 목소리로 말을 받아쳤다.
"머리가 좋은 거예요."
"확실히 머리가 좋긴 하네요."
"그런 뜻이 아니라 머리가 좋으니까 어떤 사람이든 맞춰줄 수 있다는 말이에요."
"어……."
아키야마는 말뜻을 이해하지 못하고 머뭇거리는 신이치에게 눈길 한 번 주지 않고 엘리베이터에 올라탔다.

다음날 저녁, 구식 컴퓨터를 켠 신이치는 오바야시 리카코에게 이메일이 와 있는 걸 발견했다.
"안녕하세요. 기사는 다 쓰셨나요? 어제는 즐거웠어요. 고맙습니다. 경비행기, 꼭 태워주세요."
신이치는 입을 삐끔거렸다. 경비행기 태워주세요, 경비행기 태워주세요, 라고 몇 번이나 소리 내어 읽었다. 그것은 사교성 언사도 겉치레 인사도 아니었다. 단순히 화제를 맞춰주기 위한 행동도 아니었다. 진심이었다. 그녀는 진심으로 경비행기를 태워달라는 것이다. 그렇지 않다면 이메일까지 보낼 리가 없다.
신이치는 마음속으로 '고맙습니다, 정말 고맙습니다'라며 볼거리로 신음하고 있을 마쓰이에게 두 손 모아 감사 인사를 했다.

'안녕하세요? 언제든 태워드리겠습니다. 이왕이면 맑게 갠 날이 좋겠죠'라고 답장을 보내려다가 곤란한 문제가 있다는 걸 알아차렸다.

신이치는 괌에 있는 비행기 학교에서 경비행기 면허를 땄다. 2주간의 단기 강좌와 느슨한 기준으로 면허를 남발해서 각 방면에서 공격을 받는 미국의 항공학교다. 그러나 일본에서 면허를 취득하려면 수업료가 수백만 엔이 드니 어쩔 수 없었다. 연수입 200만 엔짜리 인기 없는 번역가 겸 사이언스 라이터에게 그만한 돈이 있을 리 없었다.

수업료뿐만이 아니다. 일본에서 비행기를 띄우려면 항공클럽에 들어가야 하는데, 그러려면 또 돈이 든다. 물론 비행기도 없다.

괌은 한 번 비행하는 데 7000엔 정도밖에 안 든다.

그렇지만 이제 갓 만난 여자에게 '비행기 타러 괌으로 가자'고 할 수도 없는 노릇이었다. 신이치는 여자와 해외여행은 고사하고 하코네조차 가본 적이 없었다. 분위기에 휩쓸려 앞뒤 생각 없이 경비행기를 태워주겠다는 말을 지껄인 게 후회됐다.

그때 불현듯 괌에서 연수받을 때 함께 지냈던 룸메이트가 떠올랐다. 지바에 있는 종합병원의 원장이었다.

20대에는 테니스와 골프와 스쿠버다이빙에 열중했고 30대에 들어서서는 스쿠버다이빙을 즐기기 위해 크루저를 사고 면허를 땄다. 30대에 물속을 제패하고 나자, 다음은 하늘을 자유롭게 날아보고 싶어져서 40세 생일을 계기로 바캉스를 겸해 연수를 받으러 왔다는 그의 이야기를 신이치는 괌의 합숙시설 침대에서 들었다.

돈은 없지만 비행기만은 목숨 걸고 좋아하는 항공 마니아 연수생이 대부분인 집단 속에서 부유한 병원 원장은 두드러지는 존재였다. 신이치는 연수생 모두가 싫어하는 그와 같은 방을 배정받아 2주간 같이 지냈는데, 귀국 후 그에게서 전화가 한 번 왔다.

"어이, 어떻게 지내? 실은 내가 오늘 세스나 152를 샀어. 싸구려지. 하긴 뭐, 처음이니까 그 정도도 괜찮겠지. 그런데 일본에 있으니 좀처럼 탈 여유가 안 생기는군. 가난한 사람 한가할 틈이 없다는 옛말이 딱 맞는다니까. 그래서 말인데, 비행기도 너무 방치해두면 여자처럼 토라진다더군. 자네, 혹시 타보고 싶으면 언제든 전화해. 난 오토네大利根 비행장 항공클럽에 들었어. 전화만 하면 금방 탈 수 있게 준비해줄 테니 어려워하지 말고 연락해."

보통 사람이라면 시답지 않은 자기 자랑쯤으로 받아들이고 끝내겠지만, 신이치는 그 말을 진심이라고 생각했다.

일본에서 비행기를 타려면 그 사람에게 빌릴 수밖에 없었다.

곧바로 그의 병원으로 전화를 걸었다. 얘기는 간단히 끝났다. 무슨 낌새를 알아차렸는지 원장은 신이치에게 무슨 일로 경비행기를 타느냐고 물었다.

적당히 얼버무릴 능력이 없는 신이치는 정직하게 자초지종을 털어놓았다.

"결국 여자 작업하는 데 내 비행기가 필요하단 말인가?"

원장이 야유하듯 말했다.

"아니, 그게 아니라…… 그러니까……."

"하늘에는 러브호텔도 없고 손잡고 조종할 수도 없겠지만, 그래도 역시 하늘이 최고지. 구름 위에서 여자 구워삶는 건 누워서 떡먹기야. 이봐, 내 말 명심해. 내려오면 여자가 아직 그 기분에 젖어 있을 때 후딱 해치워버려. 여자란 말이지, 일단 해버리면 내 손에 들어오는 법이야."

거기까지 말하더니 원장의 말투가 갑자기 사무적으로 변했다. 방에 누가 들어온 모양이다. 어쨌든 날짜가 정해지면 연락하겠다는 말을 남기고 일방적으로 전화를 끊었다.

신이치는 서둘러 컴퓨터 앞에 앉아 리카코에게 답장을 썼다.

다음 주 일요일, 소부선 역에서 내린 신이치의 눈앞에 폭스바겐 골프 한 대가 서 있었다. 선글라스를 낀 리카코가 운전석에서 얼굴을 내밀더니 천천히 선글라스를 머리 위로 올리며 미소지었다.

"아, 아…… 안녕하세요……."

신이치는 고개를 꾸벅 숙였다. 도무지 다른 말은 나오질 않았다.

긴장하며 조수석에 올라탔다. 그날은 리카코가 차가 없는 신이치를 비행장까지 태우고 가기로 했다.

리카코는 거의 화장을 안 한 것처럼 보였다. 그러나 언뜻 보기에는 맨얼굴 같은 매끄러운 피부였지만 전에 만났을 때보다 짙은 색 파운데이션을 발라서 그로 인해 연한 갈색의 맨 살결처럼 보인다는 걸 알아차렸다. 연한 갈색 피부는 하얀 스웨터에 반사되어 투명하게 빛났다. 전에 만났을 때보다 훨씬 어려 보이는 까닭은 머리를 올리지 않고 하나로 묶어 오렌지 색 머리끈으로 묶었기 때문일 것이다. 그렇게 꾸미니 세 살 어린 신이치와 같은 또래로 보였다. 그리고 몸에 착 달라붙는 청바지에 감싸인 매혹적인 가는 허리와 긴 다리……

신이치는 그 모습을 흘끔흘끔 훔쳐보면서 뛰는 가슴을 진정시키려 애썼다.

원장이 비행장에서 기다리고 있다가 열쇠를 건네줄 예정이었는데, 그의 모습이 보이지 않았다. 사무실로 들어가자 담당 직원이 원장이 소유한 세스나 번호를 일러주며 열쇠를 건네주었다. 그는 급한 진료가 생겨서 병원 직원이 대신 열쇠를 가져왔다고 했다.

신이치는 '여자란 말이지, 일단 해버리면 내 손에 들어오는 법이야'라는 천박한 말을 하는 남자와 리카코를 대면시키지 않아도 된다는 사실에 마음이 놓였다.

세스나 152는 자전거나 경자동차처럼 비행장 한쪽에 덩그러니 놓여 있었다. 신이치는 신기한 듯 기체를 만지는 리카코를 놔두고 조종석 안을 들여다봤다. 엔진 점화 스위치를 끄고 기체와 계기판을 꼼꼼히 살펴보았다. 비행 전 점검을 마치고, 조종석에 올라탄 후 리카코에게 "타요"라고 말을 건넸다. 리카코가 머뭇거렸다.

손을 내밀었다. 처음으로 와 닿는 리카코의 손은 차갑고 부드러웠다.

"하니스harness 단단히 매세요. 그리고 당신 앞에도 조종 스틱이 있는데, 비행 중에는 절대 만지면 안 됩니다."

신기하게도 말이 술술 흘러나왔다. 리카코는 얌전한 표정으로 "네"라고 대답했다.

프로펠러 주위에 사람이 없는지 확인하고 스로틀throttle을 열었다. 마스터 스위치를 켠 다음 점화키를 넣고 돌렸다.

폭발음 같은 엔진 소리가 울려 퍼졌다. 리카코가 살짝 놀란 표정을 지으며 신이치에게 눈빛으로만 미소를 보냈다.

비행기는 서서히 주기장駐機場에서 활주로로 미끄러져 들어갔다. 일단 브레이크를 밟고 최종 점검을 했다.

신이치는 무전기에 대고 "클리어, 테이크 오프!"라고 말한 후, 스로틀을 힘껏 밀었다.

모터 소리가 커지고 속도계가 50노트를 가리켰을 때, 신이치는 조종 스틱을 앞으로 끌어당겼다. 자그마한 기체가 하늘을 향해 가볍게 솟구쳐 올랐다.

리카코가 함성을 질렀다. 기뻐하며 뭐라고 떠들었지만 엔진 소리가 요란해서 무슨 말인지 들리지 않았다. 즐거워하는 마음은 충분히 전해졌다.

캐노피(canopy, 항공기의 조종석 위에 있는 투명한 덮개) 너머로 파란 하늘이 펼쳐져 있었다. 리카코가 또다시 함성을 질렀다. 아래에 뭔가가 보였을 것이다. 별로 높이 오르지 않았는데도 하늘의 푸름과 광채는 지상과는 현격하게 달랐다. 힐끔 옆을 바라보자 눈이 마주쳤다. 뺨이 발그레하게 물든 리카코가 촉촉한 눈동자로 신이치를 바라보고 있었다.

"당신이 좋아."

신이치가 말했다. 그 말은 모터 소리에 파묻혀서 자기 귀에도 들리지 않았다. 누구 눈치도 안 보고, 아무 두려움도 없이 말할 수 있었다.

"좋아해, 좋아해, 좋아해."

"어……?"

리카코가 의아한 표정을 지었다.

"나랑 사귀어줘요. 땅으로 내려간 후에도…… 가능하다면 영원히."

"네? 뭐라고 한 거예요?"

비명처럼 높고 날카로운 소리로 묻는 리카코의 목소리가 띄엄띄엄 들렸다.

신이치는 웃으며 고개를 저었다.

"당신이 좋아, 이 세상 누구보다 그 누구보다……."

지상으로 내려온 후에도 리카코는 여전히 살짝 흥분된 상태였다.

"마을이 진짜 장난감 나라처럼 보였어요. 가끔 새가 되어 투명한 하늘에 날아가는 꿈을 꾸는데 딱 그 느낌이에요."

눈빛을 반짝이는 리카코에게 신이치가 맞장구를 쳐주었다.

비행장을 떠나 돌아가는 길에는 화제가 아서 C. 클라크로 바뀌었다. 개인적으로 작품 번역을 시도할만큼 좋아하는 작가였는데, 신이치에게는 없는 클라크의 하드커버를 리카코가 가지고 있다고 했다. 신이치는 리카코와 공통된 화제를 비행기 외에 또 하나 발견했다.

말이 나온 김에 곧바로 오다이바에 있는 리카코의 집에 들러 그 책을 빌리기로 했다.

리카코의 본가는 원래 도쿄 스기나미에 있었는데, 외무 관료였던 리카코의 아버지가 정년퇴직을 하면서 부모님은 그 집을 처분하고 와카야마로 이사를 갔다고 했다. 현재는 난키 시라하마 공항 근처의 고원지대에 하얀 테라스로 에워싸인 집을 짓고, 뜰에서 부추와 토마토를 키우며 호화롭고 우아한 전원생활을 즐기고 있는 듯했다.

도쿄에 혼자 남은 리카코는 바다가 내려다보이는 독신자용 고층 맨션에 살고 있었다.

맨션 주차장에서 내린 신이치는 리카코와 함께 그녀의 집으로 향했다. 신이치는 운동화를 신었는데도 자기보다 키가 큰 리카코의 오똑한 코를 올려다보며 원장의 말을 떠올렸다.

"이봐, 내 말 명심해. 내려오면 여자가 아직 그 기분에 젖어 있을 때 후딱 해치워버려. 여자란 말이지, 일단 해버리면 내 손에 들어오는 법이야."

혼자 사는 여자의 집. 신이치는 침을 꿀꺽 삼켰다. 원장을 경멸하면서도 그 말에 주술이 걸려버렸다. 신이치는 강렬하게 번득이는 자기 표정을 들킬까 두려워 눈을 내리깔았다.

엘리베이터에서 내려 똑같이 생긴 문이 늘어선 복도를 걸어가는 동안, 신이치는 너무 긴장한 나머지 목이 바짝바짝 말랐다.

이윽고 리카코가 그중 한 개의 문에 열쇠를 넣었다.

"잠깐만 기다려주세요. 책 가지고 금방 나올게요."

리카코는 그렇게 말하더니 빠끔히 연 문 틈새로 미끄러지듯 들어가 버렸다. 찰칵하고 문 잠그는 소리가 들렸다.

신이치는 자신의 기대가 어긋났다는 사실을 깨달았다. 뭐, 그건 그렇다 치자. 그런데 굳이 문까지 잠글 필요가 있을까. 안으로 들어가는 것까진 바라지 않지만 적어도 현관 입구에서 기다리게 해줘도 되지 않을까.

잠시 후 문이 살짝 열렸고, 리카코는 클라크의 원서를 먼저 내밀더니 이어서 비좁은 문틈으로 빠져 나왔다.

"저어."

신이치가 머뭇거리며 입을 열었다.

"물 좀 마실 수 있을까요?"

다른 뜻은 없었다. 그런 핑계를 대며 안으로 들어가려는 치졸한 의도는 추호도 없었다. 그저 갈증이 났을 뿐이다. 생각해보니 조종을 끝내고 비행장을 떠난 후 오렌지 주스 한 캔도 마시지 않았다.

리카고는 "아, 죄송해요. 금방 가져올게요"라며 또다시 문을 살짝만 열더니 몸을 반만 넣고 신이치를 돌아보았다.

"콜라? 홍차? 청량음료?"

"아뇨, 물 주세요."

"생수 사다놓은 게 없는데요."

"그냥 수돗물이면 됩니다."

"여긴 물맛이 안 좋은데……."

다시 문이 닫히고 자물쇠 잠그는 소리가 들렸다. 신이치는 콜라든 홍차든 청량음료든 페트병에 든 것은 마시지 않는다.

리카코는 냉장고에 늘 그런 것들을 넣어두는 걸까.

그건 그렇다 치고 굳이 자물쇠까지 채우며 경계하는 이유는 뭘까. 자기가 문 안으로 들어서자마자 넘어뜨릴 것처럼 느끼한 눈빛이라도 보냈던 걸까? 아니면, 안에 다른 남자라도 있는 건가? 그런 생각을 하며 우두커니 서 있는데 눈앞에 불쑥 물컵이 나타났다. 원하던 대로 수돗물이 들어 있었다. 미적지근하고 곰팡이 냄새 같은 게 풍겼으며 그녀의 말대로 물맛이 형편없었다.

언뜻 보니 바카라 사의 고급 크리스털 잔처럼 보이는 고블릿(goblet, 손잡이 없는 긴 잔)은 뿌옇게 흐렸고 왠지 기름기가 끼어 있는 것 같았다. 온통 지문이 묻어 있는 느낌이었다. 아무리 수돗물이라고 하지만 좀 더 깨끗한 잔에 내올 수 없나 하는 생각에 고개를 갸웃거리며 물을 마셨다.

고층 맨션 사이에 끼어서 온종일 해가 들지 않는 신이치의 아파트로 리카코가 놀러온 것은 그로부터 일주일 후, 황금연휴가 한창인 때였다.

빌린 책을 돌려주겠다는 이메일을 보내자 리카코가 전화를 걸어 집에 놀러오고 싶다는 말을 꺼냈다.

신이치는 당혹스러웠다.

"가까운 바다 같은 데가 아니라도 괜찮겠어요?"

당연한 일이겠지만, 집에 오겠다는 말을 듣고 신이치의 머릿속에 떠오른 생각은 책과는 전혀 상관없는 일이었다.

"당신 집이면 좋아요"라고 리카코가 되풀이해 말했다.

황금연휴는 어디를 가도 복잡하고 길도 많이 막힌다, 최근에 계속 야근을 해서 외출하는 것보다 집에서 편히 쉬고 싶다고 말했다.

그런데 그 집이 왜 리카코의 맨션이 아니라 하루 종일 해도 들지 않고 창틀도 다 삭은 임대료 3만 엔짜리 자기 아파트가 되는지 이해할 수 없었다. 그러나 그런 곳이라도 오고 싶다고 말해주는 리카코의 마음이 고마웠고, 거기서 생길지도 모를 사태를 떠올리자 신이치는 달콤하고 가슴 벅찬 기대에 현기증이 날 지경이었다.

리카코는 약속한 시각 정각에 도착했다. 지난번보다 조금 깊게 파인 브이라인 스웨터는 가슴 언저리가 아름답게 봉긋 솟아 있었고, 머리띠로 넘긴 긴 머리칼은 허리까지 찰랑이며 물결쳤다.

"선물이에요"라며 건네는 하얀 상자에서 달콤한 버터 향이 감돌았다.

"파운드케이크. 오늘 아침에 구웠어요."

"아니, 이걸…… 손수 구웠어요?"

신이치가 상자를 받으며 리카코의 얼굴을 올려다봤다.

"아 참, 일단 올라오세요."

신이치가 소속해 있는 SF 동호회에는 요리와 과자 만들기가 취미인 여자가 꽤 많았다. 화장기 없고 옷도 소박하며 잘 꾸미지도 않지만 그녀들은 뜻밖에 매우 가정적이었다. 모임이 끝나면 재빨리 재떨이를 비우고 찻잔을 씻곤 했다.

신이치는 그런 여자 동료들에게는 무섭다는 생각이 들지 않았다. 몇 년 전쯤 신이치의 동료로서는 매우 표준적인 타입의 여자—아랫볼이 탱탱하고 도수 높은 안경을 썼으며 통통한 몸에 핑크색 트레이닝복을 입고 다니는—에게 마음이 끌린 적이 있었다. 그녀의 컴퓨터 업그레이드를 도와주었을 때, 감사 인사로 받은 것이 손수 만든 애플파이였다. 그러나 신이치가 머뭇거리는 사이 그녀는 동인지 판매 이벤트에서 말을 걸어온 고등학교 교사와 동거를 시작해버렸고 그의 사랑은 그렇게 덧없이 끝나버렸다.

언뜻 보기에는 동호회의 여자들과는 대조적인 리카코가 그녀들과 마찬가지로 여자다운 모습을 보여줬다는 사실이 신이치는 너무나 기뻤다.

파운드케이크를 자르자 진한 버터 향이 피어올랐다.

"집이 깔끔하네요."

홍차와 케이크를 쟁반에 담아 들고 가자, 리카코가 방을 둘러보며 말했다.

"그런가요……."

방 한쪽 구석에 있는 것은 대학에 들어와 혼자 살게 되었을 때 산 비닐 옷장이고 그 옆에 있는 철제 책상에는 컴퓨터가 올려져 있다. 천장까지 닿는 책꽂이에는 분야별로 나눈 책들이 빽빽하게 꽂혀 있었다. 책장 가운데에 놓아둔 것은 텔레비전전용으로 사용하고 있는 14인치 구식 컴퓨터 모니터와 VTR이었다.

신경질적이라고 할 정도는 아니지만, 신이치의 방은 평소 정리정돈이 꽤 잘 되어 있어서 따로 대청소를 할 필요는 없었다. 그러나 리카코를 맞을 준비는 나름대로 해두었다.

먼지가 쌓인 책장 뒤까지 빈틈없이 청소기를 돌리고, 오래 써서 낡은 시트는 버리고 새것으로 사다 바꾸었다. 책상 위에 꺼내두었던 성인게임 공략법 책은 사전 뒤쪽에 숨기고, 벽에 붙여뒀던 가슴이 큰 애니메이션 캐릭터의 포스터는 떼어서 벽장 속에 넣어버렸다.

리카코가 일어서더니 공략법을 숨겨둔 책꽂이 옆으로 다가갔다. 그리고 바로 아래 칸으로 손을 뻗었다.

"와, 정말 오랜만이다"라며 스타워즈 팸플릿을 꺼냈다.

"에피소드 1, 곧 시작하잖아요. 친구가 뉴욕 출장 가는 길에 보고 온다던데."

"우리도……."

그쯤에서 말문이 막혔다. 로드쇼를 시작하는 여름에 보러 갈 것인가, 아니면 뉴욕까지 보러 갈 것인가…….

팸플릿을 넘기는 리카코는 자기보다 세 살이나 많다는 생각이 안 들 정도로 귀여웠다.

신이치에게도 남자로서의 야심은 있다. 그러나 이럴 때 어떻게 행동하면 좋을지 몰라 막막한 심정은 서른이 된 지금까지도 변함이 없었다. 그는 아직까지 여자의 몸을 만져본 적이 없다. 만지게 허락해준 여자도 없었고 유흥업소에 다니는 취미도, 그럴만한 돈도 없었다. 그런 신이치였지만, 머리가 나빠 보이고 가슴이 큰 여자는 부담스러웠고—게임 속의 여자는 별개로 치고— 화장이 짙은 여자는 불결해 보여서 싫었다. 그리고 핑크색 트레이닝복을 입은 아랫볼이 통통한 여자는 그런 기회조차 없이 끝나버렸다.

신이치는 리카코의 목덜미에 드리워진 머리칼을 손끝으로 들어 올리고, 머뭇머뭇 그녀의 뺨에 키스했다.

"아이, 몰라. 간지러워."

리카코가 웃으며 신이치의 목을 양팔로 감싸 안았다. 뺨이 스치고 곧이어 입술이 닿았다.

다다미 위에 눕히고 나니 5센티미터는 될 것 같은 키 차이도 신경 쓰이지 않았다.

모든 게 너무나 허망했다. 사춘기 후로 십 수년간 터질 듯 팽팽하게 부풀었던 망상이 순식간에 실현되고 말았다. 신이치는 무섭게 요동치던 과도한 기대와 현실과의 낙차에 당혹스러움까지 느꼈다. 게다가 애써 새 시트까지 준비해뒀는데 일은 다다미 위에서 끝나버렸다.

남녀 사이에 뭔가가 있었다는 것은 신이치에게는 결혼을 의미했다. 세 살 연상이라도, 자기보다 5센티미터나 큰 여자라도 애정이 있다면 몸도 마음도 호적도 하나로 묶여야 한다고 소박하게 믿고 있었다.

"무슨 소리야? 섹스 한 번 한 걸로 내 인생을 구속하려 들지 마"라고 리카코는 말하진 않았다.

"호적에 올리겠다고? 그건 전근대적인 풍습이야'라던가 "직장에서는 내 성을 그대로 쓸 거야"라는 말도 하지 않았다.

"결혼…… 해줄 거지?"

신이치가 조심스럽게 말을 꺼내자, 리카코는 대답 대신 땀이 밴 몸을 부딪치며 매달렸다.

"신혼여행은 샌프란시스코가 좋을까?"

신이치가 눈앞에 보이는 새하얗고 풍만한 가슴을 어루만지며 물었다. 아주 잠깐 엎드려 있었을 뿐인데 매끈한 피부에 선명한 다다미 자국이 찍혀 있었다.

"유가와라 정도면 좋아."

리카코가 신이치의 등을 쓰다듬으며 말했다.

"1년에 해외 출장을 열여섯 번이나 다녀. 신혼여행 때까지 해외에 나가고 싶진 않아."

신이치는 정신이 번쩍 들었다. 잠시 잊고 있었는데 그녀는 업계 1위 신탁은행의 엘리트사원이었던 것이다. 입장의 차이를 절실히 깨달았다.

신이치는 어디든 관계없다고 중얼거리며 순간적으로 뇌리를 스쳐간, 주눅이라고도 불안이라고도 할 수 없는 묘한 감정을 떨쳐냈다.

 신이치가 마쓰이에게 '볼거리는 다 나으셨나요? 그건 그렇고, 마침내 저에게도 때가 온 것 같습니다. 결혼하기로 했습니다' 라는 문자를 보낸 것은 그날 밤 한밤중이었다.
 가족에게 전화로 알리는 것보다 마쓰이에게 먼저 보고했다. 《전략 2000》 일을 소개해주고, 의도적인 건 아니었지만 오바야시 리카코의 인터뷰를 신이치에게 양보한 사람이 바로 마쓰이였기 때문이다. 그가 볼거리로 쓰러지지 않았다면 리카코를 만날 수 없었을 것이다.
 마쓰이에게서 곧바로 답장이 왔다.
 '와, 놀라운 소식이군. 축하해. 그런데 상대는 어떤 사람?' 이라는 질문에 신이치는 리카코의 직업과 이름은 물론 가까워진 계기도 다 덮어두고 '세 살 연상의 커리어우먼. 저보다 키가 크지만 비행기를 아주 좋아하고, 아서 클라크의 『지구 원정대』를 원서로 읽는 사람' 이라는 답장을 보냈다.
 신이치는 혹시라도 리카코의 마음이 변하면 파혼이 될 수도 있다는 불안을 지울 수 없어서 상대의 신분을 확실히 밝힐 수 없었다.
 신이치가 신형 하이브리드카 제작 발표를 취재하기 위해 하루미로 간 것은 그로부터 일주일쯤 지나서였다.
 신이치가 메모지를 한 손에 들고 엔진 구조와 차체 재질에 관한 질문을 마친 후 막 돌아가려는 순간, 뒤에서 갑자기 "어라, 다쿠신 아닌가?"라며 불러 세웠다.

돌아보니 히라오카 나오코와 기누타 데쓰코가 서 있었다. 《전략 2000》에서 이따금 라이터들을 모아 특별 팀을 구성해 일을 진행하는데 그 구성원들이었다. 과학기술과 컴퓨터 분야는 신이치가 맡고, 여성 라이터들은 담당자 인터뷰나 일반인들의 목소리를 담아오는 일이 많았다.

같은 팀에 야마자키 신이치山崎真一라는 이름이 같은 라이터가 있는데, 대개는 경제 분야에 강한 그가 주요기사를 쓴다. 그쪽은 성과 이름을 붙여 '야마신'이라 불리는데, 신이치는 '기시신'이 아니라 오타쿠(마니아보다 한 분야에 더욱 심취해 있는 사람을 이르는 말) 신이치, 즉 '다쿠신'이라고 불렀다. 이에 반발해 '오타쿠'라는 호칭은 실례라고 항의한 적이 있었다. 그러자 그녀들은 '매드mad 신이치'라거나 '프리free 신이치'라고 부르기도 했지만, 결국은 다른 구성원들 사이에도 이미 정착한 '다쿠신'으로 돌아가 버렸다.

"흐흠, 뭔가 불온한 소문이 떠도는 것 같던데"라며 기누타 데쓰코가 광대뼈만 두드러진 비쩍 마른 얼굴에 심술궂은 미소를 띠며 다가왔다.

"결혼한다는 말, 사실인가요?"

기누타는 마흔이 넘은 그녀에게는 매우 친숙할 옛 노래의 멜로디를 흥얼거렸다.

신이치가 "저…… 으음……" 하며 머뭇거리자, 나오코가 낮은 코에 걸쳐 있던 안경을 올려 쓰며 물었다.

"연상의 커리어우먼이라면서요?"

"그걸 어떻게 아셨죠?"

조금 놀랍긴 했지만 신이치는 자신이 무의식적으로 빙그레 미소 짓고 있다는 걸 알아차렸다.

"문자 받았으니까 알죠"라고 나오코가 대답했다.

'드디어 우리의 다쿠신이 결혼한다. 상대는 연상. 키 크고 유능한 전문직 여성인 것 같다.'

마쓰이가 그런 내용의 문자를 동료 라이터들에게 보낸 모양이다. 마쓰이가 신이치의 사적인 중대사를 망설임도 조심성도 없이 공개해버린 것이다.

"그건 그렇고 커리어우먼이라니 무슨 일을 하는 사람이죠? 학교 선생님? 프로그래머? 뭐, 어쨌거나 SF 관계자겠지?"

"은행."

신이치는 짧게 대답하고 자리를 뜨려고 했다.

"창구 직원 아가씨?"

기누타 데쓰코가 바짝 따라붙으며 물었다.

"아뇨. 신탁은행. 국제영업개발부 영업개발 프로젝트 매니저."

우와 하는 탄성과 함께 여자 둘이 얼굴을 마주보았다.

"그럼, 경제 전문가?"

"전공은 이학부지만······."

"어디?"

"도쿄대······."

신이치는 두 사람이 동시에 절규하는 모습을 흐뭇하게 바라보았다.

"저어, 좀 물어봐도 될까?"

기누타가 말했다.

"도대체 그런 사람을 어떻게 잡았어요?"

신이치는 "뭐, 그냥"이라고 우물거리며 아이라인을 굵게 그린 기누타의 눈에서 시선을 돌렸다. 그리고 대수로울 것도 없다는 어조로 말을 이었다.

"여자란 일단 해버리면 내 손에 들어오는 법이죠."

망설임도 없이 말이 술술 흘러나왔다.

그렇게 말해보고 싶었다. 일생에 단 한 번만이라도 큰소리쳐보고 싶었다. 신이치만 보면 바보 취급하고 말을 함부로 지껄이는 교만하고 천박한 여자들의 허를 찔러 당황하게 만들고 싶었다.

그 자리의 분위기에 휩쓸려 무심코 내뱉은 말이었는데, '일단 해버리면······'이라는 발언은 그 후 문자에 실려 업계를 활보했다.

다른 남자가 했다면 여성들에게 분노를 사는 말이었을 테고 남성들에게는 불쾌한 언사라는 이유로 경원시되었겠지만, 웬

일인지 신이치의 입에서 나온 말이라는 이유로 극단적으로 차별적인 이 발언도 실소를 사는 데 그쳤을 뿐이다.

'일단 해버리면……' 에 대한 사람들 대부분의 반응은 '대체 어느 정도 수준의 여자가 걸려들었을까' 라는 것이었다.

자신이 동료들 사이에서 '3저(3低, 일류기업에 근무하는 직장여성들이 결혼상대의 조건으로 요구한 '3고(고신장, 고학력, 고수입)' 에 대치되는 용어)' 라고 불린다는 사실을 안 것은 그로부터 얼마 지나지 않아서였다. 버블이 터지면서 겉으로 드러내놓고 3고 남성을 원하는 목소리는 사라졌지만, 기누타 데쓰코, 히라오카 나오코는 물론 다른 여자 동료들도 여전히 그런 가치관을 강하게 품고 있는 듯했다.

신이치는 그러니까 당신들이 결혼을 못 하는 거라고 생각하면서 낮은 코에 주름을 잡으며 웃는 나오코의 심술궂은 얼굴과 무리한 다이어트로 마음까지 비쩍 말라붙은 기누타의 말라깽이 몸을 떠올렸다.

리카코는 그녀들과는 전혀 달랐다. 다른 사람을 쳐다보는 눈은 언제나 상냥했고, 태도나 말씨에서도 인간으로서 그리고 한 남자로서 자기를 진심으로 존경하는 느낌이 넘쳐났다. 조롱 섞인 '3저' 라는 말은 설령 농담이라도 리카코의 입에서는 나올 리가 없었다. '3저' 에 뒤를 이어 '다쿠신의 피앙세는 능력은 있지만, 보통 남자라면 상대도 하지 않을 혼기 놓친 덩치 크고 못생긴 여자' 라는 소문이 퍼졌다.

사랑하는 여자에게 그런 말을 하는 건 도저히 참기 어려웠지만 어차피 품성이 천하고 비열한 무리들이 하는 말이니 상대하지 않기로 했다.

나이나 키 차이는 그렇다 치더라도 리카코의 연수입이 자기의 네 배나 된다는 사실을 신이치가 알게 된 것은 양가에서 약혼 선물을 주고받은 6월이었다. 그리고 학력은 양쪽 다 대학원 수료였지만, 신이치가 스포츠로만 유명한 사립대 출신인 데 반해 리카코는 도쿄대 출신이었다.

신이치는 그런 것은 모두 본질적인 문제는 아니라며 스스로를 타일렀다. 나이도 키도 출신 대학도 인간성과는 관계없다. 수입도 언젠가는 반드시 역전될 날이 올 것이다.

프러포즈에서 결혼까지의 진행 속도는 놀라울 정도로 빨랐다. 9월에 태어난 리카코가 생일이 되기 전에 결혼식을 올리고 싶다고 주장했기 때문이다. 만난 지 4개월밖에 안 되었지만 나이 차이가 세 살일 때 결혼하고 싶다는 리카코의 말이 애처로워서 신이치는 무슨 일이 있어도 그녀의 소원을 들어주고 싶었다.

마침 8월은 예식장이 한가한 시기라 곧바로 예약이 가능했다. 5월 말에 와카야마에 있는 리카코의 부모님 댁으로 인사를 가서 승낙을 받았다. 리카코에게는 남동생이 하나 있는데 상사에 다니는 그는 중국 다롄에서 근무 중이라 누나 결혼식에는 참석하기 힘들다고 했다.

어찌 되었든 서른 중반에 가까운 큰딸의 결혼에 구태여 까다로운 주문을 하지 않겠다고 굳은 결심이라도 했는지, 아니면 마음이 놓인 건지, 리카코의 가족은 결혼 후에 살 집에 관해서도, 신이치의 직업에 관해서도, 결혼식을 올릴 식장에 관해서도 거의 참견하지 않았다.

한편 신이치 쪽은 아버지는 예전에 돌아가시고 어머니는 고향 이바라키에서 장남 가족과 함께 살고 있었다. 이쪽 역시 고정 수입이 없는 차남의 결혼에 왈가왈부할 입장은 아니었다.

결혼식과 이후 생활에 관한 사항들은 젊은 두 사람의 판단에 맡겼다. 그러나 실제로는 신혼살림을 할 집과 예식장 결정은 물론 세탁기 기종 선택까지 모든 준비는 신이치 한 사람의 판단으로 진행되어 갔다.

청첩장을 인쇄할 때나 답례품을 결정할 때도 리카코는 자신의 희망사항을 간단히 전달할 뿐 함께 가지 않았다. 휴일인데도 프랑스어를 잘한다는 이유로 일본을 방문한 거래처 사장 부부의 관광 안내를 맡아야 했기 때문이다.

리카코는 신이치가 고른 답례품이나 세탁기를 슬쩍 쳐다보고 "어머, 멋지다. 마음에 들어"라며 환하게 웃을 뿐이었다.

리카코는 결혼식을 준비할 시간이 거의 없었다. 격무 속에서 결혼식과 신혼여행을 위한 휴가를 확보해내는 게 고작이었다. 그 대신 신이치가 원고를 쓰는 틈틈이 이런저런 일들을 해나갔다. 그뿐인가, 신혼집도 부동산을 같이 돌아보기로 약속한 날,

갑작스러운 출장이 끼어들어서 리카코는 런던으로 떠나버렸다.

신이치는 회사까지 한 시간 이내 거리에 있고 생활하기 편리한 동네면 좋겠다는 리카코의 조건에 맞춰 주택 정보지를 훑으며 홀로 부동산을 돌아다녔다.

수입이 좋은 리카코는 임대료에 관한 조건은 내놓지 않았다. 경우에 따라서는 맨션을 사도 괜찮다고 했다. 그러나 신이치는 임대주택에 임대료는 한 달에 10만 엔 이내 수준으로 결정했다. 연수입 800만 엔인 리카코와 연수입 200만 엔인 자신이 맨션을 구입하겠다고 하면 은행이나 부동산에서 어떤 반응을 보일지 상상이 갔다. 그리고 임대주택이라고 해도 임대료가 비싼 호화 맨션에서 사는 건 자기에게는 너무 과분한 일이란 생각이 들었다. 부자연스러운 일을 하고 싶지도 않았고, 자존심도 허락하지 않았다.

그러나 임대료 10만 엔 수준에서는 니혼바시의 동방신탁은행 본사까지 통근할 수 있는 곳을 찾기 힘들었다. 도심에서 가까운 조건으로 고르면 역이 멀었다. 그렇지 않으면 역까지 가는 버스 편이 나쁘거나 길도 막힌다. 역에서 가까운 집은 특급을 타도 도심까지 50분 이상 걸린다.

혹은 완행만 서는 역이라 도중에 환승하기가 번거로웠다. 그런 조건이 다 해결된 집이라도 막상 가보면 역 앞에 한산한 과일가게와 식당이 한 개씩 있을 뿐, 리카코가 원하는 '생활하기 편리한 동네'라는 조건과는 너무 동떨어졌다.

가까스로 나카노 역에서 15분쯤 걸어가는 곳에서 조건에 맞는 맨션을 찾아냈다. 마지막 기대를 품고 찾아가보니 20년 된 건물 복도 바닥은 콘크리트가 물결치듯 울퉁불퉁하고, 전형적인 결함들이 두드러지는 빈 집이었다. 어둑하고 황량하기 이를 데 없는 분위기는 지금은 사라진 홍콩의 무법도시 구룡성을 방불케 했다.

하루 종일 걸어 다녀 녹초가 된 몸을 이끌고 집으로 돌아왔을 때, 리카코에게 국제전화가 왔다.

"안녕? 지금 막 브렉퍼스트 미팅 끝났어. 회의가 하나 더 있는데, 내 기획안을 낼 예정이야."

생기 넘치는 리카코의 말투 때문이었는지 신이치는 자기도 모르게 피곤하고 언짢은 목소리로 말을 받았다.

"그건 그렇고 집 말인데, 자기가 원하는 곳은 10만 엔 이하로는 못 구해."

"어머, 임대료는 12, 3만 엔이라도 큰 문제될 거 없잖아. 지금 내가 사는 집도 13만 엔이야. 둘이 사는 집이 그 정도면 싼 편이잖아."

리카코가 부드럽고 밝은 목소리로 말했다.

"그야 그렇지만……."

신이치는 입을 실룩거렸다. 말이 나오지 않았다. 마음속 응어리를 어떻게 전달해야 좋을지 몰랐다.

"미안해."

리카코가 불쑥 입을 열었다. 온화한 그늘이 드리워진 목소리였다.

"아……."

"신이치 혼자만 힘들게 해서 정말 미안해."

"아…… 으음……."

울컥 눈물이 솟구쳤다. 순간 자신의 그릇이 너무 작다는 걸 깨달았다.

"아니, 괜찮아. 딱히 그런 뜻으로 말한 건 아니야."

시답잖은 자존심으로 도저히 구할 수 없는 집을 찾아 헤맨 자신의 어리석음을 뼈저리게 실감했다.

"내가 살 집인데 난 아무것도 안 하고……."

"글쎄 괜찮다니까. 그런 건 그때그때 상황이 허락하는 사람이 하면 되잖아, 안 그래? 마음 쓸 거 하나도 없어. 자기는 신경 쓰지 말고 일이나 열심히 해."

"고마워."

전화를 끊은 후에도 한동안 마음속의 온기가 가시지 않았다. 자신이 세상에서 가장 행복한 남자 같았다. 훌륭한 반려자를 만나 번역가의 장래까지 활짝 열릴 것 같은 기분이었다.

다음 날, 임대료를 13만 엔까지 올린 조건에서 찾아보니 조후에 이상적인 맨션이 나왔다. 통근시간에만 열어주는 홈 끄트머리 개찰구를 이용하면 역까지 1분밖에 안 걸리고, 게다가 빌딩 안으로 통과하면 비도 피할 수 있다. 넓은 방 두 개에 거실,

다이닝룸, 부엌이 딸린 집으로 넓이는 70평방미터였다. 북쪽 방의 일부가 다용도실처럼 되어 있어서 신이치의 많은 책들을 수납하기에 딱 좋았다.

리카코가 열흘간의 출장을 마치고 돌아왔을 때, 신이치는 이미 계약까지 끝낸 상태였다.

청소업체에서 막 청소를 끝낸 맨션 12층으로 안내하자, 리카코는 열어둔 서쪽 창으로 근처에 있는 신사를 내려다보더니 "세상에, 너무 근사해"라며 탄성을 내질렀다. 그리고 신이치를 돌아보더니 양 어깨를 꽉 끌어안고 뺨을 대며 말했다.

"멋져, 너무 멋져. 신이치는 내 취향을 어떻게 이렇게 잘 알아? 정말 고마워."

그 말을 들으니 모든 게 풀어졌다. 혼자 머리를 싸매며 정보지를 들척이고, 마감원고에 쫓기면서도 며칠 동안 죽어라 발품을 팔고 다닌 고생을 한꺼번에 보상받는 기분이었다.

결국 리카코가 결혼 준비를 위해 한 일은 영국 메이커 웨딩드레스와 피로연에 입을 칵테일드레스를 주문한 것뿐이다.

집이나 전기제품 구입 같은 중요한 일을 할 시간은 없으면서도 단 한 번밖에 안 입는 드레스를 사는 데 몇 번씩이나 팩스를 주고받는 리카코의 마음을 신이치는 도저히 이해할 수 없었다.

그러나 여름이 끝나갈 무렵 맞은 결혼식 당일, 신이치는 영국제 드레스를 입은 리카코의 모습에 도취되어 넋을 잃고 말았다.

신이치의 친척, 업무 관계자, SF 동호회 동료들도 신부의 아름다움에 숨을 멈췄다.

깊이 파인 네크라인으로 보이는 쇄골과 눈부신 하얀 등, 가는 허리. 그리고 길게 끌리는 드레스 자락은 키가 큰 리카코에게 아주 잘 어울려서 흡사 영화의 한 장면 같았다. 영화와 다른 점은 옆에 서 있는 파트너뿐이었지만, 신이치에게는 신경 쓰이는 일이 아니었다.

리카코의 상사는 '그야말로 재색을 겸비한 아가씨' 라는 찬사를 아끼지 않았고, 친구는 '일도 잘하는 데다 이토록 아름다운 신부 모습을 보여줬으니 우리도 힘을 내야겠다' 는 축하 소감을 발표했다. 그리고 신이치에게는 눈부시게 아름답고 능력 있는 사람, 훌륭한 여성을 신부로 맞았다는 찬사를 보냈는데, 상대가 리카코이다 보니 마음에 없는 접대용 인사말로는 들리지 않았다.

"엄청난 나이스 바디."

촛불 점화식 때 테이블 옆에 서 있던 마쓰이가 귀엣말로 속삭였다.

"미인이군요, 정말 놀랐습니다."

들뜬 목소리로 신이치의 어깨를 두드린 사람은 또 다른 신이치, 야마자키 신이치였다. 그러나 그의 눈은 목소리와는 달리 웃고 있지 않았다.

이 결혼에 대해 무던히도 중상을 퍼부었던 라이터 동료 여자들도 한마디씩 하고 싶었는지 피로연 때 신이치 곁으로 다가왔다.

호텔 연회장을 빌린 피로연인 만큼 정장 차림으로 참석하는 게 상식일 테지만, 기누타 데쓰코는 선드레스 같은 면 원피스를 입고 나타났다. 히라오카 나오코가 입고 온 구슬 달린 블라우스는 앤틱 패션이라고 하면 듣기야 좋겠지만, 간단히 말하자면 헌옷이었고, 게다가 아래는 몸에 착 달라붙는 청바지였다.

다른 여자들도 니트 스웨터나 캐미솔 드레스 같은 격식을 차리지 않은 복장이었다. 에티켓이라는 측면에서 보자면 일부러 그랬다고밖에는 생각되지 않는 옷차림이었다.

잠시 후, 옷을 갈아입은 리카코가 회장에 모습을 드러냈다. 오렌지색 칵테일드레스를 입은 리카코가 회장에 모인 한 사람 한 사람에게 고개를 숙이며 짧은 인사를 건넸다.

기누타와 나오코가 절규했다.

"저 사람이 정말 다쿠신 신부 맞아?"

기누타 데쓰코가 반신반의하듯 신이치에게 속삭였다.

나오코는 놀라움과 못마땅함이 묻어나는 말투로 "아름다운 분이네요"라고 말했다.

"아, 그래요?"라며 신이치가 가볍게 받아넘겼다.

"옷을 이렇게 입고 와서······."

나오코가 그제야 자신의 무례함을 알아차린 듯 말했다.

"그런데 청첩장에는 평상복으로 참석하라고 써있었잖아. 사람 우습게 이게 뭐야."

기누타가 자신의 몰상식은 덮어둔 채 비난 섞인 눈초리로 신이치를 쳐다봤다.

리카코가 그녀들이 있는 테이블로 다가왔다.

"오바야시 리카코입니다. 남편이 늘 신세를 지고 있는 것 같은데, 모쪼록 앞으로도 잘 부탁드리겠습니다. 사이좋게 지내주세요."

온화한 말투로 인사를 건네자, 기누타는 리카코의 아름다움과 지위에 압도된 듯 시선을 피했고, 히라오카 나오코는 비굴한 미소를 띠며 굽실굽실 인사를 했다. 그러더니 "저어…… 나중에 두 분이 만난 얘기 좀 들려주세요"라며 아양을 떨었다.

신이치는 데쓰코의 테이블을 떠나 리카코와 나란히 그녀의 학창시절 친구들이 있는 곳으로 인사를 하러 갔다.

"축하해, 리카코짱. 이제야 한숨 덜었다"라며 신부의 어깨를 두드린 사람은 학부 3학년 때 사법시험에 합격해 현재 변호사를 한다는 오카모토라는 남자였다. 그는 리카코와 같은 이학부에 입학했는데 1학년 겨울에 드라마를 보고 갑자기 변호사가 되겠다는 뜻을 품더니 이과 공부와 병행하면서 학창시절에 사법시험에 합격했다는 기적을 이뤄낸 명석한 두뇌의 소유자였다.

"뺏긴 것 같아 은근히 분합니다"라고 말한 사람은 학창시절 자원봉사자 모임에서 그녀와 함께 가출 청소년 문제에 몰두했다는 재무성 관료 도지마였다. 지방 세무서장을 거쳐 올 봄에 재무성으로 돌아왔다는 얘기를 들었다.

"오바야시한테 번역 일을 하신다고 들었는데, 분야는 어느 쪽인가요?"

오카모토가 신이치에게 물었다.

"소설입니다. SF……."

신이치가 몇몇 작가의 이름을 댔다. 오카모토는 감탄한 표정으로 고개를 끄덕거렸다.

"잘은 모르지만, 격조가 높으시군요."

"번역하는 작품은 직접 고르십니까?"

도지마가 물었다.

"아닙니다. 원서로 읽다 보면 꼭 제 손으로 번역해보고 싶은 작품이 있긴 합니다만, 제 수준에서는 출판사 오케이가 좀처럼 나질 않아서요. 고작해야 유명 번역 작가의 초벌 번역을 하는 정도입니다"라고 신이치가 솔직하게 대답했다.

"겸손하시네요"라고 말한 사람은 리카코와는 세미나 동기로 대형 신문사 정보기획실에서 시스템 설계 일을 하는 남자였다.

"영어라고 해도 우리가 접하는 건 서류나 비즈니스 레터뿐이니 누구나 읽을 수 있는 내용이죠. 그렇지만 소설 번역은 상당히 힘든 일이겠죠. 영어뿐만 아니라 일본어의 문학적 소양과 감각이 필요할 텐데요."

"아, 네에…… 그리 깊이 생각해본 적은 없습니다. 문학적으로 작업하려고 지나치게 힘을 들이면 오히려 독선적인 묘한 번역이 될 때도 있으니까요. 저는 원작자의 의도를 충실하게 헤아려서 일본어로 옮기는 측면에 더욱 역점을 두는 편입니다."

신이치는 자기 전문 분야에 관한 이야기를 할 때는 차분해지고 말도 술술 잘 나왔다.

"그것이 가능하시다니, 기시다 씨는 역시 실력 있는 분이시군요."

변호사 오카모토가 끼어들었다.

"저희처럼 고작해야 실무만 하는 사람들 감각으로는 도저히 참고 읽기 힘든 일본어가 돼버리거든요."

"그럴 리가 있겠습니까."

신이치가 도쿄대 출신 남자에게 품고 있었던 위압적이고 불쾌한 이미지는 그들 누구에게도 풍겨나지 않았다. 모두가 예의 발랐고, 신이치의 번역 일에 흥미와 동시에 경의를 표하는 게 느껴졌다. 이 자리에 리카코의 여자 친구가 적은 까닭은 이학부는 여학생이 극소수뿐이며, 있다고 해도 이미 어린 아이가 있거나 임신 중이라 참석하기 어렵다는 이유에서였다. 그러나 신이치는 그녀의 남자친구들과 대화를 주고받는 사이, 그런 이유 이전에 리카코가 남녀를 불문하고 동등한 우정 관계를 쌓아온 보기 드문 여자라는 사실을 실감할 수 있었다.

어쨌든 신이치는 아내의 동료들이 자신을 인정하고, 나름 경의를 표해주는 데에 만족했다.

유가와라에서 신혼여행을 마치고 신혼 보금자리인 조후의 맨션으로 돌아온 것은 그로부터 나흘 후 저녁이었다.

집 안에는 종이상자들이 높게 쌓여 있고 먼지 냄새가 가득 차 있었다. 이사 온 후 아직 짐 정리를 끝내지 못했기 때문이다.

신이치가 창문들을 열어놓고 돌아오자, 리카코가 종이상자로 둘러싸인 좁은 공간에 여행 가방을 내던지고 나지막하게 한숨을 내쉬며 신이치의 얼굴을 바라봤다.

리카코는 사흘 후에 뉴욕 출장 예정이 잡혀 있었다. 빽빽한 일정 사이에 간신히 짬을 낸 그녀와 가까스로 식을 올리고 신혼여행까지 다녀오긴 했지만, 집안 정리는 손도 못 댄 상황이었다.

신이치가 발돋움을 하며 리카코의 어깨를 두드렸다.

"일단 뭐 좀 먹자. 짐 정리는 한숨 돌리고 나서 시작해도 되잖아."

곧 9시가 되는데 아직 저녁식사 전이었다. 다행히 부엌은 결혼식 전날 신이치가 조리 기구를 갖춰놓고 물 끓이는 주전자도 준비해둬서 곧바로 쓸 수 있는 상태였다.

생각해보니 그것이 두 사람이 마주 앉아 먹는 첫 가정식이었다. 신이치와 리카코는 들어오는 길에 산 오시스시(오사카 지방의 눌러서 만든 초밥. 하코스시라고도 함)를 자르고, 차라도 끓일 생각으로 부엌으로 들어갔다.

부엌칼을 꺼내고 나서야 도마가 없다는 걸 알았다. 신이치가 쓰던 도마는 너무 낡고 지저분해서 이사할 때 버렸다.

"왜 그래?"라고 물으며 리카코가 신이치의 손을 내려다봤다.

"도마가 없어."

"앞에 편의점에서 사오면 되잖아."

리카코가 별일 아니라는 듯 천연덕스럽게 말했다.

"편의점에서?"라고 신이치가 물었다.

"편의점에 도마가 있나?"

"있겠지, 뭐든 다 팔잖아."

"진짜 있을까?"라며 지갑을 꺼내 현관으로 나가던 신이치가 걸음을 멈추고 다시 물었다.

"자기가 쓰던 건 어디 들어 있는지 몰라?"

"도마 같은 건 안 썼는데."

너무나 자연스러운 말투였다.

"그럼 요리는 어떻게 했어?"

리카코가 의아하다는 표정으로 신이치를 바라보았다.

"요즘은 다 잘라서 파니까 부엌칼을 쓴다고 해도 도마까지 필요하진 않잖아."

"그렇긴 하지만……."

하긴 혼자 사는 사람은 양배추를 덩어리째 사봐야 결국 남아서 버린다. 고기나 생선도 작은 조각으로 나눠 파는 게 일반적이니 부엌칼도 필요 없다. 야채도 작은 과도만 요령 있게 잘 쓰면 도마는 필요 없다.

그래도 생선회를 자르는 데는 도마가 필요하기 때문에 신이치는 근처 편의점으로 달려 나갔다. 그러나 나무젓가락이나 종이컵, 유리잔 같은 건 있지만 도마는 없었다. 점원에게 물어보니 학생 아르바이트로 보이는 금발 남자가 "네? 도마요?"라며 깜짝 놀라 소리를 높였다.

소비자에게 편의를 제공하는 가게라는 의미로 컨비니언스 스토어라 불리는 편의점이지만, 도마처럼 컨비니언스하지 않은 물건은 갖춰두지 않는 모양이다. 당연한 일이긴 하다.

신이치는 리카코가 그런 것도 모르나 의아하게 여기며 빈손으로 돌아왔다.

"도마는 없던데"라고 신이치가 말하자, 리카코는 태평스럽게 "어, 그래?"라더니 스테인리스 조리대 위에 포장지를 펼치고 오시스시를 올리더니 셀로판 포장지 위에서 망설임 없이 자르기 시작했다. 도마를 쓰지 않는 생활이 몸에 밴 행동이었다.

신이치가 차를 준비하는 사이 리카코가 냉장고에서 맥주를 꺼내왔다. 그러나 남편이 술을 거의 안 마신다는 사실을 떠올렸는지 다시 집어넣었다.

"아냐, 괜찮아."

신이치가 말을 건네자, 리카코가 웃으며 고개를 저었다.

"마셔도 괜찮다니까. 난 신경 쓸 거 없어."

리카코가 말없이 신이치의 콧등에 집게손가락을 올리더니 입술에 키스했다. 그리고 이내 불이 붙어버렸다. 누구의 인생에나 한 번쯤은 식욕보다 성욕이 앞서는 시기가 찾아오는 것 같다. 신이치에게는 지금이 바로 그때인 것 같았다.

"잠깐, 기다려."

리카코가 오른손으로 오시스시를 접시에 담으면서 왼팔로 신이치의 목덜미를 끌어안았다. 신이치는 층층이 쌓인 종이상자 틈으로 리카코를 끌고 가 끌어안으며 티셔츠를 걷어 올렸다.

리카코가 천천히 내려앉더니 다리로 신이치의 몸을 휘감았다.

"난폭하게 움직이지 마. 산사태 나면 곤란해."

리카코가 장난스럽게 웃으며 첩첩이 쌓인 종이상자를 찔렀지만, 신이치는 이미 그런 걸 제어할 수 있는 상황이 아니었다.

정신없이 리카코의 바지를 벗기고, 꼭대기 종이상자가 머리 위로 떨어질 위험이 있다는 것도 잊은 채 무아지경으로 움직였다.

리카코는 깔깔 웃으며 창을 열어둔 것도 잊은 듯 소리를 질렀다.

잠시 후 리카코는 힘없이 널브러진 신이치를 남겨두고 재빨리 일어섰다. 여기저기 벗어던진 옷들을 주워들고 욕실로 향했다. 신이치는 실오라기 하나 걸치지 않은 그녀의 뒷모습을 넋을 놓고 바라보았다.

저급한 주간지 표지나 플레이보이 화보에서나 볼 수 있는 빵빵한 S라인과 높은 허리선을 지닌 볼륨 있는 몸매였다. 그런 여자가 자기 아내라는 사실이 아직도 믿기지 않았다.

리카코가 목욕수건을 몸에 두르고 욕실에서 나오더니 여행 가방을 들고 다시 안으로 들어갔다.

"뭐해?"

"빨래."

"세제 어디 있는지 알아?"

"괜찮아, 내가 쓰던 거 가지고 왔어."

리카코가 서두르는 기색도 없이 세탁기 있는 곳으로 걸어가며 대답했다.

어슬렁어슬렁 그 뒤를 쫓아간 신이치는 고개를 갸웃거렸다. 리카코가 꺼내온 것은 모직물이나 실크 전용 세제였다.

"그걸 쓸 생각은 아니지?"라고 신이치가 묻자, 리카코가 의아한 표정을 지었다.

"왜? 난 늘 이걸로 세탁하는데. 이거 세제 맞잖아."

"합성계면활성제라는 점에서는 다를 바 없지만."

"고급의류 세제라고 써 있으니까 이걸로 세탁하면 어떤 옷이든 안심할 수 있잖아."

"으음…… 그래도 내 티셔츠나 속옷은 이걸로 세탁해"라며 신이치가 일반 세제를 건네주었다. 그건 그렇고, 라이터 동료 중에 머리나 옷, 식기에 이르기까지 뭐든 비누로 씻는 환경주의자가 있긴 해도, 면 티셔츠까지 모나 실크 전용 세제로 세탁하는 사람은 난생처음이었다.

다음날은 일요일이었지만 한가하게 보낼 여유는 없었다. 역앞 백화점에서 도마를 사온 후, 종이상자가 공간의 절반을 차지한 방에서 친척과 친구들에게 보낼 신혼여행 선물과 짐을 정리하고 감사 편지를 쓰느라 하루 종일 쫓겼다.

시작하기 전에는 대수롭지 않게 여겼는데, 막상 시작하고 보니 주소록 기입이 제대로 안 되어 있거나 깜빡하고 선물을 안 사왔거나 포장이 뜻대로 되질 않아서 상당히 힘이 들었다.

저녁때가 될 때까지 다 끝나지 않아 조금 지쳐 있을 무렵, 이바라키에 계신 신이치의 어머니가 전화를 했다. 신이치는 통화를 하다 리카코를 바꿔주었.

"어머, 어머님…… 네에, 덕분에요. ……아니에요, 어머님이야말로 피곤하지 않으셨어요? ……온천물이 너무 좋아서 푹 쉬다 왔어요. 다음에는 어머님도 꼭 함께 가세요. 네? 아니에요, 신혼 나이도 아닌걸요. 걱정하지 마세요. 네, 네에, 아 네, 그럼요. 네……? 사진이요? 알겠습니다. 바로 보낼게요. 제가 워낙 게을러서 그래요. 정말 죄송합니다…… 어머님도 건강 조심하세요. 형님 내외분에게도 안부 전해주시고요."

젊은 여자는 흉내도 낼 수 없는 완벽한 대응이었다.

정중하게 수화기를 내려놓은 직후였다.

"지겨워. 더는 못 참겠어!"

리카코가 난데없이 손에 들고 있던 선물을 마룻바닥에 내동댕이치며 소리쳤다.

"어…… 저어……."

신이치는 말문이 막혀 우물거리며 가까이 다가갔다.

"왜, 왜, 왜 그래? 어머니가 기분 상하는 말이라도 한 거야?"

리카코가 말없이 입술을 깨물었다.

"미안해, 어머니가 시골 분이다 보니 말투가 기분 나쁘게 들렸을지 모르지만, 속마음은 그런 게 아닐 거야…… 이바라키 사투리 억양이 원래 좀 강해. 화를 낸 게 아니라 그냥 보통으로 한 말이야."

당황해서 어쩔 줄 몰라 하는 신이치 앞에서 리카코가 갑자기 눈물을 흘리기 시작했다.

"당장 내일모레부터 출장이란 말이야."

"응, 알아…… 알고말고."

"출장 준비할 것도 한두 가지가 아니라고…… 정장이니 가방이니 몽땅 종이상자 안에 처박혀 있잖아. 지금 이딴 거 할 시간 없단 말이야. 결혼식 사진 빨리 보내라고 하시는데, 선물도 보내야 하고 감사편지도 써야 하잖아. 대체 나보고 어쩌라는 거야!"

목소리가 갈라졌다.

"알았어, 알았어. 어머니가 결혼식 사진 보내라고 한 거지? 친척들이 빨리 달라고 성화를 한 모양이군. 시골이란 데가 원래 그렇게 시끄러워."

리카코는 눈물을 멈추지 않았다.

"미안, 미안. 나쁜 의도로 한 말이 아니래도."

신이치는 리카코의 머리를 두 손으로 감싸 안고 진정시켰다.

"짐 정리도 사진도 내가 다 알아서 할 테니까, 자기는 얼른 출장 준비나 해, 어서."

리카코는 무슨 말인지 알아듣지도 모를 소리를 지르며 신이치의 빈약한 가슴에 얼굴을 파묻고 흐느껴 울었다. 그렇게 10분이나 울더니 겨우 마음이 가라앉았는지 혼자 자기 방으로 들어갔다. 살짝 들여다보니 코를 훌쩍이며 종이상자 속에서 서류가방과 여권 등을 꺼내 확인하고 있었다.

신이치는 무슨 영문인지도 모른 채, 조금 전 리카코가 바닥에 내던진 과자상자를 집어 들었다. 상자 모서리가 찌그러져서 다른 사람에게 보낼 수 없는 상태였다.

온화한 성격에 유능하고, 게다가 균형 잡힌 완벽한 몸매에 탁월한 미인. 그것뿐만이 아니다. 둘이만 있을 때는 이 세상 누구보다 사랑스러운 여자였다.

심지어 조금 전 우는 얼굴까지도 사랑스럽게 느껴졌다. 옷을 벗기고 당장 그 자리에 쓰러뜨리고 싶을 정도였다. 그러나 냉정하게 생각해보면, 서른세 살이나 먹은 여자치고는 사랑스러운 게 아니라 유치했다. 세 살 연상이 아니라 열 살쯤 연하인 여자와 결혼한 것 같았다.

그래도 신이치는 기가 센 아내에게 잡혀 사는 것보다는 나을 거라고 스스로를 위로하며, 선물을 보낼 친척과 지인들의 주소를 컴퓨터에 입력한 후 출력했다.

자료 준비를 비롯해 출장 준비에 쫓기는 리카코를 대신해서 식사준비는 신이치가 맡았다. 짐 풀기와 도구 정리를 신이치가 했기 때문에 리카코가 부엌으로 들어와도 뭐가 어디 있는지 몰라 헤매기만 할 게 뻔했다.

다음날 신이치가 가져온 짐 정리는 끝났다. 그의 짐은 거의 다 책이라 책장 조립만 끝나면 남는 건 꽂아 넣는 일뿐이었다. 그밖에는 신상에 필요한 최소한의 물건뿐이었고, 그런 물건들도 이사 오기 전에 어느 정도 정리 분류해서 상자에 넣었기 때문에 수납은 힘들지 않았다.

그러나 이사 준비를 할 시간이 거의 없었던 리카코의 종이상자는 정리도 안 한 채 마구 집어넣었기 때문에 일단 뚜껑을 열면 수습을 할 수 없었다. 게다가 리카코는 취미가 다양한지 이상할 정도로 짐이 많았다.

그런 잡다한 물건 속에서도 컴퓨터와 주변기기, 그리고 액세서리만큼은 꼼꼼하게 포장해두었다.

리카코는 사방 60센티미터짜리 상자 하나를 열어 내용물을 장식장과 옷장에 수납하는 것만으로도 지쳐서 일을 중단해버렸다.

방 세 면에 쌓인 종이상자를 올려다보며 한숨을 쉬는 아내의 어깨를 감싸 안으며 신이치가 나지막이 속삭였다.

"천천히 하자, 천천히. 앞으로도 계속 함께 있잖아."

리카코는 결국 출장용 막스마라 정장이 어느 상자에 들어 있는지 찾지 못해 다음날 저녁 폐점 직전에 백화점으로 달려가 정장을 샀다. 막스마라뿐만 아니라 외출용 의류들을 끝내 찾지 못했기 때문이다.

화요일 이른 아침, 신이치는 아내에게 베이컨에그와 샐러드를 준비해서 먹이고 미국으로 보낸 후, 한숨 돌린 마음으로 식탁의자에 주저앉았다. 묘하게 홀가분한 기분이 들었다.

사과 주스를 마시고 텔레비전을 켜자 유아용 프로그램을 하고 있었다. 별 생각 없이 곰으로 분장한 인형을 바라보며 오늘이 며칠인가 하고 고개를 갸웃거렸다. 하루 종일 해가 들지 않는 북향집에서 생활한 게 머나먼 옛날처럼 느껴졌다.

불현듯 역시 혼자가 좋다는 느낌이 들어 허겁지겁 그 생각을 떨쳐냈다.

기분을 바꾸고 다이닝룸에서 나와 종이상자들이 겹겹이 쌓인 아내의 방으로 들어갔다.

신이치는 대체 그 많은 짐이 어떻게 독신용 아파트에 다 들어갔을까 신기해하며 압도되는 기분으로 상자들을 올려다봤다.

신이치는 방 두 개짜리 복층 아파트였다는 리카코의 집에는 결국 한 번도 들어가지 못했다. 처음 가서 물 한 잔을 얻어 마신 때와 마찬가지로 늘 문 밖에서 기다려야 했다. 게다가 매번 안에서 자물쇠까지 채웠다. 아직 정식으로 결혼한 게 아니니 세상눈을 의식하는 게 당연하다고 스스로를 납득시키긴 했지만, 혹시 뭔가를 숨겨둔 건 아닐까 하는 생각도 들었다. 남자보다 더 이상한 뭔가를······.

그렇지만 리카코의 종이상자 하나를 연 것은 그런 궁금증을 풀겠다는 꿍꿍이속이 있었기 때문은 아니다. 일주일간 출장에 지쳐 돌아올 아내를 생각해서 조금은 정리해주고픈 배려에서였다.

종이상자에 붙은 테이프를 뜯어내고 뚜껑을 연 순간, 흠칫 놀랐다. 쉰 냄새 같은, 그러면서도 선정적인 냄새가 피어올랐다.

색색의 란제리와 티셔츠들이 둥글게 말린 채 처박혀 있었다. 빨래통에 넣어뒀던 옷을 비닐봉지에 싸서 그대로 포장해버린 듯했다.

두 손으로 빨래를 꺼내고 나니 밑에서 잡지 같은 게 나왔다. 미국 신용조사회사에서 발표한 보고서였다. 빨간 볼펜으로 영어로 메모가 적혀 있었고, 읽고 있는 중인지 책갈피도 꽂혀 있었다. 그런데 책갈피뿐만 아니라 과자 부스러기까지 끼어 있었다. 신이치는 한숨을 내쉬며 냄새 나는 빨랫감을 들고 세탁기로 갔다.

그 상자에는 스노우 글로브, 쓰다 만 복사용지, 소녀 취향의 핑크빛 편지봉투와 내셔널트러스트 운동 엽서 등등 잡다한 것들이 상하좌우 겉과 속의 구별도 없이 처박혀 있었다.

신이치는 내용물을 하나하나 꺼내 나름의 기준에 따라 분류하고, 어떤 것은 리카코의 소나무 재질 책상 위에, 어떤 것은 장식장에, 그리고 영문을 알 수 없는 물건은 다른 상자 안에 넣었다.

두 번째 상자도 상황은 비슷했다. 진드기 소굴이 된 것 같은 꾀죄죄한 테디베어와 하얀 분말이 든 봉지, 스테인리스로 된 작은 원과 하트 모양틀이 엉망으로 뒤섞여 있었다.

코코넛 파우더와 쿠키 틀이었다. 신이치는 전에 리카코가 자기 집에 들고 온 파운드케이크를 떠올렸다. 매끄럽고 빈틈없는 표면에 감돌던 버터 향기. 그런데 스테인리스 모양틀 한 쪽에 쿠키 조각으로 보이는 게 붙어 있었다. 억센 솔로 긁어내고 씻어둘 생각으로 옆에 있는 비닐봉지에 집어넣었다.

그런데 빵 재료와 용기 틈에서 사진이 나왔다. 신이치는 그 사진을 보고 깜짝 놀랐다.

리카코였다. 청바지에 폴로셔츠의 옷깃을 세운 리카코는 젊었다. 아직 20대 초반쯤 될까. 그 옆에 몸을 붙이듯 앉아 있는 사람은 오카모토였다. 재학 중에 사법시험에 합격했다는 기적

같은 두뇌의 소유자. 당시 유행하던 테크노커트를 하고 있어서 지금과는 인상이 많이 달랐지만, 가부키에서 여자 역을 맡는 남자배우를 연상시키는 쌍꺼풀 없이 길게 째진 눈초리와 날렵하게 뻗은 콧날은 그가 분명했다.

배경은 사우나처럼 생긴 나무 벽이었고, 리카코가 앉아 있는 의자는 2인용 소파였다. 흔히 커플체어라 불리는 의자……. 장소는 어느 고원 지대의 별장이나 펜션 같았다.

신이치는 상자를 연 것을 후회했다. 두 사람 사이에 무슨 일이 있었다 해도 이미 10년도 더 지난 일이다. 몰라도 되는 일이었다. 하긴 서른세 살이나 된 숫처녀가 있다면 그게 더 이상한 일일지도 모른다. 그런 생각을 하며 상자를 뒤적이는데 이번에는 단체사진이 나왔다. 배경은 역시 사우나처럼 생긴 나무 벽 사진 한 장, 그리고 흰자작나무로 보이는 숲 사진이 한 장 있었다.

남녀 합해서 열네 명. 결혼식에서 만난 도지마와 다른 사람들 얼굴도 보였다.

한심스러운 자기 모습에 무심코 쓴웃음이 배어 나왔다. 오카모토와 리카코의 사진도 다시 자세히 살펴보니 두 사람 앞의 테이블에 여러 개의 컵과 페트병이 찍혀 있었다.

의식하지 못했는데 마음속 어딘가에 오카모토가 은근히 걸렸던 모양이다. 유난히 허물없어 보이는 두 사람의 관계, 180센티미터는 훌쩍 넘는 큰 키, 그리고 리카코와 마찬가지로 이과 계열의 한계를 가뿐히 뛰어넘는 활약상. 상식적으로 생각해도 리카코에게는 그가 훨씬 잘 어울린다.

그러나 결혼식 피로연에 참석했던 오카모토, 도지마, 신문사 정보기획실에 근무한다는 남자는 모두 기혼자였다.

도지마는 상사의 소개로 거물 정치가의 손녀딸과 결혼했고, 오카모토는 집안의 주선으로 다도 종가宗家의 딸과 20대 후반에 결혼했다.

분명 결혼은 했지만……. 신이치는 그 이상의 생각은 떨쳐내기로 하고, 리카코의 책상 위에 사진을 휙 던져버렸다.

상자 두 개를 정리하고 나니 배가 고팠다.

전기밥솥에 든 밥을 냄비에 옮기고, 콩소메 큐브 몇 조각과 물을 붓고 불을 켰다.

어쩐 일로 리카코가 어제 "밥은 내가 할게"라고 나섰다가 실패한 밥이었다.

밥을 안치고 취사 버튼을 누르지 않아서 보온 상태로 열이 가해진 것이다. 겉은 질척거리고 안은 설익어서 도저히 먹을 수 없었다.

신이치는 버리고 다시 짓겠다며 울상이 되어 비닐봉지에 밥을 쏟으려는 리카코를 달래고, 우동을 삶아 저녁식사를 했다.

설익은 밥을 한동안 가열시키자 리조또 같은 모양새가 됐다. 연수입 200만 엔 안팎의 라이터 생활을 몇 년째 해온 신이치에게는 음식을 버리는 행위가 생리적으로 불가능했다. 완성된

'리조또 비슷한' 음식을 10분 만에 우겨넣고 재빨리 설거지를 마친 후 거의 2주 만에 책상 앞에 앉았다.

생각해보면 리카코와 함께 있는 동안에는 안정된 마음으로 일을 한 적이 없었다. 세간에서 '신부를 얻었다'고 표현하는 말은 대개 잡다한 신변 일들에서 해방되는 것을 의미하는데, 아무래도 자기의 경우는 할 일이 훨씬 늘어난 기분이 들었다. 그러나 곰곰이 생각해보면 리카코가 회사에 출근한 후나 밤에 시간이 없었던 것도 아니다. 도대체 어디에 시간을 다 허비했는지 영문을 알 수 없었다. 그저 정신없이 바쁘기만 했지 안정이 되질 않았다.

언제까지 멍하게 지낼 수만은 없는 노릇이다. 번역 소설 관련 잡지에 연재하는 서평 마감이 코앞으로 다가왔다. 《전략 2000》 일은 생활 때문에 어쩔 수 없이 하는 하루벌이지만, 이쪽 평론은 그가 뜻을 품은 번역 일에 가까웠다. 신이치는 사전, 원서, 서평을 쓸 번역본을 책상 위에 올려놓고 훑어보기 시작했다. 작년부터 연재를 시작했기 때문에 원고 매수는 꽤 축적되어 있었다. 담당자 말에 따르면, 크리스마스쯤에는 한 권의 책으로 묶어 출판할 수 있을 것 같았다.

　리카코를 뉴욕으로 보낸 후 일주일간은 눈 깜짝할 사이에 지나갔다. 종이상자 정리는 거의 끝났다.
　신이치는 욕실 청소를 마치고 저녁식사 준비를 한 후 리카코를 기다렸다.
　오후 6시가 넘어 소면 국물과 야채가 냉장고에서 차갑게 식어갈 무렵 전화가 왔다.
　"지금 나리타야."
　몹시 지친 목소리였다. 미국 동부에서 출발한 열다섯 시간의 비행이 얼마나 고되었을까 생각하니 가슴이 아팠다. 한동안 떨어져 지내서 그런지 처음 사귀었을 무렵처럼 아픔을 동반한 뜨거운 감정이 되살아났다.
　"곧바로 회사에 들어가서 처리할 일이 생겼어. 끝나는 대로 바로 갈게."
　"어, 음."
　소면이라는 말이 목에 걸려 나오지 않았다.
　"조금 성가신 안건이 생겨서 그래."
　"어…… 그래, 조심해."

그 말만 하고 수화기를 내려놓았다. 나지막이 한숨을 내쉬고, 조리대에 꺼내놓은 소면 봉지로 시선을 돌렸다. 물을 끓여서 삶기만 하면 끝난다.

리카코는 저녁 9시가 지나도 돌아오지 않았다. 배가 고팠지만 금방 들어올지도 모르니 먼저 먹을 수도 없었다. 회사로 전화를 걸기도 망설여졌다.

11시가 되자, 아무래도 무슨 일이 생긴 건 아닌지 걱정이 되기 시작했다. 일도 손에 잡히지 않아 컴퓨터 카드게임을 하면서 기다렸다.

12시가 가까워서야 인터폰이 울렸다. 전화를 한 지 여섯 시간이 지나 있었다.

현관문을 연 순간, 눈에 들어온 것은 여행가방과 서류가방을 손에 들고 치켜뜬 눈으로 인왕처럼 버티고 서 있는 아내의 모습이었다.

"어서와……."

리카코는 인사를 건네는 신이치를 밀쳐내듯 안으로 들어왔다.

"저어…… 소면……."

신이치가 뒤를 쫓아가며 중얼거렸다.

"그딴 거 필요 없어."

순간, 머리끝까지 피가 솟구쳤다.

"춥단 말이야."

"이제 겨우 9월 초순인데 무슨 소리야?"

"어쩔 수 없잖아. 부장님이 데려간 요릿집 냉방이 너무 세서 그런 걸 어떡해."

"요릿집이라고?"

신이치가 어이없는 목소리로 말했다. 해외출장에서 돌아온 직원의 노고를 치하하기 위해 상사가 식사를 대접한다. 발상 자체에는 나쁠 것이 없다. 다만 대기업 부장이 대접한 음식은 값비싼 요릿집의 가이세키 요리(에도시대부터 연회요리에 이용한 일본 전통 정식요리)고, 이쪽이 준비한 것은 고작 소면이었다.

낙담한 신이치가 잘게 썰어둔 고명과 반찬을 음식물 쓰레기통에 버리려고 마음먹은 순간, "으음, 나 뜨거운 거 먹고 싶어. 추워서 배 아파"라며 리카코가 어린애 같은 말투로 신이치에게 매달렸다.

"아, 그래, 알았어."

신이치는 갈피를 잡을 수 없는 마음으로 부엌으로 향했다. 뉴멘(삶은 실국수를 간장이나 된장국에 살짝 데친 요리)을 만들기 위해 차갑게 식혀둔 소면 국물에 물을 좀 부어서 불에 올렸다. 그리고 끓어오르기 시작한 국물에 소면을 넣었다.

그때 아내의 방에서 날카로운 목소리가 들렸다.

"세상에, 이게 다 뭐야? 대체 어떻게 된 거야?"

허둥지둥 달려가 보니 아내는 신이치가 가지런하게 꽂아둔 책과 잡지, 곰 인형과 CD, 사진을 손가락으로 가리키며 큰 눈을 휘둥그레 뜨고 서 있었다.

"어디에 뭐가 있는지 하나도 모르겠잖아. 왜 시키지도 않은 일을 하고 난리야!"

두개골이 흔들릴 만큼 날카로운 목소리였다.

"어지간히 해!"

참다못한 신이치도 화가 나서 소리를 질렀다. 이게 대체 몇 년 만에 질러보는 고함일까? 아니, 어쩌면 십수 년 만인지도 모른다. 바보 취급을 당해도, 출판사 직원에게 불합리한 취급을 당해도 속으로만 투덜거릴 뿐, 신이치는 한 번도 고함을 치지 않았다. 그러나 이렇게까지 업신여김을 당하니 인내심도 한계에 다다랐다.

"온갖 물건을 같은 상자에 엉망으로 처박아둔 주제에 알고 모를 게 뭐 있어!"

"꺼내서 바로 진열할 수 있게 가까운 데 있는 물건끼리 넣어둔 것뿐이야. 알지도 못하면서 남의 물건에 왜 손을 대!"

"가깝긴 뭐가 가까워? 과자랑 책이랑 더러운 팬티가 한꺼번에 나뒹굴던데."

"뭐? 더러운 팬티?"

"그래, 누렇게 변한 팬티가 상자 한가득 들어 있더라. 너처럼 칠칠치 못한 여자는 난생처음이다."

그 말이 끝나기가 무섭게 어깨 끝에 통증이 느껴졌다. 리카코가 비명 같은 소리를 내지르며 신이치를 있는 힘껏 밀쳐내고 방 밖으로 뛰어나갔다.

"왜 여자만 사사건건 그런 소릴 듣고 살아야 해!"

안쪽 화장실로 들어가 부서질 듯 문을 닫더니 날카로운 목소리로 고함을 쳤다. 고함소리는 금세 비명 같은 울음소리로 바뀌었다.

"그렇다고 울 것까진 없잖아. 자기가 먼저……."

신이치는 닫힌 문손잡이를 붙잡고 당황해서 어쩔 줄을 몰랐다.

문득 현관에 들어섰을 때부터 아내의 기분이 좋지 않았다는 사실이 떠올랐다. 회사에서 무슨 일이 있었을지도 모른다.

그 순간 절규와도 같은 울음소리와 함께 뭔가가 깨지는 날카로운 소리가 울려 퍼졌다. 곧이어 문과 바닥 틈새로 물이 흘러나왔다.

"무, 무슨 일이야? 왜 그래? 다친 데 없어?"

다친 데 없냐는 말이 끝나기가 무섭게 문이 열렸다.

리카코가 굵은 눈물방울을 떨어뜨리며 신이치의 품으로 몸을 내던졌다.

신이치는 "으윽" 하고 목 안으로 비명을 삼켰다. 허리에 예리한 통증이 느껴졌다. 리카코가 느닷없이 키가 큰 몸을 밀어붙여서 허리가 뒤로 꺾이는 자세가 되어버린 것이다. 간신히 벽에 몸을 지탱하며 다리를 벋디뎠다.

리카코가 다친 것 같진 않았다. 그러나 신이치는 그녀의 등 뒤에 있는 양변기로 시선을 돌리고 숨을 꿀꺽 삼켰다. 앞부분이 15센티미터쯤 길이로 크게 파손되어 있었다. 옆에는 청동으로 된 작은 꽃병이 나뒹굴고 있었다. 꽃병을 있는 힘껏 내던진 것이다.

"도대체 이게 무슨······."

그대로 말문이 막혀버렸다.

"말도 안 돼. 약속이랑 다르잖아."

리카코가 울면서 신이치의 가슴을 주먹으로 때렸다.

"난 약속 안 지킨 거 없어."

"당신이 아니라 저쪽 사람들 말이야. 분명히 사전에 결정한 사항이었어. 미국 변호사도 결국은 백인에 프로테스탄트에 남자가 아니면 인간 취급도 안 하는 거야. 그곳까지 날아간 난 뭐냐고."

출장간 곳에서 무슨 일이 있었던 모양이다.

"잠깐만. 가스 불 끄고 올게."

허겁지겁 부엌에 들어갔다 나오자, 리카코는 또다시 울며 매달렸다.

신이치는 아무 말 없이 리카코의 체중을 견뎌냈다.

리카코는 한참동안 울부짖고 나서야 안정을 찾은 듯했다. 신이치를 풀어주고 느릿느릿 다이닝룸으로 들어가더니 의자에 앉았다.

신이치는 퉁퉁 불어버린 소면에 따뜻한 국물을 부어서 식탁으로 들고 갔다. 리카코는 멍하니 뉴멘을 먹기 시작했다. 대체 요릿집에서 뭘 먹은 건지, 아니면 아무것도 안 먹은 건지 말 한마디 없이 한가득 든 뉴멘 그릇을 깨끗이 비웠다.

"그만 들어가서 자."

신이치가 리카코의 팔을 잡고 일으켰다. 방으로 데리고 가 침대에 눕히고 부엌으로 나오려는데 리카코가 가지 말라며 붙잡았다.

"옆에 있어줘."

몹시 불안한 목소리였다.

"그래……."

신이치는 베갯머리에 내려앉았다. 리카코가 서서히 손을 뻗더니 신이치의 손목을 잡았다. 5분도 지나지 않아 손에 힘이 빠지고 고른 숨소리가 들려왔다.

신이치는 리카코의 손을 살며시 빼내고 지갑을 들고 밖으로 나왔다.

편의점에서 접착제를 사들고 들어와 화장실로 들어갔다. 데코 타일 바닥에 흘러넘친 물을 걸레로 닦아내고 변기 파편을 그러모아 지그소퍼즐처럼 조립하며 본체에 붙여나갔다.

대체 이 결혼은 뭘까 하는 의문이 들었다.

대체 자신은 어떤 여자와 결혼한 걸까.

자기는 분명 유능하고 미인이며 게다가 성격까지 좋은 최고의 여자에게 매료된 남자였다. 어떤 여자든 '일단 해버리면 내 손에 들어오는 법'이라고 굳게 믿었다.

　어쩌면 자신은 오히려 '당해버린' 쪽이 아닐까.

　변기 접착 작업이 끝났을 때, 시계는 새벽 3시를 지나고 있었다.

　9월 중순이 지나도 더위는 조금도 누그러질 기미를 보이지 않았다. 그래도 청명한 대기에서는 가을 냄새가 느껴지기 시작했다.

　결혼과 이사를 알리는 인사장도 다 보내고, 축하선물에 대한 답례품 보내기도 모두 끝났다.

　당혹스러운 일이 많았던 신혼생활도 얼마간 안정이 되었고, 신이치의 일도 순조롭게 진행되기 시작했다.

　리카코는 외환 관련 업무 때문에 뉴욕 시장이 닫는 시간에는 회사에 출근해야만 했다. 집에서 나가는 시각은 아침 7시였다. 아내를 흔들어 깨우고, 홍차면 된다는 아내에게 건강에 안 좋다며 억지로 토스트와 계란프라이를 먹여서 내보냈다. 리카코는 계속되는 야근과 접대로 귀가 시간이 대부분 심야였기 때문에 신이치는 결혼한 몸이었지만 혼자 지내는 시간이 풍족했다. 그래도 점심 무렵에나 일어나서 일을 시작하고, 피곤하면 게임을 하고, 필요 없는 외출은 하지 않고, 새벽녘에야 잠을 청하던 독신 생활 패턴은 완전히 바뀌었다.

처음에는 고통스러웠지만, 익숙해지고 나니 오전 중에 사전을 펼치고 원서를 읽는 생활은 능률적이었다. 오후부터 밤까지는 오로지 라이터 업무에 몰두했다. 참고도서를 찾아 읽고, 취재를 나가고, 테이프에 녹음해온 내용을 문장으로 옮기고, 원고를 썼다.

그러나 순조로운 일이 반드시 순조로운 수입을 낳는 건 아니다. 번역한 책이 출판될 가능성은 지극히 낮았고, 한 매(일본 원고지는 400자)에 6000엔도 안 되는 원고료의 대부분은 정확한 과학기사를 쓰기 위한 자료비나 인터넷 요금으로 사라져버렸다.

리카코는 신이치가 사들이는 막대한 자료나 전화비에 관해 한마디 불평도 하지 않았다. 신이치와 리카코는 생활비 통장에 일정 금액을 넣어두고 신이치가 시장을 봤다.

신이치는 야채나 고기의 몇 배가 되는 돈을 책을 사들이는 데 쓸 때마다 저항감을 느꼈다. 그리고 더러워진 면을 떡 하니 펼쳐서 던져둔 아내의 팬티를 빨래통에서 꺼내 세탁기에 집어넣을 때면 이건 아니라는 생각에 고개를 흔들었다.

라이터 일에 쫓기게 된 후로는 사이가 멀어지긴 했지만, 신이치가 고등학교와 대학 시절에 빈번하게 드나들었던 SF 동호회의 여자들은 남자에게 그런 일을 시키진 않았다. 합숙할 때도 차 준비나 밥상 차리는 일은 여자들 몫이었다. 물론 그렇게 정해진 건 아니었다. 그러나 여자들은 지극히 자연스럽게 차를 끓여 나눠주었고, 밥을 먹을 때도 남자들의 밥그릇이 비면 조용히 손을 뻗으며 "한 그릇 더 드실래요?"라고 묻곤 했다.

그런 게 여자의 올바른 마음가짐이라고 말할 생각은 추호도 없다. 그러나 신이치는 그게 여자로서 자연스러운 행동이 아닐까 하는 생각이 들었다.

그날 웬일로 일찍 들어온 리카코는 신이치가 설거지를 하는 동안 신문을 읽고 있었다.

이것 봐, 최소한 자기 속옷은 자기가 빨던가 밥을 해줬으면 설거지라도 해. 굳게 마음먹고 그렇게 말하려고 했지만, 리카코가 미간에 잔뜩 주름을 잡고 읽는 것이 니혼게이자이 신문 경제면이라는 걸 알자, 그 말도 조용히 삼켜버릴 수밖에 없었다.

혹시라도 그것이 그녀의 업무에 중대한 영향을 끼치는 기사라면 괜히 벌집을 건드리는 셈이다. 또다시 울부짖으며 난리를 치기 시작하면 손 쓸 방법이 없다.

그때 전화가 울렸다. 수화기를 든 것은 그때까지 험악한 표정으로 신문을 노려보던 리카코였다.

"네, 기시다입니다. 아 네, 남편이 늘 신세를 지고 있습니다. 축하선물로 주신 전기밥솥은 너무 잘 쓰고 있어요. 네, 밥이 아주 잘 되더라고요. 찰밥도 된다니까 조만간 한 번 만들어볼 생각이에요. ……네에, 정말 고맙습니다."

결혼식에 전기밥솥을 선물한 사람이라면 담당 편집자 아키야마 센코였다.

신이치는 '밥 잘 되는 거 좋아하네' 라고 중얼거리며 혀를 찼다. 리카코는 쌀을 보온인 채로 안쳐서 실패한 후로 전기밥솥에는 손가락 하나 대지 않았다.

리카코는 신문을 읽을 때와는 완전 다른 사람 같은 표정으로 대화를 주고받은 후, 신이치에게 수화기를 넘겨주었다.

아키야마는 전화를 바꾸자마자 사과부터 했다.

"미안해요, 둘이 오붓하게 지내는 시간에 전화해서."

"아닙니다. 괜찮습니다."

"으음, 신혼 시기에 가혹한 부탁이란 건 잘 알지만, 출장 좀 다녀와 줄 수 있어요?"

"네?"

"장소는 미국이에요."

"유전자 조작 농산물 있잖아요. 그에 관련된 코멘트를 좀 따다 줬으면 하는데"라고 아키야마가 설명했다.

"인터뷰 장소는 코넬대학 연구실이나 곡물회사 본사 같은 곳이에요.……맞아요, 몬산토(Monsanto Company, 미국 미주리 주 세인트루이스에 본사를 둔 다국적 화학·제약·종자 메이커) 연구실이 핵심이에요. 그쪽 학자나 경영자들 이야기를 들은 후에 유전자 조작 농산물을 일반인이 이해하기 쉽게 과학적으로 해설해주길 원하는 거예요. 코디네이터를 붙일 예산이 없어서 카메라맨 미네무라 씨랑 단둘이 다녀와야 할 것 같은데, 괜찮겠어요?"

리카코를 취재하러 갔을 때 동행한 카메라맨이었다.

"두 사람 다 영어는 되니까 불편한 점은 없겠죠?"

"아, 네에."

신이치는 말은 썩 잘하는 편은 아니지만, 듣는 건 문제 없었다.

"언제부터죠?"

"정말 미안한데 일주일 후에 출발이에요. 일정도 일주일간이고."

"네?"

"너무 갑작스럽게 부탁해서 미안해요."

신이치는 무의식적으로 "아닙니다. 괜찮습니다"라고 호기 있게 대답했다.

첫 해외 출장이다. 해외 SF 모임에 가서 작가 코멘트를 따다 잡지에 게재한 일은 있었지만, 여행 경비나 취재비를 받은 적은 없었다. 어디까지나 개인적으로 가서 기사거리를 가져왔을 뿐이다. 보수를 받고 미국 출장을 감으로써 리카코와 어깨를 나란히 하는 것 같아 왠지 모르게 자랑스러운 기분까지 들었다.

한편으로는 아내라는 건 이름뿐이고 번거롭기만 한 여자 뒤치다꺼리에 은근히 지겨워하던 참이었다. 신혼 초에 가혹한 부탁이기는커녕 오히려 일주일쯤 떨어져 지내는 게 기분전환에 좋은 기회가 될 것 같았다.

"그럼 준비되는 대로 자료를 보내줄 테니 비행기 안에서 읽어보세요"라는 말을 남기고 전화를 끊었다.

수화기를 내려놓고 리카코에게 출장 이야기를 전하자, 입술을 살짝 삐죽거렸다.

"그럼 난 집에 혼자 있어야 하잖아……."

순간 가슴이 뭉클했다. 아직 신혼 첫 달인데 벌써부터 아내를 멀리하고 싶다는 생각을 한 자신을 책망했다.

리카코의 눈 밑에 드리워진 다크서클을 보자, 스트레스가 많은 일을 하는 아내가 새삼스레 가엾게 느껴졌다. 《전략 2000》의 편집부만 하더라도 샐러리맨 사회의 불합리함과 음험함에 입이 떡 벌어질 때가 있다. 조직 속에서 살아가는 삶에는 프리랜서와는 또 다른 가혹함이 있었고, 자신은 도저히 견뎌낼 수 없을 것 같았다. 매스컴은 그나마 나은 편이지만 리카코가 일하는 곳은 은행이다. 얼마나 숨이 막히겠는가. 리카코가 긴장을 풀고 쉴 수 있는 곳은 유일하게 자기 곁뿐일지도 모른다.

"미안해, 일주일뿐이라니까 조금만 참아줘"라고 말하며 기지개를 켜듯 팔을 뻗어 리카코의 머리를 쓰다듬은 후, 왜 자기가 사과를 하나 은근히 화가 나기도 했다.

다음 주 수요일, 신이치는 잡지 기사 같은 자잘한 일들을 모두 마무리 지어놓고 일본을 떠났다. 아키야마가 택배로 보내준 책과 팸플릿은 모두 영어 자료였고, 전체 두께가 5센티미터나 되었다. 비행기 안에서는 다 읽을 수 없는 분량이라 출발 전날 밤을 새고 읽었다.

비좁은 일반석에서 열두 시간이나 버틴 끝에 오전 중에 케네디 공항에 도착했다. 그리고 곧바로 약 400킬로미터 떨어진 코넬대학으로 향했다. 종자 샘플과 유전자 해석 장치들이 빽빽하게 들어찬 연구실로 안내받은 후, 교수에게 유전자 조작 기술에 관한 이야기를 들었다.

점심도 거른 채 오후 7시가 넘어서야 코넬대학에서 나왔고, 카메라맨 미네무라가 운전하는 렌터카 안에서 웬디스 햄버거를 먹으며 온타리오 호수 남쪽을 지나 오하이오를 향해 달렸다. 한밤중에 버펄로를 지나 국도변 모텔에 들어가 하룻밤을 묵었다.

다음날 새벽 호텔에서 나와 콜럼버스에 있는, 유기농법으로 회귀한 중간 규모 농가와 그곳에서 200킬로미터 떨어진 담배 농가를 취재했다. 그 다음날은 고속도로를 서쪽으로 더 달려 인디애나폴리스 근처의 메이저 곡물 업체 본사를 찾아갔다. 사전에 약속을 잡아둔 홍보 담당자가 일방적으로 떠들어대는 유전자 조작 농산물의 안전성과 필요성에 관한 이야기를 두 시간에 걸쳐 들은 후 밖으로 나오자 이미 석양이 지고 있었다.

그래도 신이치는 외국인과의 인터뷰가 더 편했다. 그들에게는 사교 인사도 세상사는 이야기도 필요 없다. 자기소개를 하고 상대가 시간을 얼마나 내줄 수 있는지 확인한 후 곧바로 항목별로 질문을 할 수 있기 때문이다.

국도변 모텔에서 하룻밤을 묵은 후, 미주리 주로 들어가 바이오 종자 메이커의 연구실을 방문했다. 최근 환경보호 단체에게 수억 달러에 이르는 손해배상 청구소송을 당하고, 주가도 급락해서 여러 모로 미래가 불안한 회사였다. 그러나 어마어마하게 큰 온실을 가득 메운 옥수수는 무럭무럭 자라나고 있었고, 기술 담당자의 태도에도 아무런 근심도 느껴지지 않았으며 다소 공격적이기까지 했다.

그 다음날은 콘벨트(Corn Belt, 미국의 중·서부에 걸쳐 형성된 세계 최대 옥수수 재배 지역) 한가운데 있는 대규모 농가를 돌며 농장주들의 이야기를 들을 예정이었다. 마지막 날에는 비행기로 워싱턴으로 돌아가 농무부 담당자의 코멘트를 듣기로 되어 있었다.

매일같이 이동하면서 햄버거를 먹고, 저녁 먹을 시간도 없어서 야식으로 때우는 빡빡한 일정이 계속되었다. 게다가 《전략 2000》 편집부가 예약해둔 호텔에는 룸서비스조차 없었다.

늦은 밤에 지친 몸을 이끌고 나가 선술집이나 카페에서 샌드위치나 포테이토칩으로 대충 끼니를 때울 수밖에 없었다.

"그런데 말이야, 기시다 씨."

그날 밤, 패밀리 레스토랑처럼 그저 넓기만 한 세인트루이스 교외의 술집 카운터에서 미네무라가 버드와이저를 따라 마시며 혀를 찼다.

"우리를 이따위로 대우하는 것에 대해서 어떻게 생각해? 뉴욕에 도착한 후 무려 일곱 주나 헤집고 다녔어. 연구실, 대학, 기업, 관청까지 여덟 군데나 취재하라면서 달랑 일주일 일정이라니, 그게 말이 되는 소리야? 실제로 돌아다닐 수 있는 날은 고작 나흘뿐이야. 해도 너무하는 거 아닌가?"

"아…… 네에."

신이치는 버석버석한 빵에 기름기 없는 두툼한 치킨 햄을 끼워 넣은 차가운 샌드위치를 씹으며 건성으로 대답했다.

"'아 네'라니? 자네 아키야마 아줌마한테 전화 받은 게 언제야?"

"일주일 전입니다."

"원고 마감은?"

"이번 주말까지."

"안 봐도 훤하군"이라며 미네무라가 입술 끝을 일그러뜨리며 웃었다.

"즉흥적인 기획이라는 뜻인가요?"

"그게 아니지!"라며 미네무라가 거친 목소리로 버럭 소리를 질렀다.

"기획은 오래 전에 결정된 거야. 그런데 약속했던 라이터가 갑작스럽게 취소를 한 거지. 그래서 당신한테 전화한 거라고. 말이 안 되는 조건이라도 받아들이고, 어떤 취급을 해도 불평이 없는 막 쓰기 좋은 라이터라고 우습게 본 거야."

"그렇지만……."

누군가가 취재 직전에 취소를 해줬기 때문에 이번 일을 얻을 수 있었다. 신이치는 고마워하면 했지 불만이 있을 리 없었다.

"보나마나 자료는 비행기 안에서 읽으라고 했겠지?"

정곡을 찔렸다.

"대개는 담당 편집자가 따라오는 게 정상이야. 게다가 그리 비싸지도 않은데 국내선도 못 타게 하고 렌터카로 직접 운전해서 이동하라니, 말이나 돼? 난 카메라맨이지 운전기사가 아니야. 그것도 하루에 100킬로, 200킬로미터가 아니야. 무려 1000킬로미터라고, 1000킬로."

"죄송합니다. 제가 국제면허증이 있으면……."

"그런 문제가 아니야!"

미네무라가 주먹으로 카운터를 내리쳤다.

"게다가 호텔도 아니고 모텔을 이용하라질 않나. 물론 힐튼에 예약하라는 뜻은 아니야. 그렇지만 최소한 홀리데이 인 클래스는 돼야 하는 거 아냐? 아키야마 아줌마도 똑같아. 윗사람들이 인색하다고 우리한테 이런 푸대접을 할 수 있는 거냐고."

신이치는 업무 관계로 해외에 나온 게 처음이라 그런 사정에는 어두웠다.

"참 나, 게다가 비행기 표까지 특별할인 항공권이라니."

"그런가요?"

"그런가요? 이런 답답한 친구를 봤나!"

미네무라가 난폭하게 소리를 지르더니 신이치가 비운 콜라 잔에 버드와이저를 따랐다.

"조금이라도 마셔."

"아, 아니…… 저는."

신이치는 방으로 돌아가 원고를 정리해야 했다.

"다시 말해 《전략 2000》도 위험한 상황이란 뜻이야. 최근에는 매출도 떨어진 모양이더군. 그렇게 되면 가장 먼저 여파가 오는 게 우리 같은 외부 카메라맨이나 라이터지. 반대로 말하면 타이타닉의 침몰 기미를 가장 먼저 알아채는 게 우리라는 소리야. 갑작스럽게 취소한 라이터도 그런 이유로 도망쳤을 테지. 그래서 나도 결단을 내렸어. 이번 일을 끝으로 《전략 2000》 정식 멤버에서 빠질 생각이야."

"어……."

신이치는 멍하니 미네무라의 얼굴을 바라보았다.

"진심이야."

"그래도……."

"실은 난 나흘 전에 아줌마가 전화해서 내일 미국에 가달라는 말을 꺼냈을 때부터 열 받은 상태였어. 불쾌한 일이 한두 가지가 아니지만, 열여섯 시간이나 운전해서 오늘밤 숙소에 도착한 순간 터져버렸지. 울긋불긋 네온사인이 번쩍이는 국도변 싸구려 모텔을 해외 출장 숙소로 쓰라니 해도 너무하지 않나? 경영 상태 운운할 문제가 아니야, 이건 자존심이 걸린 문제라고."

"아, 네에."

자존심이 걸린 문제……. 단층 건물인 모텔 지붕에서는 그의 말대로 울긋불긋한 네온사인이 알라모아나 모텔이라는 간판을 번쩍거리고 있었다. 아무리 봐도 일본의 시골 국도변에 있는 러브호텔 모양새였다. 그러나 기다란 단층 건물인 알라모아나 모텔의 방은 널찍했고, 청소도 잘 되어 있어서 신이치는 별다른 불만이 없었다.

역시 자존심 문제라는 생각이 들었다. 그가 《전략 2000》에서 손을 떼는 진짜 이유는 타이타닉 선체가 두 동강 나 가라앉기 전에 도망치겠다는 판단 때문이 아니라, 숙박 시설이 미네무라의 자존심에 깊은 상처를 냈기 때문이다.

그는 분명 자존심 강해 보이는 남자였다. 건장한 덩치에 걸친 가죽점퍼, 빈티지 청바지와 앵클부츠. 세계적인 과학자나 기업의 최고경영자 사진을 찍을 때도 그런 모습으로 다녔다. 미대 출신 아티스트라는 자부심과 인물사진을 중심으로 촬영해 일류 잡지나 광고회사에서 잇달아 헤드헌팅을 받았다는 과거. 그리고 남자로서의 자존심…….

이번에 2000킬로미터는 족히 넘는 거리를 운전하는 동안, 프리랜서 카메라맨은 자기 신상에 관한 여러 가지 이야기를 들려주었다. 아내가 마쓰모토의 유명한 양조장 집 딸이라는 이야기, 최근 그의 가족이 오다큐선 부근 맨션에서 조금 떨어진 곳에 있는 정원 딸린 단독주택으로 이사했다는 이야기.

"가장 큰 이유는 전에 살던 맨션 주민들 품성이 안 좋다는 문제였지. 딸 키우기엔 좋은 환경이 아니야. 물론 아직은 네 살이라 괜찮지만, 머지않아 유치원 다닐 시기도 생각해야 하니까. 그 부근은 유치원이나 학교 학생들 말씨도 거칠어서 엄마들이랑 인사도 안 나눴어. 4년 전에 내가 프리랜서로 독립한 계기로 산 맨션이라 나름 애착도 있었지. 그러나 한때는 억션(매매 가격이 1억 엔을 넘는 비싼 맨션의 속칭)이라 불리던 맨션이었는데, 요즘 들어 사이타마에 살던 탤런트니 나오키 상 수상으로 한 방에 뜬 소설가니 하는 사람들이 들어오는 바람에 분위기가 많이 변해버렸지. 그 사람들은 돈은 있어도 품격은 없거든. 그래서 우리도 있는 돈 없는 돈 몽땅 긁어서 단독주택으로 이사한 거야."

"아이 교육을 위해서 그렇게까지 해야 하나요?"라고 신이치가 물었다.

결혼은 했지만 아직 아이가 없으니 그런 마음은 잘 이해가 되지 않았다. 그리고 신이치는 아직 아이에 대한 흥미가 없었다. 아이를 원하는 마음이 없는 것은 물론이고, 자식을 위해 이사까지 하는 아빠의 행동은 도무지 이해할 수 없는 영역이었다.

"나도 물론 아들이라면 그렇게까지는 안 해. 그렇지만 딸이잖아. 딸은 좋은 가정환경이 무엇보다 중요해. 기시다 씨도 잘 들어, 여자라는 건 말이야, 머리는 나빠도 괜찮아. 아무것도 못해도 상관없어. 딸은 그저 얌전하고 상냥하게 커주기만 하면 돼. 천박하고 귀염성 없이 크면 큰일이지. 가정교육을 제대로 못 받은 여자는 못써. 제아무리 머리가 좋고 얼굴이 예뻐도 소용없어. 잠깐 즐기는 것뿐이라면 모르지만 결혼은 역시 가정교육을 잘 받은 아가씨가 최고지."

간단히 말하면, 자기 아내인 양조장 집 딸, 즉 마쓰모토 시내에 만리장성처럼 끝없이 이어지는 돌담에 에워싸인 400평짜리 호화로운 저택 속에서 자란 여성을 자랑하는 말에 지나지 않는다는 생각이 들었다. 가정환경이 좋다는 점에서 본다면 외무관료의 딸인 리카코도 크게 다를 바 없었다.

"저는…… 말 안 통하는 멍청한 여자는 싫습니다."

신이치는 체온으로 데워진 미네무라의 가죽점퍼 냄새와 우람한 덩치에 압도되어 우물거리듯 말했다.

"뭐? 여자랑 대화를 나눈다고? 자네는 대체 무슨 생각으로 사나?"

미네무라가 취기가 싹 가신 말투로 물었다.

"네?"

"여자랑 대화를 나눈다니 대체 무슨 생각을 하고 사냐고 물었어. 말 많은 여편네만큼 귀찮은 존재는 없어. 우리 집은 내가 하는 말에는 일체 말대답을 못하게 해뒀지. 그 대신 나름대로 편안한 생활은 보장해주니까."

신이치는 그의 마지막 한마디에 반론의 여지를 잃어버렸다. 그건 그렇고, 프리랜서라고 해도 거의 《전략 2000》 전속처럼 일을 하는 미네무라가 여기 일을 끊어버리겠다는 말은 얼마만큼 진심일까 생각하며 신이치는 고개를 갸웃거렸다.

"이 근처에 12시 넘어 영업하는 여자 있는 가게는 없나?"

미네무라가 카운터에 있는 바텐더에게 물었다. 검은 머리에 왜소한 체격인 라틴계 바텐더가 씁쓸한 미소를 지었다.

"있긴 한데 관광객끼리 가는 건 위험하죠"라면서 얼굴을 가까이 대고 속삭였다.

"그래도 나랑 같이 가면 안전한데, 가게 끝나고 안내해드릴까요?"

"아니, 됐어"라며 미네무라가 고개를 저었다.

"생각해보니 술은 충분히 마신 것 같군. 이왕 안내해줄 뜻이 있으면 마사지센터나 데려다주게."

바텐더가 미네무라에게 귀엣말을 속삭였다.

미네무라가 신이치 쪽을 돌아보았다.

"기시다 씨, 금발이래, 금발."

"아니…… 저, 저는 그런 건 별로……."

신이치가 당황하며 고개를 저었다. 야식을 먹고 나면 곧바로 호텔로 돌아가 노트북 컴퓨터에 원고를 작성해둬야 한다. 그날은 인터뷰 녹음이 허용되지 않았기 때문에 기억이 남아 있을 때 메모를 참고해가며 가능한 한 충실하게 내용을 정리해둘 예정이었다.

"모처럼 맞은 세인트루이스의 밤 아닌가. 돈 걱정은 하지

마, 내가 낼 테니까. 혹시 아내가 무서워서 그러나? 최근에 결혼했다는 말은 들었는데."

그는 신이치의 상대가 전에 함께 취재했던 오바야시 리카코라는 사실은 아직 모른다.

"잘 들어, 마누라 교육은 처음이 중요해."

"아니, 그런 게 아니라……."

"그럼, 뭐가 문제야?"

"전 병에 걸리긴 싫습니다."

내뱉듯 그 말만 하고 20달러 지폐를 자리에 내려놓고 허겁지겁 자리에서 일어섰다.

"멍청하긴, 누가 자네한테 계산하랬어! 전표는 아키야마 아줌마한테 주는 거 몰라!"

미네무라가 뒤쫓아 오더니 신이치의 셔츠 주머니에 난폭하게 지폐를 찔러 넣었다. 그러고는 신이치 등에 대고 고함을 쳤다.

"벌써부터 마누라한테 기를 못 펴고 살면 나중에 엄청 후회할 거다."

신이치는 방으로 돌아와 텔레비전을 켰다. 아무 생각 없이 성인 비디오 채널을 선택하자 스모나 프로레슬링과 별반 다르지 않은, 뭐라고 울부짖으며 밀치락달치락하는 격투기 같은 섹스 신이 튀어나왔다. 5분쯤 보자 지겨워져서 꺼버렸다.

출장이 끝났을 때 신이치는 원고지로 80매가 넘는 데이터 원고를 작성해두었다. 그 내용을 사흘 안에 특집기사 취지에 맞춰 규정 매수로 정리해야 한다.

 오후에 나리타공항에 도착해 미네무라의 차로 신주쿠까지 왔다. 그와 헤어져 집에 도착한 때는 저녁 무렵이었다.
 리카코는 아직 돌아오지 않았다.
 현관은 먼지가 수북했다. 그래도 자물쇠를 열고 집으로 들어서자 마음이 푹 놓이며 온몸의 긴장이 풀렸다. 목욕이나 식사보다 다다미 위에 널브러지고 싶은 마음이 앞섰다.
 업무로 해외에 나가는 것은 역시 피곤한 일이었다. 울면서 변기를 때려 부순 리카코의 심정도 조금은 이해가 갔다.
 다이닝룸 문을 열자 이상한 냄새가 코를 찔렀다.
 식탁 위에 커피 잔이 세 개나 나뒹굴고 있었다. 손님이라도 다녀갔나 하며 그중 하나를 집어 들자, 컵 가장자리에 립스틱이 묻어 있었다. 갈색이 감도는 옅은 오렌지색, 리카코가 업무용으로 바르는 립스틱 색깔이다. 다른 두 잔에도 똑같은 립스틱 자국이 찍혀 있었다.
 세 개 모두 리카코가 쓴 잔이었다. 씻기 귀찮아서 매일 새 컵을 꺼내 사용한 것이다.
 혀를 차며 잔들을 개수대에 넣으려다 문득 동작을 멈췄다. 그녀는 평소 홍차를 마신다. 그러나 바닥에 들러붙은 갈색 자국은 커피처럼 보였고, 식탁 위에는 인스턴트커피 병과 텅 빈 크림 용기가 나와 있었다.

별 생각 없이 테이블 가장자리에 있는 티포트를 들어보았다. 묵직했다. 고개를 갸웃거리며 뚜껑을 열어본 신이치는 기겁을 했다. 곰팡이가 피어 있었다. 신이치가 출장을 떠나는 날 아침, 둘이서 홍차를 마셨다. 그 티포트가 일주일 내내 식탁 위에 올려져 있었던 것이다. 리카코는 티포트 속에 든 찻잎을 버리는 게 귀찮아서 인스턴트커피를 마셨던 것이다.

온몸에서 힘이 쭉 빠졌다. 스르르 바닥에 주저앉은 순간, 부아가 치밀어 올랐다. 곰팡이 슨 찻잎이 든 포트를 바닥에 내동댕이치려다 마음을 가라앉혔다.

마이센Meissen 티포트였기 때문이다.

로열 코펜하겐 컵, 가사마야키(도자기 생산으로 유명한 가사마에서 구워낸 제품) 접시, 바카라 컵, 하기야키(임진왜란 때 일본으로 끌려간 도공이 야마구치 현 하기 지방에서 생산한 도기) 밥공기.

리카코는 유달리 식기류에 집착한다. 집착하긴 하는데 다루는 건 이 모양이다.

울고 싶은 심정으로 티포트에 손가락을 넣어 털실 덩어리처럼 뭉친 찻잎을 긁어냈다. 커피 잔과 포트를 씻기 위해 개수대로 옮기자, 예상대로 스테인리스 개수대 안에는 접시 두 개가 처박혀 있었다. 더러운 식기가 별로 없는 것은 집에서는 요리다운 요리를 하지 않기 때문이다. 재활용 쓰레기통에는 가공식품 용기를 헹구지도 않고 아무렇게나 처박아놓아서 고약한 냄새가 풍겼다.

그리고 물론 예상한 일이긴 했지만, 세탁기 안에는 탈수된 세탁물이 그대로 들어 있었다.

그러나 탈수된 옷에까지 곰팡이가 낀 것은 예상과 각오의 범위를 벗어나는 일이었다.

더 이상 화낼 기력마저 잃은 신이치는 곰팡이가 핀 세탁물에 세제를 붓고 세탁기를 다시 돌리기 시작했다.

세탁기가 돌아가는 모습을 멍하니 바라보고 있으니 현기증이 났다.

'형편없는 여자 같으니' 라고 중얼거렸다.

거대한 영업개발 프로젝트를 성공시켰든 대화가 잘 통하든 형편없는 여자라는 사실에는 변함이 없다. 여자는 머리가 나빠도, 아무것도 못해도 상관없다는 미네무라의 말이 떠올랐다.

그러나 미네무라가 말한 아무것도 못한다는 것은 이런 걸 의미하진 않는다.

그는 지금쯤 가정교육을 잘 받은 아내의 따뜻한 환대를 받고 뜨끈한 목욕물에 몸을 담그고 있을 것이다. 탈의실에는 청결한 속옷과 갈아입을 옷이 가지런하게 준비되어 있을 게 틀림없다. 그리고 식탁 위에는 오랜만에 접하는 푸짐한 일본 음식들이 그를 기다리고 있을 것이다.

3저라고 비웃었다는 여자들의 말이 떠올랐다. 그 말이 맞다. 리카코가 3저 남자를 선택한 이유가 그제야 이해가 갔다. 자기보다 키도 수입도 성적도 떨어지는 남자를 선택한 이유는 그런 남자라면 얼마든지 우롱할 수 있고, 어떻게 취급해도 상관없기 때문이다.

피곤과 분노로 모든 의욕을 잃고 세탁기 앞에 멍하니 웅크려 앉아 있는데 전화벨이 울렸다. 보나마나 리카코일 것 같아서 모른 척했다.

그런데 신호음이 끊이지 않고 계속 울렸다. 하는 수 없이 수화기를 들자, 불과 한 시간 전쯤 신주쿠 역에서 헤어진 미네무라였다.

"미안한데, 혹시 자네 쇼핑백에 글렌피딕 들어 있나?"

허겁지겁 면세점 쇼핑백을 확인하자, 산 기억이 없는 위스키 상자가 들어 있었다.

"내 쇼핑백에는 미키마우스 트레이닝복이랑 책이 들어 있던데."

아무래도 짐 검사를 할 때 선물봉투를 바꿔들고 나온 듯했다.

꼭 자기 실수라고는 할 수 없지만, 신이치는 일단 미안하다고 사과했다.

"바로 택배로 보낼 테니 제 물건도 부탁드립니다."

"미안한데, 오늘 바꿀 수 없을까?"

"오늘? 지금 말인가요?"라며 신이치가 시계를 쳐다봤다.

"내일 아침에 선물해야 할 곳이 있어서 말이야"라며 미네무라가 바꾼 가방을 들고 조후 시내의 패밀리 레스토랑까지 나와 달라고 부탁했다.

소시가야에 있는 미네무라의 집에서 조후까지는 간파치 도로(도쿄의 순환도로 중 하나)에서 20번 국도로 빠지면 조금 막히긴 해도 한 시간이 채 안 걸린다.

신이치는 집에서 차로 5분 정도 떨어진 곳에 있는 20번 국도변 레스토랑으로 나갔다.

구석에 앉아 기다리자 20분쯤 늦게 나타난 미네무라가 신이치의 얼굴을 보고 "어라?" 하며 눈썹을 찡그렸다.

"왜 그렇게 의기소침해? 집에 오니까 갑자기 맥이 풀리나?"

"아니…… 그런 게 아니라."

"무슨 일 있어? 일주일 비운 틈에 새색시가 도망이라도 쳤나 보지?"

"그럼 차라리 낫죠."

신이치가 힘없이 고개를 저었다.

"집에 남자라도 들였어?"

미네무라가 웃으면서 말했다.

"그쪽이 훨씬 낫겠습니다."

"무슨 일인데 그래?"

미네무라가 진지한 표정으로 물었다.

"곰팡이가 피었어요."

"뭐가?"

"모조리 다요…… 티포트도 빨래도 마음도."

신이치가 나지막이 말했다.

"대체 무슨 소리야? 통 무슨 말인지 모르겠군."

신이치가 곰팡이가 핀 마이센 티포트 이야기를 하자, 미네무라가 웃음을 터뜨렸다.

이어서 빨래 이야기를 하자 진지한 표정으로 변했다.

신이치는 아무에게도 말하지 않았던 신혼생활의 실상을 처음으로 털어놓았다. 일단 입을 열자 멈출 수가 없었다.

그칠 줄 모르고 푸념이 흘러나왔다. 자기가 지금까지 꾹꾹 참아왔던 거라는 생각이 들자, 비참함에 한숨과 동시에 눈물까지 흘러나올 것 같았다.

"이봐, 잠깐."

미네무라가 말을 가로막았다.

"그것뿐이 아닙니다. 아내는……."

"아, 글쎄, 그만해."

"애당초 잘못은."

"이 모자란 인간아, 입 좀 다물라니까!"라며 미네무라가 손바닥으로 테이블을 내리쳤다.

"자네 말이야"라며 테이블에 한쪽 팔꿈치를 세우고, 신이치의 얼굴을 들여다보았다.

"자네, 지금 뭐하는 거야? 뭘 고민해?"

"으음……."

"그런 여자는 당장 내쫓아버려."

"쫓아내면 임대료도 못 내요."

미네무라는 "으윽" 하고 낮은 신음소리를 흘리더니 내뱉듯이 말했다.

"고작해야 임대료 아냐. 당장 헤어져."

"저, 그게……."

그런 생각은 해본 적조차 없었다.

"자네 얼굴을 한번 거울에 비쳐봐."

미네무라가 집게손가락으로 신이치의 코를 찌를 듯 가리켰다.

"사내 얼굴이 아니야."

허를 찔린 것처럼 움찔했다.

리카코와 헤어진다면……. 갖가지 생각들이 머릿속을 헤집고 다녔다. 그러나 실제로는 지극히 단순한 일이었다. 임대료를 못 내면 예전에 살던 아파트 같은 곳으로 이사 가면 된다. 원래 생활로 돌아가는 것뿐 잃어버릴 건 아무것도 없었다.

"내 말 잘 들어"라며 미네무라가 잘잘못을 따지는 말투로 말을 이었다.

"주위를 좀 둘러봐, 여자는 얼마든지 있어. 가장 심각한 문제는 그런 여자랑 같이 살다간 자네가 못 쓰게 된다는 거야."

자기가 못 쓰게 될 거라는 말이 가슴에 사무쳤다. 아내 속옷을 빠는 비참함, 아내에게 아침을 먹여 출근시키는 얼간이 같은 자신의 모습. 그리고 오후 5시만 되면 일을 하다가도 불안해서 서둘러 저녁 시장을 보러 나가는 습성. 왜 지금까지 그런 자신의 모습에서 위험을 감지하지 못했을까.

"그따위 신세한탄이나 늘어놓는 것 자체가 남자로서 이미 글러먹었다는 증거야."

"그렇죠……."

"잘 들어. 더 이상 푸념하지 마. 투덜투덜 불평하기 전에 한 방 날려버려. 그래도 고쳐지지 않으면 내쫓아."

자기보다 키가 크고 게다가 감정 억제도 안 되는 리카코에게 손찌검을 하는 일은 상상도 할 수 없었다. 청동 꽃병에 맞아 자기 머리까지 변기처럼 박살이 나버릴 게 뻔했다.

그러나 헤어질 수는 있다. 지금이라면 다시 되돌릴 수 있다.

"사내는 자존심과 자신감을 잃으면 안 돼."

미네무라가 신이치의 눈을 보며 미소 지었다.

"여자는 얼마든지 있어. 남자에게 돈이 없든 덩치가 작든 그런 건 문제가 안 돼. 박력만 있으면 여자는 자연히 따라붙게 돼 있어."

신이치는 습관적으로 패기 없는 목소리로 "네에……"라고 대답하며 고개를 끄덕였다.

"그만 들어가 봐. 계산은 내가 하지."

"죄송합니다"라며 신이치가 자리에서 일어서자, 미네무라가 갑자기 생각이 떠오른 듯 물었다.

"그건 그렇고, 대체 그런 여자를 어디서 만났어?"

"아키야마 씨한테 아무 말도 못 들으셨나요?"

"계속 출장 중이라 아줌마하고는 팩스로만 용건을 주고받았어. 소문에는 은행 쪽 여자라던데."

"동방신탁은행의……."

신이치가 말을 우물거렸다.

"미네무라 씨랑 함께 취재하러 갔던 그 여자."

"그 여자라니, 그 여자?"

미네무라가 어리둥절한 표정을 지었다.

"그 사람? 그 사람이랑 결혼했단 말이야?"

그렇게 말한 후, 미네무라는 입을 쩍 벌리고 절규했다.

미네무라와 헤어져 패밀리 레스토랑을 나온 신이치는 바꾼 쇼핑백을 들고 집으로 향했다. 안에 들어 있는 미키마우스 트레이닝복과 루디 루커Rudy Rucker의 원서는 리카코에게 줄 선물이었다.

이것을 건네고, 모든 것을 끝내자…….

결단을 내렸다.

집으로 돌아오자, 현관의 도어뷰 렌즈에서 불빛이 새어 나왔다.

리카코가 돌아온 것이다.

초인종을 누르는 동시에 문이 열리고, "어서 와. 어디 갔었어?"라며 리카코가 양팔로 신이치를 끌어안았다.

"가방은 있는데 신이치가 안 보여서 걱정했잖아. 모처럼 야근도 안 하고 일찍 왔는데."

신이치는 머쓱한 기분으로 울상을 짓는 그녀의 표정을 바라보았다.

"같이 간 카메라맨이랑 선물 가방이 바뀌어서 잠깐 나갔다 왔어"라며 종이봉지를 내밀었다.

"어머, 이게 뭔데? 내 선물? 너무 신난다."

리카코가 환성을 지르며 종이봉지를 뒤적였다. 신이치는 영락없는 어린 아이라는 생각을 하며 조금 전 결심한 말을 꺼내지 못한 채 그 모습을 바라보았다.

"와아, 미키마우스 트레이닝복이네. 내 맘에 쏙 들어, 정말 고마워"라며 또다시 달려들었다. 그러고는 그 밑에서 나온 원서를 들고 팔랑팔랑 내용을 훑어보더니 "아, 이번 주말이 기대된다"라며 또다시 환성을 올렸다.

할 얘기가 있어, 리카코. 신이치는 그렇게 말을 꺼낼 타이밍을 살피면서 말없이 서 있었다. 쌍꺼풀이 깊게 파인 커다란 눈이 신이치를 물끄러미 바라보았다.

"있잖아, 신이치……."

리카코가 온화한 미소를 지으며 말했다.

"할 얘기가 있어."

선수를 빼앗겼다.

"뭔데?"

"좋은 소식이야."

"설마 나이로비 지점으로 전근을 간다거나……."

"바보 같은 소리. 그런 데 무슨 지점이 있어."

"동방신탁은행이 미쓰비시에 흡수 합병된다거나……."

"글쎄, 그런 거 아니라니까."

"그럼……."

"아기가 생겼어."

신이치는 입을 떡 벌린 채 리카코를 바라보았다.

어떻게 반응해야 할지 망설여졌다.

잘 됐다고 축하해줘야 하나, 말도 안 된다고 머리를 쥐어뜯어야 하나.

분명한 사실은 '늦었다'는 것뿐이다. 이별의 결심이 너무 늦은 것이다.

"4개월째야."

이제 겨우 신혼생활 2개월째에 접어들었다. 다시 말해 아이는 이미 결혼 전에 생겼다는 말이다.

'일단 해버리면 내 손에 들어오는 법'이라는 말의 결과물이었다.

"자기가 뿌린 씨……."

신이치가 입 속으로 나지막이 중얼거렸다. 말 그대로 자기가 뿌린 씨였다.

"벌써 그렇게 됐나……."

"응"이라며 리카코가 고개를 끄덕였다.

"취직한 후로는 생리가 늘 불규칙했기 때문에 이번에도 피곤이 쌓여서 늦어지는 줄만 알았지. 그런데 아무래도 몸이 너무 나른해서 병원에 갔더니 바로 임신이라는 거야."

아빠가 된다. 실감이 나지 않았다. 아이가 생겼다는 말을 들었지만, 아이가 어떤 존재인지도 모른다.

"아, 그래, 잘 됐네."

일단 상투적인 말을 했다.

"신이치, 별로 기뻐하는 것 같지 않은데……."

"아냐, 실감이 안 나서 그래."

더러워진 방에 자기 몸이 칭칭 묶이는 기분이 들었다. 옴짝달싹할 수 없다. 이젠 도망칠 수도 없다. 미네무라의 충고는 너무 늦었다.

그러나 그동안의 리카코의 게으른 행동이나 격한 감정의 기복이 임신의 결과였다면 어느 정도 설득력이 있었다. 격무에 임신까지 겹치다보니 신변을 정리할 체력도 남아 있지 않았을 테고, 정신적으로도 불안정했을 것이다. 그렇게 이해하기로 마음먹었다.

6

신이치가 《전략 2000》 편집부 회의실로 향한 것은 새로운 주가 시작된 월요일이었다. 신이치 일행은 '독립 드라마'라는 특집에 실을 기사를 준비할 계획이었다. 그래서 몇 가지 업종을 채택해 창업과 프리랜서 일을 시작하는 데 필요한 투자액과 연수입, 성공담과 실패담 등을 취재하기로 되어 있었.

특집을 위해 모인 라이터는 아키야마가 담당하는 멤버들이었다.

기획을 내놓은 사람은 경제·금융 문제 전반에 강한 야마자키 신이치였고, 창업에 관한 기사는 주로 신이치의 선배인 마쓰이가 쓰고, 성공한 기업가 인터뷰는 재계에 인맥이 있는 기누타 데쓰코가 담당하기로 했다. 한편 같은 독립이더라도 회사원에서 통역, 세무사, 일러스트레이터 같은 프리랜서로 전향한 사람들에 관한 내용은 히라오카 나오코의 인터뷰 기사를 바탕으로 재구성할 예정이었다. 신이치는 마쓰이와 한 팀인데, 마쓰이가 컴퓨터 관련 벤처 비즈니스를 채택해 경제 쪽에서 파고드는 반면, 신이치는 기술적인 측면에서 Y2K 문제와 연관시켜 기사를 쓰기로 했다.

평상시와 다를 바 없는 얼굴들이라 기사 분담과 구성은 금방 결정이 났고, 회의는 한 시간 이내에 끝났다.

"그런데 다쿠신이 담당하는 분량은 늘 적은 것 같아요."

나오코가 말했다.

"으……음."

인터뷰로 구성하는 나오코 일행의 담당 분야와는 달리 신이치가 쓰는 내용은 과학·기술에 관한 해설 기사가 중심이 된다. 따라서 정확한 지식이 요구되고 까다로운 데 비해 매수는 적다. 자연과학 용어나 화제에 익숙하지 않은 비즈니스맨이 싫증내지 않을 만한 분량으로 요령 있게 정리해야 하기 때문이다. 《전략 2000》은 노력 여하에 관계없이 매수로 원고료를 지불하기 때문에 신이치의 몫은 늘 다른 사람보다 적었다.

"그렇긴 한데, 다쿠신은 그런 건 괜찮지?"라며 마쓰이가 테이블 맞은편에서 웃었다.

"너무 바빠지면 집안일 할 시간도 없잖아"라며 기누타가 고개를 끄덕였다.

출장이나 야근이 많은 아내를 대신해서 신이치가 가사 일 대부분을 도맡아 한다는 것은 동료들 사이에 이미 다 알려진 사실이었다.

"거기다 아기라도 태어나면 한동안 정신 못 차리겠는데요."

직장에 다니며 아이 셋을 키우는 아키야마 센코가 말했다.

"으음…… 실은 이미 생겼습니다."

작은 목소리로 말할 생각이었다. 그런데 널찍한 회의 테이블 맞은편에 앉은 마쓰이가 "뭐야?"라며 몸을 내밀었다.

"어머, 정말이에요? 부인께서 임신했어요? 몇 개월인데요?"

신이치에게는 다쿠신이라고 부르면서도 리카코에게는 부인이라는 존칭을 쓰는 나오코가 물었다.

"으음, 4개월……."

"어라, 달수가 안 맞잖아."

마쓰이가 소리쳤다.

"드디어 기시다 씨도 아저씨가 되는군."

독신인 야마자키 신이치가 감탄한 듯 말했다.

"기시다 씨"라고 불린 것은 처음이었다. 회의 자리에서조차 아키야마 이외의 사람들은 '다쿠신'이라고 불렀다. 돌이켜보면 리카코와 결혼한 후로 주위의 시선이 조금씩 변해가는 느낌도 없지 않았다.

"축하해요."

평상시의 비꼬는 말투는 전혀 없이 데쓰코가 말했다.

"기시다 씨, 정말 축하해요."

이번에는 나오코까지 기시다 씨라고 불렀다.

"큰일하셨습니다"라며 야마자키가 정중한 어조로 말했다.

"그건 그렇고, 허니문 베이비라고 하기엔 너무 빠르지 않나?"라며 나오코가 동의를 구하듯 데쓰코에게 시선을 돌렸다. 그러더니 "리카코 씨 닮은 애가 태어나면 머리는 무지 좋겠다"

라고 아부 곁들인 말을 덧붙였다.

"머리뿐이 아니지, 딸이면 엄청난 미인일 거야"라며 야마자키가 한숨을 내쉬었다.

"기시다, 쾌거를 이뤘군. 축하해."

마쓰이가 자리에서 일어나 다가오더니 신이치의 어깨를 주물렀다.

결혼식보다 훨씬 많은 축하와 찬사의 말이 넘쳐났다.

신이치는 마음속으로 역시 기뻐할 일이라고 스스로를 타일렀다. 자기 아이가 태어난다는 건 이렇게 축복받고 찬사받을 만한 가치가 있는 일이다. 기뻐해야 한다. 좀 더, 훨씬 더 많이, 그저 단순하게.

"정말 잘 됐어요. 때마침 마쓰이 씨가 볼거리를 앓아준 덕분에 그 인터뷰를 할 수 있었잖아요"라고 아키야마가 말하자, 마쓰이가 바지 앞을 손가락으로 가리키며 "그 바람에 이쪽은 대를 이을 기회를 잃었잖습니까"라고 말했다.

"당신은 됐어요, 벌써 둘이나 있잖아요"라고 아키야마가 그쪽을 돌아보며 말하더니 신이치의 손을 부여잡았다.

"이제야 마음이 놓이네요."

그 말투는 귀에 익숙했다.

사흘 전 밤, 신이치는 고향 집으로 전화를 걸었다.

리카코의 임신 사실을 알리자 어머니는 "이제야 마음이 놓이는구나"라고 말했다.

"이제 괜찮겠지? 이 어미도 안심해도 되겠지? 어이구, 대견한 놈, 장하다, 장해. 네가 낳는 손자 얼굴을 볼 수 있다면 이제 죽어도 여한이 없다."

그 말이 가슴에 사무쳤다. 어머니가 고정 수입이 없는 자신을 늘 걱정한다는 건 잘 알고 있었다.

그러나 형이 이미 10년 전에 손자를 낳아드렸다. 친손자가 셋이나 있으니 충분히 만족했을 거라 생각했는데, 어머니는 차남도 곧 아이를 낳을 거라는 소식을 듣고서야 겨우 안심한 것이다. 어찌어찌 결혼은 했지만 며느리가 언제 도망칠지 몰라 은근히 걱정했던 모양이다.

"리카코에게 잘해줘라. 아직 직장 다니지? 그야 그럴 테지…… 그만둘 수도 없겠지"라며 나지막이 한숨을 내쉬었다. 어머니도 신이치의 수입이 적다는 것은 알고 있었다.

그리고 나서 어머니가 리카코를 바꿔달라고 했지만, 거래처 접대가 있어서 리카코는 집에 없었다. 그 말을 전하자, "그렇구나"라며 또다시 깊은 한숨을 내쉬고 전화를 끊었다.

그리고 오늘 아침, 막 집을 나서는데 택배가 도착했다. 어머니가 보낸 것인데 안에는 쪄서 말린 해산물과 매실장아찌가 들어 있었다.

"만세!"
멍하니 앉아 있는데 갑자기 마쓰이의 큰 목소리가 들렸다.
"만세!"라며 다 함께 따라 외쳤다.

"아니, 잠깐……."

신이치는 당혹스러워하며 아키야마와 마쓰이와 데쓰코의 얼굴을 번갈아 쳐다봤다. 조롱하거나 야유하는 표정은 조금도 찾아볼 수 없었다. 순수한 축복의 미소뿐이었다.

신이치는 어떻게 반응하고 행동해야 좋을지 몰랐다. 신이치는 만세 삼창 소리를 들으며 할 말을 잃고 애매한 미소만 지었다. 어정쩡하게 웃는 사이, 차츰 실감이 되었다. 어찌 되었든 아이가 태어난다. 자기의 유전자를 고스란히 이어받은 아이가 태어나는 것이다.

그날 동료들과 헤어져 집으로 돌아오니 현관문이 열려 있었다. 현관에 리카코의 펌프스가 보였다. 신이치는 뭔가 싸하고 긴장된 공기를 느끼고 그 자리에 우두커니 멈춰 섰다.

현관 마룻바닥에 플라스틱 파편 같은 게 떨어져 있었다. 거실로 들어선 신이치는 깜짝 놀랐다. 바닥에 내동댕이쳐진 무선전화기 파편이 사방에 흩어져 있었다.

위가 뒤틀리는 느낌이 들었다. 관자놀이 언저리로 통증이 훑고 지나갔다.

"리카쨩"이라고 작은 목소리로 불러보았다.

대답이 없었다. 문이 닫힌 방에서 회전의자 삐걱거리는 소리만 희미하게 들렸다.

"리카코쨩."

문을 열었다. 아내는 컴퓨터 앞에 앉아 14인치 화면을 응시

한 채 게임에 열중해 있었다. 문드러진 괴물 얼굴이 나타나자 아내는 화면에 보이는 괴물을 맹렬하게 공격하기 시작했다.

괴물은 엄청난 피를 사방에 흩뿌리며 찌그러들었다.

"리카코짱, 저녁 뭐 먹을래?"

대답이 없었다.

"리카…… 저녁."

"시끄러워!"

날카로운 목소리와 함께 난데없이 게임 공략법 책이 날아들었고, 책 모서리가 신이치의 관자놀이를 직격했다. 너무 놀란 나머지 통증조차 느껴지지 않았다.

"밥 얘긴 꺼내지도 마. 점심때부터 속이 느글거려서 죽을 지경이었단 말이야. 이제 겨우 들어와서 게임하는데, 왜 귀찮게 굴어!"

아내는 밥보다 몇 배는 더 구역질나는 게임에서 손을 떼지 않고 날카로운 목소리로 고함을 질렀다.

신이치는 줄곧 참아온 감정의 끈이 툭 끊어지는 느낌을 받았다.

발밑에 떨어진 공략법 책을 주워들고 성큼성큼 컴퓨터 앞으로 다가가 있는 힘껏 키보드 위에 내동댕이쳤다.

리카코가 비명을 질렀다. 본 척도 안 하고 무정전 전원공급장치(UPS, 갑자기 정전이 일어났을 때 일정 시간 동안 컴퓨터에 전기를 공급해주는 장치) 옆으로 몸을 수그린 후, 플러그를 잡아 뽑았다. 화면은 순식간에 시커멓게 변했다.

등 뒤에서 악을 써대는 리카코의 소리를 들으며 집을 나왔다.

참는 데도 한도가 있다.

"아이만 안 생겼어도"라고 또다시 중얼거렸다.

아니, 사실은 결혼 전에 상대를 좀 더 꼼꼼히 살펴봤어야 했다. 여자를 보는 눈이 없었던 것이다. 그것은 사실이다. 여자를 사귀어본 경험도 없고, 유흥업소에 가본 적도 없다.

가족들은 아무것도 모르고 마냥 기뻐하고, 동료들은 태도가 확연히 달라져서 자기를 인간 취급하기 시작했다. 그 누구에게도 사실을 밝힐 수가 없었다.

예전처럼 또다시 조소의 대상이 되고 싶지 않았다.

언뜻 보기에는 얌전한 범죄자가 나타날 때마다, 그리고 그것이 성범죄일 경우에는 더더욱, 학교 친구나 라이터 여자 동료들은 신이치를 그 용의자 이름으로 바꿔 부르며 놀려댔다. '사가와 군(1981년 파리 유학 당시 식인사건을 일으킨 살인마)'이니 '미야자키(변태성욕자 및 연쇄살인범)'라고 불리는 건 이제 지긋지긋하다.

발길이 역 쪽으로 향했다. 눈앞에 쇼핑센터가 보였다. 매장 앞에서 해초샐러드 시식 판매를 하고 있었다. 무의식적으로 몸이 그쪽으로 향했다.

리카코도 저건 먹을 수 있지 않을까 하는 생각이 들었다. 임신 4개월까지 전혀 눈치도 못 챈 리카코는 임신 사실을 안 순간부터 급격히 식욕이 떨어졌다. 일반적으로 말하는 공복시 구토

증세가 아니라, 하루 종일 가벼운 구토가 계속되는 듯했다.

시장을 보러 나갈 때마다 뭔가 먹기 좋을 만한 걸 찾는 게 요즘 습관이 되어버렸다. 어슬렁어슬렁 시식 코너로 다가가다가 그 여자에게 이혼장을 보내야 하는 상황임을 떠올리고 발길을 돌렸다.

저녁 7시가 넘은 무렵이라 짧은 가을 해는 이미 지고 있었다. 서점에 들어가 컴퓨터 관련 잡지를 훑어보고, SF 문고본을 집어 들었다. 물리학 서적 앞에서 자료를 찾다가 밖으로 나왔다. 시간은 얼마 지나지 않았다.

무작정 집을 뛰쳐나오긴 했지만 적당히 시간을 보낼 만한 장소가 없었다. 술을 못 마셔서 단골 술집도 없었다. 대개는 이런 경우 친구 집에 갈 것이다. 그러나 그들은 신이치가 능력 있고 아름답고 이해심 많은 아내와 결혼했고, 게다가 지금은 아내가 임신까지 해서 행복의 절정을 맛보고 있다고 순진하게 믿고 있다. 신이치에겐 이제 와서 처참한 결혼 생활의 실태를 들춰낼 배짱이 없었다.

주위를 한 바퀴 돌고 쇼핑센터로 다시 돌아가 해초샐러드를 샀다. 그러나 집으로 들어가지 않고 같은 빌딩 안에 있는 패밀리 레스토랑으로 향했다.

가족 동반 손님들로 시끌벅적한 중앙 자리를 피해 안쪽 테이블에 앉았다. 그곳이 신이치의 지정석이었다. 결혼 후, 신이치는 집 청소를 끝낸 후 오전에 노트북 컴퓨터와 책을 품에 안고 그곳을 찾는 게 습관이 되었다.

그곳에서 커피를 마시고, 이따금 가벼운 식사를 하면서 두 시간 정도 일을 한다. 전에는 밖에서 커피를 마시는 일은 있어도 가벼운 식사는 하지 않았다. 결혼 후 리카코 덕분에 조금은 경제적 여유가 생겼다는 사실을 인정하지 않을 수 없다.

조금 전에 산 컴퓨터 관련 잡지를 읽으며 커피를 마셨다. 맛대가리 없는 커피 잔이 비면 웨이트리스가 잔을 채워주러 다가왔다. 세 잔째 커피를 따르러 왔을 때, 문득 집에 돌아가야겠다는 생각이 들었다. 책 모서리에 맞은 관자놀이를 만지니 욱신거리는 통증이 느껴졌다. 멍이 들었을지도 모른다.

"호랑이 마누라 같으니"라고 중얼거렸다.

틀림없는 호랑이 마누라다. 그런데 호랑이 마누라가 호랑이 엄마가 되면 어떻게 해야 한단 말인가. 태어난 아기를 전화기처럼 바닥에 내동댕이친다면······.

신이치는 부르르 몸서리를 쳤다.

히스테릭하고 자기 주변 정리 하나 못하는 여자가 아이를 낳으면 어떻게 될까. 어떻게 해야 좋을지 막막했다. 두 손으로 얼굴을 감쌌다. 손가락 틈새로 내 알 바 아니라고 중얼거렸다. 이쪽에서 그런 데까지 신경 쓸 필요는 없지 않은가. 낳는 건 그쪽이다.

포유류의 수컷은 새끼를 키우지 않는다. 여기저기 돌아다니며 암컷에게 새끼만 만들어놓을 뿐이다.

여자는 아이를 낳으면 어머니가 된다. 어머니가 되어 자식을 키운다. 남자가 쓸데없이 거들어주니까 여자가 어리광을 부리고 아무것도 안 하게 되는 것이다. 그렇지 않을까?

정신을 차려보니 한 손에 커피 주전자를 든 여종업원이 '커피 더 드릴까요?' 라는 말도 없이 기분 나쁜 표정으로 신이치를 내려다보고 있었다.

"아……"라며 턱을 내밀고 고개를 살짝 끄덕였다. 달라는 의미였다. 커피를 잔에 따르는 모습을 바라보면서 다시 한 번 고개를 살짝 끄덕였다.

신이치는 왜 그런지 '미안합니다' '고맙습니다' 라는 지극히 당연한 말들이 잘 나오지 않았다. 수없이 주의를 받았는데도 의식하면 할수록 말이 더 안 나왔다. 타이밍을 잡기 힘들었다. 어떤 말투로 해야 할지 막막했다. 입을 열면 말을 더듬거렸다.

그 순간 출입문이 기세 좋게 열렸다. 키가 큰 여자가 등을 꼿꼿이 펴고 가게 안으로 들어왔다. 리카코였다. 두리번두리번 살펴보더니 신이치를 발견하고 곧장 앞으로 다가왔다. 그리고 신이치 맞은편 자리에 털썩 주저앉았다.

"집은 왜 나가?"

눈물이 글썽였다. 곧이어 눈물을 흘리기 시작했다. 주위 손님들이 놀란 듯 흘끔흘끔 이쪽을 쳐다봤다.

"으음……"이라고 입을 연 채, 신이치는 할 말을 잃었다.

"영영 안 돌아올 줄 알았잖아. 너무해."

네가 나한테 무슨 말을 하고 어떤 짓을 했는지 기억도 안 나니? 임신했다고 철부지 행동까지 다 받아줄 거라 착각하지마.

하고 싶은 말은 태산 같았다. 그러나 막상 말할 상황이 닥치면 어떻게 표현해야 할지 막막하기만 했다. 할 말을 잊은 채, 조용히 해초샐러드 봉지를 건네주었다.

리카코가 고개를 끄덕이더니 "나, 배고파"라고 말했다.

"갈까?"

"응"이라고 대답하며 리카코가 어린아이처럼 신이치를 바라보았다.

신이치는 천천히 자리에서 일어섰다.

돌아가는 길에 가전제품 대리점이 보였다. 신이치는 무심코 쇼윈도에 진열된 전화기로 시선을 돌렸다. 리카코가 전화기를 깨뜨렸으니 새로 사야 하기 때문이다.

리카코도 걸음을 멈추고 진열된 전화기 쪽을 쳐다봤다.

"무슨 일 있었어?"

신이치가 물었다.

"불쾌한 전화 때문이야."

리카코가 나지막이 대답했다. 장난 전화나 아무 말도 안 하는 전화, 장례식이나 미용 관련 영업전화는 신이치가 혼자 일할 때도 줄기차게 걸려온다. 여자가 받았으니 훨씬 불쾌한 말을 했을지도 모른다.

"엄마가 전화를 했는데······."

신이치는 화들짝 놀라며 리카코의 얼굴을 쳐다보았다.

"저…… 혹시 우리 어머니……?"

"아니야."

리카코가 짜증스럽다는 듯 고개를 옆으로 흔들었다.

"엄마라고 하면 우리 엄마지."

친어머니 말에 격분해서 수화기를 박살내다니…….

신이치는 어이가 없어서 리카코의 얼굴을 바라봤다.

"야근하지 말고 상사에게 부탁해서 편한 부서로 옮겨달라고 해. 여자에게 가장 중요한 일은 아이를 낳고 기르는 거야. 네가 회사에서 하는 일은 언제든 남자가 대신할 수 있잖니. 그렇지만 뱃속에 있는 아기의 엄마는 너뿐이야. 내 말 알아들었어? 임신했으면서 출장이라니, 그게 말이나 되니? 아이 생명과 일 중에 어느 쪽이 더 소중한지 알기나 해?"

장모가 딸에게 그렇게 말했다고 한다.

신이치는 다 옳은 말이라고 생각했다. 그러나 서글프게도 그에게는 올바른 말을 현실에 적용시킬 경제력이 없었다.

"엄마는 나와는 다른 세상을 살아온 사람이야. 내가 독립한다고 했을 때도 맹렬하게 반대했어. 여자가 혼자 살겠다니 말도 안 된다며 펄펄 뛰었지. 엄마는 스무 살이 넘은 딸이 부모에게 의존해 사는 게 얼마나 이상한 일인지 몰라. 자식을 끝까지 잡아두지 않으면 엄마로서의 정체성을 갖기 힘드니까 그럴 테지. 무슨 말인지 알겠어? 그게 바로 전업주부의 말로라고."

혼자 살긴 했지만, 리카코의 생활은 독립도 자립도 아니었다.

신이치는 그때 눈치를 챘어야 했다고 후회하며 그녀 집에 못 들어가고 문 밖에서 기다려야 했던 때를 떠올렸다.

보나마나 집 안은 더러운 옷, 찻물 때에 전 찻잔, 컵라면 용기, 책, 액세서리들이 엉망으로 뒤엉켜 발 디딜 틈도 없는 상태였을 것이다.

그러나 지금 그 말을 꺼내 쓸데없이 자극시킬 필요는 없었다.

신이치는 말없이 걸어갔다.

"말로에 접어든 전업주부가 집안일을 거들어주러 우리 집에 오겠다는 거야."

"난 좋아……. 아무 문제없어."

"난 싫어."

리카코가 낮은 목소리로 말했다.

"난 어엿한 성인이야. 엄마랑 같이 시장 보러 나가고, 고향집에서 보내주는 반찬이나 받아먹고, 어린애나 봐달라는 부탁은 하고 싶지 않아."

그게 무슨 문제란 말인가, 상대가 그런 일을 함으로써 기쁨을 얻는다면 효도도 되니 일석이조 아닌가. 자기는 그런 걸 눈에 거슬린다고 말할 정도로 속 좁은 남자는 아니다.

장모와의 동거, 물론 그리 달갑지 않게 여기는 남자도 분명 있을 것이다. 그러나 신이치는 오히려 대환영이었다. 어머니가 함께 살면 리카코도 감정 폭발을 조금은 억제할지도 모른다.

신이치에게는 출입금지인 리카코의 방도 어머니라면 들어가서 청소할 수 있을 것이다.

그리고 도저히 여자라 여겨지지 않는 리카코의 횡포와 칠칠치 못한 생활 태도를 꾸짖어줄지도 모른다.

신이치가 식사 초대를 받았을 때, 하늘하늘한 블라우스 위에 앞치마를 두르고 온화한 표정에 품위 있는 말씨를 쓰던 장모의 모습이 새삼 떠올랐다. 적어도 현재 리카코에게 똑 부러지게 바른말을 하며 야단칠 수 있는 사람은 장모뿐이었다.

"난 신경 쓸 거 없어."

"똑같은 말 자꾸 하게 만들지 마. 그런 라이프스타일은 스스로가 용서할 수 없어."

신이치는 내가 용서할 수 없는 건 너의 무신경함과 깨진 변기라는 말을 애써 목 안으로 삼켰다.

"어쨌든 일단 들어가자."

신이치는 한숨을 내쉬고, 리카코의 허리에 팔을 두르며 걸음을 재촉했다.

리카코가 잠든 한밤중, 신이치는 불현듯 생각이 떠올라 컴퓨터 앞에 앉아 이메일을 체크했다. 마쓰이와 나오코가 벌써 정보를 퍼뜨렸는지 지인들에게 몇 통의 축하 메일이 들어와 있었다.

축하한다, 정말 축하한다? 대체 뭘 축하한다는 거지?

네 번째 메일은 마쓰이가 보낸 것이었다. 그러나 그것은 '축하한다'는 내용이 아니었다. 원고 의뢰였다. 얼마 전 《전략

2000)에서는 잡지 홍보를 겸해 메일매거진을 시작했다. 반응이 좋으면 앞으로 분량을 늘일 계획을 가지고 있는 시험 단계였고, 예산이 거의 들지 않는 편집은 마쓰이에게 맡겨둔 형태였다. 그래서 신이치도 얼마 전에 핵연료 사이클에 관련한 간단한 과학 해설 기사를 썼다. 이번 원고 의뢰는 메일매거진에 편집 후기 같은 형태로 라이터들의 간략한 한마디를 넣을 예정이니 원고를 보내 달라는 내용이었다.

한마디든 편집 후기든 그런 원고는 써본 적도 없다. 당혹스러워 전화를 걸었다. 12시가 지났지만, 마쓰이는 금방 전화를 받았다.

"가벼운 신변잡기 형식으로 가볼까 해. 다시 말해 어떤 사람들이 이 메일매거진을 만드는지 소개하는 식이지. 만드는 사람들의 소개 비슷한 코너를 만들려는 거야."

"신변잡기……."

신이치가 가장 자신 없어 하는 분야였다. 자기의 신변은 물론 심정을 쓴다는 상상만으로도 기분이 언짢아졌다.

"부탁해. 시간이 없어."

"글쎄, 뭘 써야 할지……."

"쓸 얘기 있잖아. 자네에겐 인생 최대의 사건도 생겼는데 왜 그래."

"사건?"

"아기 말이야."

"그런 개인적인 일을……."

"아, 글쎄 개인적인 일이면 된다니까 그러네."

전화를 끊고 컴퓨터를 마주보고 앉았다. 아이가 생겼다고는 하지만, 자기 아이가 존재한다는 건 상상도 할 수 없는 일이었다. 솔직히 갓난아기가 귀엽다고 생각해본 적조차 없다.

도무지 아이가 좋아지질 않는다.

손가락이 키보드 위를 스치고 지나갔다.

갓 태어난 아기는 응애응애 울어댈 뿐, 세상 물정도 말도 모른다. 원숭이와 별 차이가 없다. 전차 안에서 소란을 피우는 아이들이 있으면, 자리를 포기하더라도 다른 칸으로 옮긴다. 그러나 결혼을 하면 아이를 어떻게 할 것이냐 하는 문제가 생긴다.

결혼 초에는 당혹스러웠다. 아이가 있는 게 바람직하겠지만, 남의 아이조차 밉살스럽게 느껴졌다. 그러니 자기 아이는 상상조차 할 수 없었다. 그렇긴 해도 어차피 아이를 낳을 생각이라면 될 수 있는 한 빠른 편이 좋을 것이다. 의학이 아무리 진보했다고 해도 나이에서 자유로울 수는 없다. 건강상의 이유만은 아니다. 아이를 서른여덟 살에 낳는다고 하면, 그 아이가 순조롭게 대학을 졸업할 무렵에 부모는 예순 살이 된다.

갓 결혼했을 때는 양가 가족이 이따금 '아이는 어떻게 할 거냐'고 물었는데, 머지않아 그런 질문은 하지 않았다. 다소 예민한 문제이다 보니 주위에서 배려를 해주는 건지도 모르겠다.

　결혼하고 얼마 안 되었을 때는 '생기면 생기는 대로 어떻게든 되겠지'라고 생각했고, 아이를 낳는 쪽도 낳지 않는 쪽도 모두 소극적이었다. 다른 무엇보다 아내가 출산한다는 게 상상이 가지 않는다. 아내는 신탁은행의 전문직으로 남성과 나란히 경쟁하며 일을 한다. 생활도 불규칙하고 건강도 좋은 편이 아니다. 접대나 회사 업무상 일상적으로 술을 마시고 귀가했고, 찬 냉방 공기만 오래 쐬어도 컨디션이 무너져 감기에 걸렸다. 그러면 닥치는 대로 감기약을 먹고 증상을 완화시켜 출근했고, 과로로 쓰러질 때까지 일을 계속했다. 그런 사람이 산달까지 태내에 아기를 보호하고, 낳고, 키운다는 게 믿어지지 않았다.

　그런 상황에서 아내가 임신을 했다. 역 앞 산부인과에서 소변검사와 초음파 진단을 하자 임신이라는 진단이 나왔다. 이미 4개월째에 접어들었다.

　금방이라도 진눈깨비로 변할 것 같은 차디찬 비가 일주일 가까이 내린 후, 계절은 급속하게 겨울을 향해 달려갔다.

　잎을 떨어뜨린 플라타너스 가지 사이로 끝없이 맑고 푸른 하늘이 올려다 보일 무렵, 리카코의 배는 조금씩 눈에 띄기 시작했다.

입덧은 끝나고 이제는 뭐든 먹을 수 있다. 앞으로 3, 4개월 후에는 아기가 태어난다. 아빠가 된다는 게 여전히 실감이 나진 않았지만, 신이치는 조금씩 상황을 받아들이기 시작했다. 기쁨도 체념도 아닌 이상야릇한 기분이었다.

육아서나 병원에서 나눠준 안내서, 리카코가 산모교실에서 들고 온 텍스트를 훑어보고 출산까지의 타임스케줄을 컴퓨터에 입력해 관리했다.

신이치는 취재하고, 필요한 책을 읽고, 번역하고, 기사를 쓰는 일 짬짬이 아기가 지낼 공간을 만들기 위해 자기 책들을 정리했다. 그러나 리카코에게 엄마로서의 자각이 얼마나 있는지 의심스러웠다.

리카코가 쓰는 다다미 여덟 쪽짜리 남쪽 방은 옷, 책, 컴퓨터가 어지러이 널려 있고, 여전히 발 디딜 틈조차 없었다.

"저어, 이건 읽어봤어?"

아침 식탁에서 리카코가 병원에서 받아온 안내서를 건네주며 신이치가 물었다.

임신해서 출산할 때까지 산모가 해야 할 일들이 거기에 나와 있었다.

방 정리는 임신 4개월에서 5개월 사이에 끝내둬야 한다고 나와 있었다.

6개월이 지나면 몸이 무거워져서 가구를 옮기거나 몸을 구부리는 동작은 하기 힘들다. 그리고 2, 3개월째에는 아직 안정되지 않았기 때문에 유산을 막기 위해서라도 그런 동작은 피하는 게 좋다.

리카코는 이미 6개월이 지나 있었다. 이제 곧 7개월째로 접어드는데 신변 정리는 손끝 하나 안 댄 상태였다.

리카코는 보고 있던 CNN 뉴스 화면에서 시선을 돌려 안내서를 힐끔 쳐다봤다.

"알았어, 읽을게"라는 대답이 돌아올 줄 알았다. 그러나 리카코는 "아직 안 읽었어"라고 대답하더니, MCI월드콤(미국의 통신회사)의 스프린트(역시 미국의 통신회사) 매수 소식을 전하는 뉴스로 다시 시선을 돌리고 토스트를 베어 먹었다.

"대충이라도 훑어봐둬."

신이치는 짜증이 난 것 같은 리카코를 자극하지 않으려고 조심스럽게 말했다.

"출산휴가 시작하면 읽을게."

그러면 늦다는 말을 꺼내기도 전에 리카코는 찻잔을 내려놓고 핸드백을 거머쥐더니 허겁지겁 현관으로 향했다.

신이치는 꼭 도망치는 것처럼 급히 걸어가는 리카코의 뒷모습을 멍하니 지켜보았다.

임신 자체로부터 도망치는 것 같기도 했다. 남자가 파트너가 임신한 상황에서 도망치는 거라면 이해할 수 있다. 그러나 자기 뱃속에 아이를 품은 여자가 어떻게 도망칠 수 있단 말인가. 신이치는 그저 신기할 뿐이었다.

버버리 트렌치코트를 걸친 리카코의 뒷모습은 무릎이 살짝 벌어진 느낌이었다. 언뜻 볼 때는 임신한 티가 안 나지만, 미세한 동작이나 몸짓에서 임산부임을 감지할 수 있었다. 그러나 리카코는 무척이나 세심하게 주위 사람들이 임신을 눈치 채지 못하게 신경을 썼다.

리카코가 근무하는 동방신탁은행에서는 배가 부른 여성 은행원들을 위해 점퍼스커트 모양의 임부복을 준비해두었다. 신이치는 최근에 리카코가 스커트 단추를 풀어놓은 모습을 보고 그 옷을 빌리면 어떻겠냐는 말을 꺼낸 적이 있다.

리카코는 딱 잘라 싫다고 말했지만, 그 이유를 밝히지는 않았다.

그 옷은 일반직 여직원용이고 리카코 같은 종합직은 사복을 입고 일한다는 게 한 가지 이유일 것이다. 제복처럼 생긴 하늘색 폴리에스테르 옷은 입을 수 없다는 직위에 대한 자존심도 있을 것이다. 그러나 리카코는 그 이상으로 임부복 자체에 저항을 느끼고 있는 것 같았다.

리카코는 얼마 전부터 허리에 부분적으로 고무줄이 들어간 한 사이즈 큰 스커트를 입는다. 메이커에 따라서는 상하 사이즈가 다른 옷을 구입할 수 있으므로 라지 사이즈 스커트 위에 몸에 딱 맞는 스타일의 긴 상의를 입으면 배가 나온 것은 거의 드러나지 않았다.

리카코는 그런 정장에 힐을 신고 출근했다.

신이치가 의학서에서 읽은 지식에 따라 양말에 굽이 낮은 신발을 신으라고 수없이 말해도 소용없었다.

"그런 모습으로 회의에 참석하고 거래처를 만나라는 거야?"라며 금방이라도 달려들 듯한 표정을 지었다.

신이치는 혹시 리카코가 아이가 태어나는 걸 원치 않는 건 아닐까 불안한 생각이 들었다.

신이치에게 임신 사실을 알릴 때는 분명 기뻐하는 것 같았다. 그렇지만 지금은 번거롭고 일에 방해되는 일을 저질렀다고 속으로 혀를 차는 건 아닐까. 아니, 어쩌면 아예 그런 생각조차 안 하는지도 모른다.

임신 사실에서 눈을 돌리고, 태어난 아기는 '3저' 남편에게 밀어붙이고, 가벼워진 몸으로 자기 혼자만 예전과 다름없는 생활로 돌아가려는 건 아닐까.

신이치는 리카코의 방 문을 활짝 열었다. 눈부시게 들이비치는 아침 햇살을 받아 책꽂이 틈틈이 허옇게 쌓인 먼지가 두드러져 보였다. 한밤중에 들어와 새벽에 출근하는 리카코에게는 그 먼지가 안 보인다. 아니, 보여도 안 보이는 척하는 건지도 모른다. 그러면서도 신이치가 청소를 하려고 방의 물건을 조금이라도 건드리면 불같이 화를 낸다. 자기가 없는 사이 방에 들어갔다는 것만 알아도 기분 나빠 했다. 그러나 이런 집에 갓난아기가 들어오면 금세 병에 걸릴 게 뻔하다.

신이치는 문 앞에 우두커니 선 채 먼지투성이 방을 바라보았다.

평상시에도 많았던 리카코의 야근은 임신이 판명된 후로 더 늘어났다. 출산휴가로 빠지는 기간을 대비해 업무 준비를 해둬야 하기 때문이라고 리카코는 설명했다. 그러나 모성 보호 관점에서 보더라도 그런 논리는 통하지 않는다. 기업 쪽에서도 그렇게 무리하게 일을 시킬 리가 없다. 산업재해니 노동기본법 위반이니 하는 소송을 당해 문제를 일으키고 싶지 않을 것이다. 아무래도 리카코가 자기 욕심에 제멋대로 하는 일일 것이다.

"이상론이야 얼마든 떠들 수 있겠지. 그렇지만 현실은 달라. 불량채권 문제, 게다가 빅뱅(일본의 금융시스템개혁 또는 금융혁신을 의미함) 후에는 본격적인 경쟁 시대로 돌입해버렸어. 무능한 사원은 정리되면 끝이야. 그것뿐이 아니야, 합병은 계속되고 있다고. 이젠 중역들도 여유로울 수 없는 시대야."

리카코가 언짢은 듯 말했다.

"그럼 일하는 여자가 안심하고 아이를 낳아 기를 수 있는 사회는 어디에도 없다는 소리군"이라고 신이치가 말하자, "여자의 도리 어쩌고저쩌고 내세워서 더 이상 날 짜증나게 만들지 마"라는 고함으로 이야기는 끝나버렸다.

신이치는 먼지가 가득한 방 문을 닫았다. 보고 싶지 않은 공간이었다. 뱃속에 아이를 품고 거래처와 고객에게 임신 사실을 들키지 않게 신경 쓰며 야근을 밥 먹듯 하는 리카코가 녹초가 되는 건 당연했다. 그러니 휴일에는 온종일 누워 지내는 것도 어쩔 수 없는 일이었고, 출산 준비에 신경 쓸 여유가 없는 것도 무리는 아니었다.

그러나 그것만은 아닌 것 같았다. 리카코의 야근도 '여자의 이상론만 내세우면 일은 못 한다'는 뜻이라기보다 리카코가 엄마가 된다는 중대한 사실이 두려워서 일로 도망치기 위한 핑계일 뿐이라는 생각을 떨쳐낼 수 없었다.

그렇다고 자기가 리카코를 대신해줄 수도 없는 노릇이다. 엄마가 되는 건 여자뿐이다. 아무리 노력해도 남자는 아기를 낳을 수 없고 젖을 먹일 수도 없다. 자신은 어디까지나 아빠이며, 아기를 보살피는 섬세한 일을 할 사람은 리카코뿐이다. 신이치는 그렇게 생각했다. 그런데 리카코가 저런 태도로 나온다면 앞날은 대체 어찌될 것인가. 아기가 태어난 후의 일을 생각하면 가슴만 답답했다.

방으로 돌아와 잡지에 연재하는 서평 칼럼을 썼다. 원서에 의거해 번역 오류를 고쳐나가며 쓰는 신이치의 칼럼 평가는 일부에서는 꽤 높았다. 그것은 뼈를 깎는 집중력을 요하는 작업이었다.

그런 작업을 할 때 아기가 울기라도 하면 어쩌나 하는 생각이 들었다. 영아유아원에 넣는다고 해도 엄마는 풀타임으로 일하기 때문에 입소 기준에 적합하지만, 자신의 연수입은 200만 엔 정도다. 출판사에서 전화가 안 오면 수입이 없는 사태도 벌어질 수 있다. 다시 말해 실업자다.

그렇다면 자기가 전업 주부主夫가 되어야 한단 말인가.

신이치는 부르르 몸서리를 쳤다. 재색을 겸비한 유능한 아내를 얻었을 때는, 유능한 아내를 외조하기 위해 자기가 앞치마를 두르고, 아내의 팬티를 빨고, 아이를 키우고, 가사 일을 도맡는 꼴사나운 모습은 상상조차 못했다.

서평 칼럼을 다 쓴 신이치는 원고를 이메일로 출판사에 보냈다. 칼럼은 올 12월에 종료된다. 축적된 원고는 거의 단행본 한 권 분량이었다.

"원고를 전면적으로 다듬어서 책으로 내죠"라고 잡지 담당자가 말했다. 아직 20대지만, 진정으로 소설을 사랑하고 그 일에 정열을 다 쏟는 남자였다. 그 사람 덕분에 난생처음 자기 책이 나오게 되는 것이다. 그 생각을 하니 우울한 현실에도 어렴풋하게나마 햇살이 비치는 기분이 들었다.

기시다 신이치의 이름이 인쇄된 단행본이 서점에 진열되면, 리카코도 남편을 조금은 남자로 인정해줄 것이다. 지금처럼 가사 일을 다 떠맡기고, 게다가 아기까지 떠넘기려 하진 않을 것이다.

무명 라이터에서 평론가로 승격하는 것이다. 평론집이 화제가 되면 출간되지 않고 동결된 예전 번역 작품들도 세상에 모습을 드러낼지도 모른다. 아빠가 되고, 동시에 글 쓰는 사람으로 세상의 인정도 받게 된다. 내년은 뜻밖에 최고의 해가 될지도 모른다.

모든 문제가 한 권의 평론집으로 해결될 것 같은 기분이 들었다. 신이치는 북향 창으로 멍하니 바깥을 내다보았다.

하늘은 파랬다. 옆 공터 맨션 건설 현장에서 크레인이 천천히 철근을 끌어올리는 모습이 보였다.

그때 조급하게 인터폰 울리는 소리가 들렸다. 두 번, 세 번……. 이렇게 계속해서 초인종을 누르는 사람은 리카코뿐이다. 게다가 화가 많이 났을 때다.

그러나 시각은 아직 오후 2시였다. 퇴근하기엔 너무 이르다. 안 좋은 예감이 들었다.

고개를 갸웃거리며 잠시 머뭇거리다 현관문을 열려고 하는데 열쇠 끼우는 소리와 함께 문이 활짝 열렸다.

리카코가 괴물 같은 표정으로 서 있었고, 거친 숨을 몰아쉬어 트렌치코트를 걸친 어깨까지 위아래로 들썩거렸다.

"무슨 일이야?"

리카코는 대답이 없었다. 한 손으로 신이치를 밀쳐내며 들어오더니 자기가 신고 있던 펌프스를 집어 들더니 있는 힘껏 현관문에 내동댕이쳤다. 굽이 철문에 부딪치며 이웃들에게 다 들릴 만큼 요란한 소리를 냈다.

"이렇게 하면 속이 시원해?"

신이치의 심장이 요동쳤다.

"그런 말…… 한 적 없잖아. 난 그저……."

위가 옥죄듯이 아파오고 등줄기에 땀이 흘러내렸다.

신이치는 임신 중이니 이해해야 한다고 스스로를 타일렀다. 임신 때문에 감정이 불안정해졌을 뿐이다. 아이가 태어나면 나아진다.

과연 그럴까, 라며 자기 안의 또 다른 자기가 심술궂게 웃어 댔다. 임신을 안 해도 칠칠치 못하고, 불결하고, 그저 히스테릭한 여자 아닌가.

쿵쿵 발소리를 내며 안으로 들어간 리카코를 따라가자, 눈을 부릅뜨고 거실 소파에 앉아 있었다.

신이치는 아직은 어떻게 해볼 여지가 있다고 판단했다. 정말 손쓸 도리가 없을 때는 곧바로 자기 방에 틀어박혀 컴퓨터게임을 켜고 좀비를 죽이기 시작한다.

"점심 먹었어?"

"안 먹어."

리카코가 짧게 대답했다.

신이치는 부엌으로 가서 물을 끓였다. 리카코가 힐끔 이쪽을 쳐다봤다. 그 시선과 동작으로 아내가 자기에게 화가 난 게 아니라 밖에서 무슨 일이 있었다는 걸 알아챌 수 있었다.

"나도 아직 점심 전이라……."

선물로 받은 이나니와 우동을 끓는 물에 풀어 넣었다. 인스턴트 농축 국물에 물을 타서 데웠다. 국물에 달걀을 풀어 넣고 부드럽게 끓어오를 때 파를 다졌다.

그릇에 담아둔 우동에 국물을 붓고, 어제 저녁에 먹다 남은 삶은 시금치와 파를 올렸다. 그릇 바닥에 묻은 물기를 닦아 식탁 위에 올렸다. 리카코가 소파에서 일어나 가까이 다가왔다.

"음, 맛있는 냄새."

표정이 온화했다.

신이치는 말없이 젓가락을 건넸다. 리카코는 양손으로 우동그릇을 들더니 국물을 마셨다.

리카코는 우동그릇을 치켜드는 몸짓까지도 아름다웠다. 곧게 편 등줄기, 자연스럽게 힘이 빠진 어깨, 섬세하게 움직이는 손가락.

다도는 우라센케(裏千家, 다도 유파의 하나), 꽃꽂이는 사가고류(嵯峨御流, 꽃꽂이 유파의 하나), 센차(煎茶, 쪄서 말린 차) 다도도 웬만큼 할 수 있었다. 그런데 어째서 자기가 벗은 팬티는 얌전하게 개어 빨래통에 넣지 못하는 걸까. 일주일 전에 마신 차 찌꺼기 비우는 일도 못하는 걸까. 신이치는 화가 난다기보다 체념하는 심정으로 아내를 바라보았다.

"맛있어?"

"응"이라며 리카코가 어린애처럼 활짝 웃어 보였다.

"어쩐 일로 이렇게 일찍 들어왔어? 회사에서 무슨 일 있었던 거야?"

리카코의 얼굴이 험악하게 변했다.

"오늘 회사에서 직원 건강검진이 있었는데, 의사가 나한테 비만이라면서 생활 습관을 재점검하라는 소견을 쓰지 뭐야."

"임신 비만은 난산으로 이어질 우려가 있으니까."

신이치가 의학서에서 읽은 내용을 떠올리며 말했다.

"그런 게 아냐!"

리카코가 고함을 쳤다.

"몸무게가 지난해보다 4킬로그램이나 늘었기 때문이야. 의사가 임신 중이라는 항목을 못 본 거라고."

"사람은 누구나 실수할 때가 있잖아."

"말도 안 돼. 의사가 임신 항목을 놓치다니, 있을 수 없는 일이야. 혹시 병이라도 걸린 상황이면 생명이 오락가락하는 문제라고. 이상한 약을 처방하거나 엑스레이 검사라도 하면 어떻게 되겠어."

신이치는 고개를 끄덕이고, 우동을 먹기 시작했다.

"그래서 내가 진료실에서 소리를 쳤어. 그랬더니 의사란 작자가 뭐라고 했는지 알아? 임신했으면 임산부답게 하고 다니라는 거야. 그래서 나도 임신은 사적인 일이고, 은행 직원이면 은행 직원에 적합한 외모를 해야 한다고 쏘아붙였지. 그랬더니 손가락으로 내 발밑을 가리키면서 소리를 지르는 거 있지. 그 구두가 뭐냐, 그런 걸 신은 사람은 엄마가 될 자격이 없다. 아무리 일을 잘해도 엄마로서 실격이면 여자로서도 인간으로서도 실격이라는 거야."

"그런 일이 있었군······."

분노로 이글거리는 리카코의 눈빛을 바라보면서 신이치는 그 의사의 말에 동의하며 공감을 느꼈다. 엄마 자격이 없는 여자가 아이를 낳아봤자 아이만 불쌍할 뿐이다.

그러나 리카코가 격노한 모습을 보고 있자니 리카코 역시 '여자로서' '엄마로서'라는 말에 이상할 정도로 예민하게 반응하는 걸 느낄 수 있었다. 일을 잘하지만 지금 상태로는 여자로서도 엄마로서도 실격이라는 사실을 리카코도 충분히 자각하고 있을지도 모른다. 리카코 나름대로 그런 점에 초조함과 열등감을 품고 있다. 정곡을 찔려서 폭발적으로 화를 낸 모양이다.

"긴자에 나가볼까?"

신이치가 말했다. 리카코가 우동그릇에서 고개를 들었다.

"구두 좀 사자. 굽 낮고 편안한 구두라도 직장에서 신을 만한 게 있겠지. 그 뭐라더라, 요즘 유행하는 이태리······."

"페라가모? 싫어. 그건 일할 때 신는 구두가 아니야. 샤넬에도 굽 낮고 예쁜 디자인이 있었던 것 같긴 한데."

리카코는 그렇게 말하면서 기분을 바꿨다.

지하철을 타고 긴자로 나간 리카코는 샤넬이 아니라 구찌 매장으로 들어갔다. 직원이 가져다주는 굽 낮은 구두를 이것저것 신어보고, 로퍼와 3센티미터 힐 펌프스를 샀다.

리카코는 구두 상자를 신이치에게 건네고 매장을 나와 백화점으로 가더니 그렇게 싫어하던 임부복 매장을 둘러봤다. 그런데 요즘 임부복은 신이치가 상상했던 주름 잡힌 점퍼스커트 혹은 프릴이나 꽃무늬 원피스 같은 건 거의 없었다. 언뜻 보기에는 일반 옷과 구별이 안 가는 정장이나 몸이 원래대로 돌아가면 라인을 바꿔 입을 수 있는 원피스 종류가 많았다.

베테랑 느낌이 물씬 풍기는 여직원이 다가와 리카코를 곁눈으로 쳐다보며 "오늘 막 들어온 물건이에요"라고 말하더니 안에서 비닐 포장도 안 뜯은 상품을 들고 나왔다.

허리가 넉넉한 바지에 길이가 긴 상의를 조화시킨 남성적인 느낌이 풍기는 슈트였다.

"이게 진짜 여자 옷인가요?"라고 신이치가 어수룩한 말투로 물었다.

네이비블루의 핀스트라이프 무늬가 있는 촘촘한 모직물은 아무리 봐도 남자용 양복이었다.

"네, 물론이죠. 요즘 여성분들은 임신해도 지나치게 임부복 분위기가 풍기는 옷은 원치 않으세요"라며 점원이 동의를 구하듯 리카코를 쳐다봤다.

리카코가 점원이 권한 옷을 들고 탈의실로 들어갔다. 잠시 후 탈의실 커튼이 열리고 리카코가 나왔다.

"어머, 멋져요. 이미지랑 딱 맞네요."

여직원이 소리까지 내며 손뼉을 쳤다.

큰 키에 빈틈없는 화장을 한 리카코가 그 옷을 입자, 배는 거의 눈에 띄지 않았다. 오히려 타이트스커트를 입었을 때보다 유능한 이미지가 두드러졌다.

그렇지만 신이치는 임신 사실이 그렇게까지 애써 감춰야 할 만큼 부정적인 일일까 생각하며 옛날에 흔히 보았던 파스텔컬러 점퍼스커트 차림을 한 임산부 모습을 떠올렸다.

쇼핑을 마치자 7시가 다 되었다. 백화점에서 나온 리카코가 옆 빌딩 6층에 있는 이탈리아 레스토랑으로 신이치를 안내했다.

신이치는 대리석으로 장식한 화려한 인테리어에 주눅이 들었다.

리카코는 "괜찮아, 카드 있어"라며 미소를 짓더니, 웨이터에게 "창가 자리 부탁해요"라고 말했다. 회사 접대 업무로 자주 와본 모양인지 아주 자연스러운 태도였다. 테이블에 앉아 메뉴를 보니 크리스마스 요리 코스가 늘어서 있었다.

"어느새 12월이군……."

신이치는 그제야 알아차렸다.

"정말 빠르지?"라며 리카코가 미소를 지었다.

믿기지 않을 정도로 빨랐다. 신혼다운 시간도 없이 기업 전사인 아내를 출근시키고 맞아들이는 생활에 쫓겼다. 그리고 숨 돌릴 틈도 없이 아빠가 되어가고 있었다.

"크리스마스에 어디 놀러갈까?"

리카코가 물었다. 유급휴가를 하루만 내면 일본 왕 탄생일, 토, 일요일을 포함해 나흘 연휴가 된다고 했다.

"놀러가자고? 자기는 여행 별로 안 좋아하잖아."

"지금은 너무 가고 싶어."

긴자 거리를 내려다보며 리카코가 말했다.

"차 타는 일은 되도록 피하는 게 좋아."

리카코가 고개를 흔들었다.

"지금 못 가면 앞으로는 정말 못 가. 그나마 뱃속에 있을 때가 자유롭다고."

"그러다 만의 하나 무슨 일이라도 생기면……."

"괌은 어떨까?"

"말도 안 돼."

신이치는 놀라서 메뉴판을 내려놓았다.

"거기서 무슨 일이라도 생기면 어쩌려고 그래."

"괜찮아. 예정일은 3월 말이잖아. 아직 4개월이나 남았어."

"갑작스럽게 산기가 오면 어떡해?"

"항공회사는 4주 전까지는 체크 안 하고 태워줘."

"안 돼, 절대 안 돼. 혹시 조산이라도 하면 큰일 나."

"7개월쯤 되면 낳아도 괜찮잖아."

"글쎄 안 돼, 어쨌든 안 돼."

"그럼 나 혼자 갈래."

"제발 그만해."

신이치는 엉겁결에 자리에서 엉거주춤 일어섰다. 웨이터가 의아한 표정으로 이쪽을 쳐다봤다.

"아, 맞다!"

갑자기 생각이 떠올랐다.

"그러지 말고 우리 집에서 크리스마스 파티나 하자. 그 뭐냐, 자기 친구들도 말했잖아……."

신이치는 리카코의 친구들이 신혼집에 놀러오고 싶다고 했던 말을 잊지 않고 있었다.

변호사 오카모토와 재무성에 근무하는 도지마는 신이치의 번역에 흥미를 보이며 다음에 꼭 읽어보고 싶다고 했는데, 리카코가 바빠서 집으로 부를 여유가 없었다. 이런저런 일로 정신이 없는 사이 임신 사실을 알게 되었고, 그 후로는 초대할 만한 상황이 아니었다.

"내가 어떻게든 해볼게. 역 앞에서 꼬치구이 좀 사오고, 스테이크나 치즈, 샐러드 같은 걸 준비하면 되겠지?"

리카코는 잠시 눈을 깜박이더니 금방 웃으며 좋다고 대답했다. 신이치는 그제야 안심이 되어 가슴을 쓸어내렸다.

"당신 친구들도 오라고 해. 결혼식 피로연에 참석했던 사람들 말야."

"그 사람들?"

"으음, 기누타 씨랑 히라오카 씨 일행 있잖아. 결혼 축하선물로 멋진 인형도 받았으니까."

신이치는 속으로 멋지긴 뭐가 멋지냐고 투덜대며 그녀들이 보낸 선물을 떠올렸다. 흰 가운을 입고 시험관을 손에 든, 일부러 매드 사이언티스트 풍으로 데포르메deformer한 신이치 봉제인형이었다.

그러나 신이치는 어쨌든 리카코에게 여행을 포기시켜서 마음이 놓였다.

게다가 파티에는 또 한 가지 효용이 있다. 다른 사람이 온다는 것을 핑계 삼아 리카코의 방을 조금은 정리하게 할 수 있다.

그 주말, 리카코는 투덜거리면서 방에 널브러진 옷들을 옷장에 넣고, 더러워진 옷은 골라서 세탁소로 보냈다. 바닥과 책상 위에 아무렇게나 던져둔 책을 한 곳으로 모으고, 먹다 남은 말라비틀어진 과자와 컴퓨터 주위에 널린 주스 통과 과자봉지를 버렸다.

신이치는 현관과 거실을 청소하며 여기저기 널린 리카코의 실내복과 읽다 만 잡지들을 모아 리카코의 방으로 밀어 넣었다.

크리스마스이브 저녁, 어느 정도 정리정돈이 된 집으로 신이치가 발송한 이메일 초대장을 받은 양쪽 친구들이 모여 들었다.

사온 꼬치구이와 야채를 그릇에 수북이 담는 신이치 옆에서 리카코는 손님을 맞느라 정신이 없었다. 리카코는 평상시 바지정장 차림에서 돌변해 부드러운 라인의 하이웨이스트 원피스를 입고 펄 매니큐어를 발랐다. 그녀는 자기 친구와 신이치의 친구를 구별하지 않고 한 사람 한 사람에게 상냥하게 말을 건네며 인사했다.

"메리크리스마스! 저기 좀 보세요, 결혼 축하선물로 주신 시계 보이시죠? 문자판 색이 독특해서 정말 마음에 들어요. 감사합니다."

물론 전날 신이치가 먼지투성이 유리를 약품으로 닦아냈다는 말은 입 밖에 꺼내지도 않았다.

"지난번에는 고마웠어요. 어머, 머리 자르셨어요? 오늘 드레스랑 너무 잘 어울린다. 아주 멋져요."

"인형 고맙습니다. 남편이 출장 갔을 때 쓸쓸해서 그 인형을 안고 잤어요. 지난번 《전략 2000》에 쓰신 칼럼 잘 읽었어요. 다 옳으신 말씀이에요."

"어머, 잘 지냈어? 베네치아 다녀왔다면서? 곤돌라도 탔어?"

평상시 집에 있을 때와는 전혀 다른 원숙한 미소가 감도는 표정과 한 사람 한사람에게 대수롭지 않은 화제로 술술 말을 건네는 재능에 신이치는 그저 감탄할 따름이었다.

신이치가 부엌에서 음식을 담고 있는데, 나오코와 그녀의 동료인 다카노 나나미가 안을 들여다보았다.

"어머, 깨끗하게 하고 사네"라며 나나미가 감탄했다.

"신혼생활은 어때요?"

나오코가 물었다.

"어떠냐는 게 뭐죠?"

"아이 참, 즐겁다거나 달콤하다거나 행복하다거나, 뭐 그런 거 있잖아요."

"뭐…… 그냥."

"이제 곧 아빠가 된다면서요. 축하해요. 인사가 좀 늦었지만"이라고 나나미가 말했다.

"글쎄 축하할 일이라고 해야 할지……."

그때 리카코가 들어오더니 여자들 앞으로 접시 하나를 내밀었다.

"나나미 씨, 나오코 씨, 이거 남편이 만든 소스예요. 야채에 찍어 드셔보세요."

"아, 그렇군요"라며 두 사람은 리카코의 미소에 포박당한 듯 긴장된 자세로 바로섰다.

"어때요?"

"맛있는데요."

"그렇죠? 우리 남편이 만드는 소스는 최고예요."

리카코가 떠나자마자, 나나미와 나오코가 얼굴을 마주보며 고개를 끄덕였다.

"멋있는 사람이지."

"너무 아름다운 분이다."

그러더니 신이치를 힐끔 쳐다보며 말했다.

"그런데 왜 이런 사람이랑……."

신이치는 그 말을 무시하고 밖으로 나가 오카모토 일행이 있는 곳으로 갔다.

"이렇게 초대해주셔서 정말 감사합니다."

오카모토는 가까이 다가오는 신이치를 알아보고, 동료들과 나누던 대화를 멈추더니 인사를 건넸다. 다른 사람들도 저마다 고맙다는 인사를 했다.

신이치는 "별말씀을"이라는 한마디만 하면서 고개를 꾸벅 숙였다.

바로 그때 리카코가 다가왔다.

"리카짱, 어떻게 지내? 아내 노릇은 제대로 하나?"

도지마가 물었다.

리카코가 웃으며 고개를 저었다.

"아내다운 일은 하나도 못 해. 그렇지만 남편이 포용력이 커서 다행이야. ……으응, 지금은 뭐든 먹을 수 있어. 입덧이 심할 때는 남편이 만들어준 우동 덕분에 겨우 살아났어."

"자상한 남편을 만나서 천만다행이군. 그 말을 들으니 내 마음까지 놓인다. 나 같은 사람이랑 결혼했으면 큰일 날 뻔했다."

도지마가 웃었다.

"그러게, 좋은 분을 만나서 정말 다행이야"라고 말한 사람은 리카코의 중학교 때 친구인 가와사키 지에라는 여자였다. 대학은 리카코와 다른 오차노미즈 여자대학을 다녔고, 졸업과 동시에 공인회계사인 남편과 결혼했다. 리카코의 많지 않은 여자 친구 중 한 사람이었다.

"난 별 볼일 없는 전업주부잖아. 일을 계속하려면 역시 자상하고 이해심 많은 남편이 필요한가봐."

"응, 정말 그래. 요즘은 남편한테 어리광만 부려서 이젠 이 사람 없이는 일도 못 할 것 같아"라며 리카코가 신이치 팔에 매달렸다.

"그래도 일과 가정 양쪽을 다 감당하려면 꽤 힘들 텐데."

오카모토가 리카코에게 나지막이 속삭였다.

그 말투에서 친숙한 사람들 사이의 격의 없는 분위기가 물씬 풍겨서 신이치는 깜짝 놀라 오카모토를 쳐다보았다.

"으응. 그래도 많이 익숙해졌어."

"아직 해외사업부에 있나?"

"응."

"소시에테 제네랄과 파리바가 합병할 때는 무척 힘들었을 텐데?"

"물론이지. 매일 새벽 2시까지 주가 판에 달라붙어 살다시피 했어."

오카모토가 벽 쪽에 있던 의자를 끌어다 리카코 옆에 놓았다. 리카코는 고맙다는 인사도 없이 너무나 자연스러운 몸짓으로 의자에 앉았다.

"어디 아픈 데는 없었고?"

"응, 괜찮아. 잘 수 있을 때는 푹 자뒀거든."

"조심하는 게 좋아. 넌 건강도 잊고 너무 열중할 때가 있으니까."

"결과적으로는 우리 사업에 아무 영향도 안 주고 끝나서 다행이야."

"어쨌든 총자산이 7500억 달러야. 불과 2, 3년 만에 흐름이 바뀌었다고 할 수밖에 없겠지."

"으응."

신이치는 무슨 소리인지 전혀 알아들을 수 없는 대화였다. 리카코가 집에서는 한 번도 꺼내지 않는 말이기도 했다. 눈앞에 보이는 것은 신이치의 가슴에 몸을 기대며 어리광을 부리는 아내의 얼굴이 아니었다. 나오코나 나나미에게 말을 건넬 때처럼 어른스러운 사교술이 넘쳐나는 다소 과장된 미소도 아니었다. 침착하고 조용하며 자연스럽게 긴장을 푼 표정. 그러면서도 완전한 소통이 이뤄지는 대화를 나눴다.

단순한 남녀 관계도 아니고, 그렇다고 비즈니스 분위기가 풍기는 사이도 아니었다. 두 사람 사이에는 누구도 비집고 들어갈 수 없는 친밀한 공기가 떠다녔다.

조금 전까지 우수하고 겸허한 남자로 보였던 오카모토가 언행만 정중할 뿐 결코 만만하게 볼 수 없는 인물로 변했다. 그런 생각이 들자, 오카모토뿐 아니라 잘난 체하지 않는 도지마의 솔직함도 역겨운 자신감처럼 느껴졌다.

사람들 사이를 두루 돌며 대화를 나누고, 훌륭한 호스티스 역할을 완벽하게 해내던 리카코가 오카모토를 상대할 때만은 아무런 허물없이 자리에 멈춰 서서 대화에 빠져들었다.

신이치의 뇌리에 신혼여행에서 돌아오자마자 아내 방에서 발견했던 사진이 떠올랐다. 단체사진도 있었으니 여럿이 함께 여행을 간 것은 분명하다. 오카모토와 리카코가 둘이 찍은 사진만 해도 앞에 컵 여러 개와 페트병이 찍혀 있었고, 셔터를 누른 사람도 따로 있다.

그러나 굳이 둘이서만 그것도 2인용 소파에 앉아 사진을 찍었다는 것은 단체 안에서도 공인된 사이였음을 의미한다.

오카모토는 이미 6년 전에 결혼했다. 자신과 어울리는 가문에서 아내를 맞았다.

신이치는 그가 리카코와 결혼하지 않은 이유를 이해할 수 있었다. 세상에는 자기와는 다른 가치관을 가진 남자가 있게 마련이다.

신이치는 카메라맨 미네무라의 말을 떠올렸다.

"내 말 잘 들어, 여자라는 건 말이야, 머리는 나빠도 괜찮아. 아무것도 못해도 상관없어. 딸은 그저 얌전하고 상냥하게 커주기만 하면 돼. 천박하고 귀염성 없이 크면 큰일이지. 가정교육을 제대로 못 받은 여자는 못써, 제아무리 머리가 좋고 얼굴이 예뻐도 소용없어. 잠깐 즐기는 것뿐이라면 모르지만, 결혼은 역시 가정교육을 잘 받은 아가씨가 최고지."

오카모토는 분명 학력, 키, 수입, 모든 면에서 리카코와 잘 맞는다. 그러나 오카모토가 미네무라와 같은 가치관을 가진 남자라면 여자로서 점수가 높은 사람은 리카코 같은 여자는 아니다. 적어도 리카코의 경력이나 학력은 무의미하다. 가정교육을 잘 받고, 친척들과 우애 있게 지내고, 세심하게 마음을 쓸 줄 아는 아가씨야말로 그의 이상형일 것이다.

더더욱 기분이 나쁜 이유는 리카코와 깊이 사귄 오카모토는 자기가 결혼한 후에야 비로소 알게 된 칠칠치 못하고 손쓸 도리 없이 고집이 세고 수시로 감정을 폭발시키는 리카코의 단점들을 이미 꿰뚫고 있을지도 모른다는 점이다.

그런 사실을 미리 알았더라면 자기도 리카코와의 결혼을 망설였을지도 모른다. 하긴, 망설이긴 해도 아마 결혼은 했을 테지만.

청동 꽃병으로 변기를 부수고 팬티와 서류를 같은 상자에 처박아두는 여자였지만, 리카코는 신이치가 서른이 넘어 처음 알게 된 여자였다. 한동안 리카코의 모든 것에 매료되었다. 완전히 빠져 있었다고 해도 좋다. 어떤 사실을 들이민다 해도 그 단계에서는 헤어지지 못했을 것이다.

그러나 오카모토는 다르다. 리카코와 사귀는 동안, 그녀가 결혼에 적합하지 않은 여자라고 판단하고 아내로 적합한 다른 여자를 선택했을 것이다.

그러나 리카코의 아름다운 얼굴과 자태, 화려한 경력이나 유능함을 생각하면 그냥 버리긴 아까웠을 것이다. 아내만 아니면, 집 안에 묶어두지만 않으면, 리카코는 최상급의 여자였다. 그렇다면 집 밖에 두면 된다……. 굳이 결혼하지 않더라도 리카코에게는 자기 일이 있다. 리카코 역시 오카모토와 결혼하면 지금처럼 제멋대로 살 수 없다는 건 충분히 알고 있었을 것이다. 그런 경우, 전략적으로 가장 유리한 방법은······.

신이치는 거기까지 생각하다 설마 하며 머리를 흔들었다.

"전문가다운 권위가 물씬 풍기는걸."

그때 등 뒤에서 목소리가 들렸다. 나오코가 손가락으로 오카모토를 가리키며 나나미, 기누타와 얘기를 나누고 있었다.

"저 사람, 결혼했어요."

신이치가 말했다.

"에이, 뭐야."

나오코가 노골적으로 낙담한 표정을 지으며 힘없이 어깨를 떨어뜨렸다.

"그런데 여기서 보니까 사모님이랑 너무 잘 어울린다."

나나미가 웃으며 말했다. 천진난만한 척하지만, 어딘가 독기가 서린 말투였다.

"네? 뭐라고 하셨습니까?"라고 물으며 오카모토가 해맑은 미소를 띠고 나나미 쪽으로 고개를 돌렸다.

"이 친구가 당신과 리카코 씨가 너무 잘 어울려서 베스트 커플 같다고 했어요"라고 말하며 기누타 데쓰코가 나나미를 가리켰다.

"아 네, 영광입니다"라며 오카모토가 고개를 숙였다.

"리카코는 저의 영원한 여성이니까요. 열여덟 살 때 만난 후로 줄곧 동경하고 있습니다."

리카코는 웃으면서 어깨를 실룩 움직였다. 여유 있는 그 몸짓과 오카모토의 입에서 자연스레 흘러나온 리카코라는 호칭 때문에 신이치는 기분이 상했다. 그래도 가까스로 미소를 지으며 "그럼 저랑 나오코 관계랑 똑같군요"라며 익숙하지 않은 농담을 했다.

그 말이 끝나기가 무섭게 "전 됐거든요"라는 말이 나오코 입에서 흘러나왔다. 나나미 일행은 나란히 늘어서서 리카코와 오카모토에게 아부를 하듯 말했다.

"그건 그렇고, 오카모토 씨가 아빠였다면 아주 잘 생기고 똑똑한 아이가 태어났겠네요."

평소와 다름없는 그녀들의 괴롭힘이었다. 다만 나오코나 나나미에게는 딱히 괴롭힐 의도는 없다. 별 생각 없는 농담 정도일 것이다. 그러나 신이치에게는 그들의 말이 농담으로 들리지 않았다.

"아니에요, 신이치 씨의 아이라서 잘 생기고 똑똑할 거예요."

리카코가 배를 어루만지며 의연한 어조로 말했다. 단호한 그 말투가 오히려 더 꾸민 것처럼 들렸다. 거짓말 마, 라고 신이치는 입 속으로 중얼거렸다.

어느새 다가왔는지 기누타 데쓰야가 등 뒤에 대고 속삭였다.

"부인, 머리가 정말 좋은 사람이네."

사람들 앞에서 모자란 남편의 체면을 살려주고 그렇게 믿게 만드는 노련함을 갖춘 여자라는 의미라는 것쯤은 신이치도 이해했다.

손님들은 리카코의 완벽한 호스티스 역할에 매료되었는지 그날 밤 11시가 넘을 때까지 떠들썩하게 즐기다 돌아갔다.

현관에 서서 미소를 가득 머금고 "아기가 태어나면 꼭 보러 와주세요"라며 손님들을 배웅하는 리카코, 그 옆에 선 신이치는 그저 입 속으로만 웅얼거리며 꾸벅꾸벅 고개를 숙였다.

"늦게까지 죄송합니다" "정말 고맙습니다"라는 손님들의 인사는 모두 리카코에게만 쏟아졌다.

"안정기에 들어서긴 했지만, 앞으로는 조산 위험이 있으니까 몸조리 잘 해."

이미 두 아이의 아빠인 오카모토는 그렇게 말하며 스스럼없이 리카코의 배를 어루만졌다.

신이치는 흠칫 놀라며 그 손을 뚫어져라 쳐다보았다.

"그럼, 많이 늦었으니 조심해서 들어가세요"라며 마지막 손님을 내보낸 리카코가 현관문을 닫았다. 그리고 고개를 돌렸다.

표정이 변해 있었다.

신이치는 또 시작이구나 싶어 뒷걸음질을 쳤다. 반사적으로 옆에 있던 값비싼 와인 잔 두 개를 움켜쥐고 다른 테이블로 옮겨두었다. 위가 따끔거리기 시작했다.

"도대체 뭐냐고!"

리카코가 발을 구르며 소리쳤다.

"그만해, 아래 층에 울리잖아."

신이치가 허겁지겁 말렸다. 다행히 리카코는 옆에 있는 빈 그릇을 바닥에 내동댕이치진 않았다. 그릇들을 난폭하게 포개더니 부엌으로 들고 갔다. 물을 세게 틀어놓고 물방울이 튀는 것도 개의치 않고 화난 사람처럼 설거지를 시작했다. 신이치는 부엌으로 따라 들어가 설거지가 끝난 그릇을 마른 행주로 닦았다. 손도 까딱 안 하던 사람이 설거지를 하는 모습은 그릇을 깨는 것보다 더 무서웠다.

"왜 그래?"

머뭇머뭇 물어보았다.

"얘기하고 싶지 않아."

리카코가 세제 병을 있는 힘껏 누른 바람에 세제가 개수대 밖에까지 튀었다.

"그래도……"

"자기랑 상관 없는 일이야."

"히라오카 나오코야? 기누타 아줌마? 다카노 나나미? 그 사람들이 하는 말 따위 신경 쓸 거 없어."

"됐다니까! 난 뒷말하는 거 안 좋아해!"

리카코가 버럭 소리를 질렀다. 더러운 접시에서 튄 물줄기가 이리저리 흩어졌다. 그렇게 영문도 모르게 화를 낼 바에는 차라리 뒷말을 하는 게 낫겠다고 신이치는 생각했다.

"저어…… 혹시 나나미가 한 농담 때문이야? 오카모토 아이라면 똑똑할 거라는…….."

"됐다잖아."

리카코가 내뱉듯 말했다.

"대체 영문을 모르니 답답하잖아."

접시에 퉁겨진 물줄기가 신이치의 스웨터에 튀었다. 신이치는 마음속으로 제발 접시 파편만은 안 튀게 해달라고 기원하며 마른 행주로 접시를 닦았다.

리카코는 눈 꼬리를 치켜 올리고 설거지를 계속했다.

"이제, 됐어."

신이치가 말했다. 리카코는 동작을 멈추지 않았다.

"됐으니까 그만 자."

신이치가 리카코의 손에서 강제로 스펀지를 빼냈다. 리카코는 몸을 홱 돌리더니 부엌에서 나가버렸다.

신이치는 설거지를 마치고 부엌 바닥과 냉장고에 튄 물기를 닦아낸 후, 또다시 이혼을 떠올렸다. 아이가 생겨서 못 헤어진다는 생각은 어리석다. 물론 자기 자식이라면 헤어질 수 없다. 책임도 있다. 그러나 리카코가 임신한 아이가 반드시 자기 자식이란 증거는 없다.

결혼 과정을 새삼스레 다시 떠올리자 신이치는 심장이 오그라드는 고통이 느껴졌다. 모든 게 이상했다. 기이하고 부자연스러운 점이 너무 많았다.

너무나 쉽게 결혼을 승낙한 리카코. 격무 속에서도 이상할 정도로 혼인신고와 결혼식을 서두른 리카코. 적어도 외견상으로는 어울리지 않는 사윗감에게 아무런 이의도 제기하지 않은 리카코의 부모님. 그리고 사귄 지 4개월 만의 초고속 혼인신고, 결혼식을 기다렸다는 듯 덜컥 존재를 드러낸 아기.

리카코의 임신이 판명되었을 때는 이미 4개월째였다. 결혼 전부터 리카코와 관계를 맺었으니 이상한 일은 아니었다. 그러나 늘 바빠서 생리가 불순했기 때문에 임신한 사실을 그때까지 몰랐다는 리카코의 말은 아무래도 수상쩍었다.

여자가 되어 본 적이 없으니 여자의 기분은 물론, 신체 감각도 모른다. 그렇긴 해도 여자가 자기 임신 사실을 몰랐다는 게 말이 될까.

십수 년 동안 사귄 남자는 이미 다른 여자와 결혼한 상태다. 그 남자의 아이를 갖게 된 리카코가 계책을 궁리해냈다면 어떻게 행동할까.

아니, 어쩌면 이 모든 것이 무슨 수를 써서라도 오카모토의 아이를 낳으려는 리카코의 함정이 아닐까.

신이치는 발밑의 모래가 무너져 내리며 깊고 깊은 구멍 속으로 빨려 들어가는 기분이 들었다.

리카코와 처음 관계를 맺었던 다다미방을 떠올려보았다. 여자들이 보통 그렇게 선선히 몸을 허락할까. 무드고 뭐고 아무것도 없었다. 어리벙벙한 상태에서 순식간에 관계를 맺고 말았다.

그가 상상했던 여자라는 존재는 적어도 처음에는 저항하고 부끄러워한다. 거부하는 것이다. 그러나 일단 받아들인 후에는 머뭇거림이 뒤섞인 환희의 비명으로 변해간다.

그것이 신이치가 지금까지 여러 미디어를 통해 접해온 여자의 이미지였다. 그런데 기다렸다는 듯한 리카코의 대응 방식은 어떻게 이해해야 좋을까. 그리고 육체관계를 맺은 후, 인생 자체에 긴장감을 놓아버린 것 같은 리카코의 태도는 또 뭐란 말인가.

신이치는 '뻐꾸기다'라고 중얼거렸다. 남의 둥지에 알을 낳는 뻐꾸기 새끼를 키워야 하는 꾀꼬리 신세가 되었단 말인가?

몸이 떨렸다. 자기보다 몸집이 큰 암컷이 알을 낳기 위해 난데없이 날아들었다. 커다란 부리로 콕콕 쪼아대며 자기에게 알을 부화시키고, 새끼가 태어난 후에는 먹이 운반까지 시킬 작정이다.

웃음거리라는 생각이 들었다. 이거야말로 영락없는 웃음거리다.

그렇지만 지금 리카코와 헤어지면 또 얼마나 놀림을 당할까. 그렇게 안 어울리는 커플이 오래 갈 리 있겠냐고 의기양양하게 떠드는 기누타 데쓰코의 얼굴이 눈에 선했다.

신이치는 더 이상 어리석은 생각을 하면 안 된다며 고개를 세차게 흔들었다. 태어날 아기가 자기 자식이 아니라는 건 엉뚱한 공상일 뿐이다. 증거는 아무것도 없다. 설령 옛날에 리카코와 오카모토 사이에 무슨 일이 있었다손 치더라도 지금 리카코가 잉태한 아이는 틀림없는 자기 자식이다.

다른 무엇보다 단순한 억측으로 '헤어지자'는 말을 꺼내면 리카코가 얼마나 난리를 치겠는가.

그보다 이바라키의 어머니에게는 뭐라고 설명해야 하나. 결혼을 그렇게 기뻐하셨으니 아마 낙담해서 앓아누울지도 모른다. 그리고 나오코와 나나미는 또 어떤 표정을 지을까. 마쓰이와 야마자키는 또다시 자기를 '기시다 씨'가 아니라, '신짱'이니 '다쿠신'이라고 부르기 시작할 것이다.

신이치는 수화기를 들고 미네무라의 전화번호를 눌렀다. 새벽 1시가 다 된 시각이었다. 그렇지만 그는 밤늦게까지 깨어 있다고 했으니 아직 잠들진 않았을 것이다.

어떻게 처신하는 게 좋을지 상담할 생각은 없었다. 그저 이런저런 세상사는 이야기라도 나누고 싶었다. 그러다 보면 화제는 자연스레 리카코 쪽으로 기울 것이다.

보나마나 미네무라는 이렇게 말할 것이다.

"자네 여태껏 뭐하고 있어? 헤어지면 끝이야. 그런 여자는 아내도 뭣도 아니야. 자네, 남자 맞아? 투덜투덜 푸념만 늘어놓지 말고 당장 내쫓아버려!"

그렇게 등을 밀어주길 바랐다.

"여자는 얼마든지 있어. 수입이 적든 덩치가 작든 그런 건 문제가 안 돼. 남자답게 사느냐 못 사느냐가 가장 중요한 문제라고."

그렇게 격려해주길 바랐는지도 모른다.

그러나 전화를 받은 사람은 미네무라가 아니었다. 졸린 여자의 목소리였다. 실례를 저질렀다고 생각했지만 이미 늦었다.

신이치는 기어들어가는 목소리로 "죄송합니다"라고 사과했다. 그러자 상대는 "남편이 늘 신세를 지고 있습니다"라고 인사하더니 "어쩌죠, 하필 오늘따라 아직 안 들어왔네요. 나중에 전화하라고 전해 드리겠습니다"라고 대답했다.

공손한 말씨와는 어울리지 않게 살짝 혀가 짧은 어리광 섞인 발음에서 나이 어린 아내의 분위기가 물씬 풍겨났다.

"아닙니다, 괜찮습니다. 제가 다시 걸겠습니다"라고 미안해하며 전화를 끊었다. 그리고 이 시간까지 일을 하다니 역시 잘나가는 사람은 다르다고 감탄하며 다시 한 번 자신의 한심스러움을 절감했다.

리카코가 기분이 상한 이유는 다음날 아침에야 알았다.

손님 중에 한 사람이 "옛날 같으면 노산老産이니 각별히 조심해야 해요"라고 말한 모양이다. 우롱할 의도나 빈정거릴 생각이 있었던 것은 물론 아니다. 순수하게 리카코의 몸을 걱정해서 한 말일 테지만, 그 말이 리카코의 신경을 건드린 모양이다.

"상대도 나쁜 뜻은 없었을 거야"라고 말해도 리카코는 들은 척도 하지 않았다. 그러면서도 누가 그 말을 했는지는 끝내 입을 열지 않았다.

"난 뒤에서 다른 사람 험담하는 거 싫어해"라며 화를 냈다. 험담이나 뒷말을 싫어하는 건 좋지만, 그것 때문에 죄 없이 화풀이를 당해야 하는 쪽은 어디 가서 하소연하란 말인가.

산모교실에 참가했다.

라마즈 분만법 교육이나 시 보건센터가 주최하는 산모교실에는 아빠도 참석해야 한다. 특히 라마즈 분만법은 아빠가 같이 수강하지 않으면 분만실에 못 들어가게 하기 때문에 아내가 희망하는 출산 과정에 동참할 수 없다. 시에서 하는 출산 교육은 의무는 아니지만, 나중 일을 생각해 참가해두는 편이 무난하다.

장소는 집에서 5분쯤 떨어진 곳에 위치한 시 보건센터였다.

집합한 장소는 시청각실처럼 생긴 방이었다.

세 사람이 앉으면 꽉 차는 좁다랗고 긴 테이블이 늘어서 있고, 그 위에 자료가 올려져 있었다. 화려한 컬러 인쇄 팸플릿과 조잡한 손 글씨로 쓴 등사판 인쇄처럼 보이는 전단지 몇 장. 그리고 앞에는 텔레비전 모니터 두 대와 OHP용 스크린도 준비되어 있었다.

시에서 주최하는 모임이라 평일에 열렸지만 실내는 남녀 커플들로 가득

했다. 여자들은 서로 대화를 주고받기도 했다. 아내도 얼굴을 익힌 부인과 얘기를 나눴다. 산모교실은 그동안 여러 번 있었고 모두 비슷비슷한 처지라 쉽게 친해지는 모양이었다.

한편, 나는 난처했다. 아내에게 지금부터 뭘 하느냐고 물어보기도 부자연스럽고, 그렇다고 초면인 남편끼리 공통적인 화제가 있을 리도 없었다. 그러나 주위를 돌아보니 다른 남편들도 어찌 해야 좋을지 몰라 곤혹스러운 표정을 짓고 있어서 안도했다.

이 산모교실은 아빠의 출석도 요청하긴 하지만, 강제는 아니었다. 그래서 남성 출석은 보나마나 적을 거라 예상했는데 놀랍게도 거의 대부분이 부부 동반으로 출석했다. 다들 시간이 남아도는 사람들이 아닐 테니 회사에 휴가를 내고 참석한 게 틀림없다.

대부분 남녀가 같이 참석했지만, 그렇지 않은 사람도 보였다.

배가 많이 나온 젊은 여성과 그녀의 어머니로 보이는 연배의 아주머니도 있고, 혼자 온 여성도 보였다.

또한 부부의 모습도 천차만별이었다. 40대 부부도 있고, 남녀 모두 20대가 안 됐을 것 같은 커플도 있었다. 어쩌면 부부가 아닐지도 모른다.

어쨌거나 젊은 커플은 왠지 어리둥절한 모습이었고, 나이 든 부부는 연신 싱글벙글했다. 다들 갖가지 사연들이 있는 모양이다.

신이치는 거기까지 쓰고 나지막이 한숨을 내쉬었다. 이따위 신변잡기는 쓰고 싶지 않았다. 그러나 메일매거진 2호부터 〈나는 아빠가 되었다〉라는 에세이가 연재되는 상황이 벌어지고 말았다.

불과 나흘 전, 신이치는 마쓰이 앞으로 로켓에 관한 과학 에세이를 보냈는데 그것을 퇴짜 맞은 결과다. 그때 마쓰이가 말했다.

"흠, 그게 말이지, 같은 과학기사라도 유전자 치료나 방사능 유출 사고 같은 거라면 몰라도 솔직히 평범한 사람들은 로켓 기술 이야기는 안 읽잖아."

평범한 사람이라는 게 누구를 말하는 거냐고 반론하고 싶었지만, 제대로 말이 나오질 않았다.

마쓰이는 다른 기사를 써주길 바란다는 말을 꺼냈다.

"커리어우먼 아내의 임신과 출산에 관한 기사를 남성의 시각에서 써볼 생각 없나?"

지난 회에 실었던 '한마디' 치고는 지나치게 긴 신이치의 편집후기에 많은 반향이 있었다는 이야기는 이미 들어서 알고 있었다. 기혼 남성은 물론, 《전략 2000》의 숨은 독자인 직장 여성들에게서도 계속 써주기를 바란다는 요청이 쇄도한 모양이다.

신이치 입장에서는 제대로 된 과학기사는 채택되지 않고, 별 의미도 없는 글을 써야 하는 상황은 뜻밖이며 유감스러운 일이었다. 그러나 여러 차례 신세를 진 마쓰이의 의뢰를 거절할 수 없어서 마쓰이가 붙인 경박한 타이틀의 에세이 〈나는 아빠가 되었다〉를 집필하게 된 것이다.

신이치는 마음을 고쳐먹고 다시 쓰기 시작했다.

보건복지사로 보이는 사람이 앞에 나와 이야기를 시작했다. 아이를 대여섯 명은 키워낸 것 같은 나이든 사람이었다. 특별한 내용은 없었다. 아이 낳는 일은 실제로 경험해보면 결코 쉬운 일은 아니지만, 출산은 자연적인 현상이니 그리 심하게 걱정할 필요는 없다, 그러나 아빠의 도움이 있느냐 없느냐가 큰 차이를 만든다······.

강의 내용은 상식 수준 이하라 그저 흘려듣기만 했고, 너무 빤한 이야기라 졸음이 쏟아질 정도였다.

이어서 2층으로 옮겨 실습을 시작했다. 이번에는 조금 흥미가 생겼다.

옮긴 장소는 '플레이룸'이라 불리는 곳인데, 평소에는 아이들 놀이방으로도 이용하는 듯했다. 상당히 넓었다.

실습 시간에 나에게 주어진 임무는 두 가지였다.

하나는 임신 체험이다. 임산부가 어떤 상황에 놓여 있는지를 아빠에게 체험시키기 위해 재킷을 나눠주고 착용하게 한다.

산달이 되면 수유를 준비하기 위해 유방이 부풀어 오르고, 배도 아기 무게에 덧붙여 자궁 안의 양수, 지방층의 발달로 인해 현저하게 돌출된다. 게다가 앞으로 튀어나온 배가 시야를 가려 자기 발끝도 볼 수 없다.

모조품 유방, 그 말을 듣고 처음에는 적잖이 당혹스러웠는데, 실물 재킷을 보고는 할 말을 잃었다. 성적 매력이라곤 눈 씻고 찾아봐도 없었다. 중량은 재현되었을지 모르지만, 유방도 배도 품위 있는 형체는 아니었다. 두툼한 잿빛 캔버스 덩어리. 촉감도 거칠거칠했다. 학교 체육 시간에 썼던 매트를 말아서 굳힌 것 같은 대용품이었다. 처음에는 이런 곳에 왜 속이 꽉

찬 배낭이 놓여 있을까 의아스러웠다.

모래라도 넣었는지 무거웠다. 무게는 무려 14킬로그램이다. 그렇게 무겁다 보니 얇은 천으로 만들면 금방 찢어져버릴 게 뻔하다.

그렇게 생긴 대용품이기 때문에 쉽게 입을 수도 없다. 배에 대고 안아올리듯이 재킷을 주워들었다. 양손으로 끌어안아야 하기 때문에 등 뒤의 끈은 묶을 수 없다. 보건복지사가 대신 묶어주었다. 무게가 있어서 허리로만 유지할 수는 없다. 목과 어깨에도 튼튼한 가죽 벨트를 고정시킨다. 흡사 고문기구 같았다.

그 자리에서 점프를 하자 엄청난 소리가 났고, 실내에 있던 모든 시선이 나에게 집중되었다. 조금 더 시험해보고 싶었지만, 착지 때 충격 때문에 발바닥이 아파서 그만두었다.

이어서 갓난아기를 목욕시키는 실습을 했다. 신생아와 같은 크기와 몸무게의 인형을 아기 욕조에 넣고 목욕을 시키는 것이다. 무겁진 않았지만 표면이 부드러워서 미끄러질 것 같았다. 고개도 안정되지 않아 잘못 다뤘다간 고장나버릴 것 같았다.

인형과 아기 욕조를 이용해 두 부부가 한 팀이 되어 목욕 실습을 했다. 태어날 아기의 성별을 아는 부부는 그에 맞는 인형으로 목욕을 시킨다.

아내가 인형을 건네주었다. 갓난아기를 안심시키기 위해 가슴에 거즈를 덮고, 손으로 어깨를 받치고 고개가 뒤로 꺾이지 않게 물속에 담근다. 얼굴에 물이 튀지 않게 왼손으로 고개 부분을 받치고 물 위로 띄운다. 오른손에 비누를 묻혀가면서 가슴, 다리, 배, 등, 어깨를 씻긴다. 각 부분을 한 번씩 어루만져주면 끝이다. 물로 헹군 후 바닥에 펼쳐둔 목욕수건 위에 인형을 내려놓는다. 그리고 거즈로 얼굴을 닦고, 면봉으로 코와 귀를 청소하고, 기저귀를 채운 후 옷을 입히면 끝이다. 소꿉놀이 같은 작업이었다.

나는 기계적으로 작업을 마쳤지만, 인형을 함께 쓴 같은 팀의 부부 모습은 잊을 수가 없다. 우리와 비슷한 또래였는데 조금 살이 찌고 느긋해 보이는 부부였다.

"움직이지 않는 인형이라 잘 할 수 있었지만, 실제 아기는 어떨지 자신이 없군요."

그렇게 말하는 남편은 인형을 보는 것만으로도 눈을 가늘게 떴다. 아들이나 딸을 만나게 될 날을 눈이 빠지게 기다리고 있는 것 같았다.

나 역시 아빠가 된다는 자각은 있다. 의사가 보여주는 초음파 진단 영상도 봤다. 아내 배에 손을 대고 뱃속에서 움직이는 아이를 만져보기도 했다.

그런데도 나는 여전히 기대도, 또한 아빠가 된다는 실감도 나지 않는다.

그건 그렇고 섬뜩한 인형이었다. 신이치는 무의식적으로 혀를 찼다. 베이지색 피부와 푸르스름한 머리, 표정없는 얼굴은 묘하게 생생했고, 그보다 더 기분 나빴던 것은 인형답지 않은 무게였다. 솔직히 그런 걸 보고 눈을 가늘게 뜨는 아빠는 변태가 아닐까 하는 생각까지 들었다.

목욕 실습 때, 눈을 살며시 뜬 반들반들한 인형 얼굴에 여자처럼 생긴 오카모토의 얼굴이 겹쳐졌다. 정말 많이 닮았다. 적어도 그때만은 빼다 박은 것처럼 똑같았다.

젠장, 더는 못하겠어, 그렇게 소리치고 싶었다. 그 순간 인형의 머리를 받치고 있던 손이 무의식적으로 빠져버렸다. 쿵 소리를 내며 인형 머리가 욕조 가장자리에 부딪혔다.

"조심하세요. 실제 아기면 큰일 나요"라고 질책하는 보건복지사의 말을 신이치는 멍하니 흘려들었다.

'아빠로서의 기대도 실감도 안 나는' 정도가 아니다. 지금 신이치의 마음을 뒤덮고 있는 것은 결혼 생활 자체에 대한 회의와 의문이었다. 그것을 덮어둔 채 어슬렁어슬렁 예정표에 따라 산모교실에 다니는 것이다. 게다가 그런 상황을 메일매거진이라는 공적인 자리에 훤히 들춰내고 있다.

결국 헤어지겠다는 결단은 그렇게 물 건너가 버리고, 자기 자식이라는 확증도 없는 아이만 리카코의 뱃속에서 착실하게 커가고 있었다.

시계는 5시를 지나고 있었다. 신이치는 컴퓨터를 끄고 책상에서 일어섰다. 시장 보러 나갈 시간이다.

그때 전화벨이 울렸다. 수화기를 들자 리카코였다.

그날 반일 휴가를 낸 리카코는 산모교실이 끝나자마자 도망치는 토끼처럼 쏜살같이 사무실로 향했다.

"미안, 정말 미안."

리카코가 어리광 섞인 목소리로 말했다.

"문제가 생겼어."

"문제라니?"

"계약 조항에 약간의 차질이 생겼어."

설명해봐야 못 알아들을 거라는 뉘앙스가 풍겼다. 실제로 그렇긴 하지만…….

"어쨌든 늦어질 거야. 저녁은 밖에서 해결할게."

"알았어. 굶고 일하면 안 돼. 가게에서 파는 간단한 음식이라도 꼭 챙겨먹어."

신이치는 그 말만 하고 수화기를 내려놓았다.

계단을 내려가 우체통을 들여다봤다. 석간과 함께 전단지 몇 장이 들어 있었다. 별 생각 없이 꺼냈는데 침이 꿀꺽 넘어갔다.

세일러복 옷자락을 걷어 올린 여자 사진이었다.

낯 뜨거운 광고 문구들이 춤추고 있었다.

통증과도 같은 갈증이 느껴졌다. 신이치는 자신이 남자라는 사실을 새삼 실감했다.

생각해보면 리카코의 임신 사실을 안 뒤로는 줄곧 잠자리를 멀리했다. 얼마 전《전략 2000》회의를 마친 후, 라이터와 편집자 등 남자들끼리만 술집에 간 일이 있었다. 그때 이런저런 얘기를 나누다 임신한 아내와 어떻게 섹스를 즐기느냐 하는 화제가 나왔다. 두 아이의 아빠인 마쓰이가 기다렸다는 듯 온갖 체위를 떠들어댔다. 그러자 그 자리에 있던《전략 2000》의 책임 편집자가 말을 가로막았다.

"마쓰이 씨, 어떻게 그렇게 애처로운 일을 합니까. 그냥 돈 내고 유흥업소 가서 해결하세요."

신이치는 그들의 대화를 들으며 말없이 빙긋빙긋 웃기만

했다.

신이치는 자기의 욕망을 위해 큰 배를 끌어안은 아내를 안을 마음은 없었다. 그렇다고 해서 어디 사는 누군지도 모르는 여자를 돈 주고 사는 일에도 저항감을 느꼈다.

사카무라 가오루, 아베 미유키, 고야나기 미리……. 종이 질이 나쁜 전단지 속에서 선명하지 않은 사진 속 여자들이 미소를 짓고 있었다. 그 모습은 천사처럼 보이기도 하고, 구원의 여신처럼 보이기도 했다.

전단지를 손에 들고 엘리베이터 홀로 다시 돌아가려는 순간, 우편함 옆에 붙은 안내문이 눈에 들어왔다.

"쓰레기는 정해진 날에 버려주십시오"라는 것은 맨션 주민들을 향한 안내문이었다. 그 옆에 붙은 안내문은 외부인에게 하는 경고였다.

"추잡한 전단지를 우편함에 넣지 말 것. 아이들이 봅니다."

그리고 그 옆에 한 장이 더 붙어 있었다.

"추잡한 전단지를 넣는 사람은 발견 즉시 경찰에 넘기겠습니다. 관리인."

그리고 우편함 옆에는 보란 듯이 커다란 플라스틱 쓰레기통이 놓여 있었다.

불현듯 그날 참석했던 산모교실의 정경이 떠올랐다.

"자, 남성 여러분, 임산부가 되어 봅시다. 임신 후기에 아내는 어떤 느낌으로 하루하루를 보내고 있을까요?"라는 보건복지사의 말에 다 큰 성인 남성들이 임부 체형을 딴 재킷을 착용해야 하는 불합리함. 그걸 입고 비틀비틀 걷고 뛰어오르며 "확실히 무겁네요, 발밑도 안 보이고"라고 감탄하며 아내의 비위를 맞추는 꼴사나움.

자신이 서서히 길들여지고 있다는 기분이 들었다. 아니, 남자 전체가 거세되어 가는지도 모른다.

'추잡한' 운운하는 것은 이 맨션에 사는 히스테릭하고 교육열에 불타는 젊은 엄마들이 쓴 말일 것이다. 그리고 옆에 붙은 경찰에 넘기겠다는 경고는 경비회사에서 파견 나온 관리인이 썼을 것이다. 자위대 출신인 관리인은 예순 살이 넘긴 했지만, 백발이 섞인 짧은 스포츠머리처럼 과묵하고 용감해 보이는 남자였다.

1월 말이 가까워 오자, 이윽고 리카코의 배는 눈에 띄게 나왔다. 그러나 야근은 조금도 줄어들지 않았다. 아니, 오히려 전보다 더 늘어난 것 같았다. 출산휴가를 내기 위해 일을 처리해

뒤야 한다던 이유가 이번에는 육아휴가를 내기 위해서라고 바뀌었다.

새해 첫 업무를 시작하는 날 리카코의 상사가 육아휴가 기간에 관해 물었다고 한다. 동방신탁은행의 육아휴가는 아기가 태어난 후부터 1년 내지는 이듬해 4월까지 낼 수 있다. 4월까지라는 시기는 유아원 입학이 용이하다는 이유 때문이며, 보수적이라 일컬어지는 금융업계치고는 획기적인 제도인 듯했다.

다만 앞선 그 제도를 리카코가 누릴 마음이 있는지 없는지는 신이치는 알 길이 없었고, 지금까지 얘기를 나눠본 적도 없었다. 애초부터 휴가를 쓸 마음이 없었다기보다는 다른 출산 준비와 마찬가지로 귀찮아서 결론을 뒤로 밀어놓았을 거라고 신이치는 생각했다.

제도상, 육아휴가는 출산 예정일 2주 전에 신청하면 된다. 그러나 실제로는 대체할 직원을 확보하기 위해 반년 전에는 신청해주기를 원하는 것 같다. 리카코는 이미 임신 7개월째에 접어들었으니 상사 쪽에서도 애를 태우고 있었을지도 모른다.

결국 리카코는 출산 후 꼬박 1년간 육아휴가를 쓰기로 했다. 일반직 여성이라면 어떨지 몰라도 종합직 사원이 이런 제도를 활용하는 것은 드문 일이며, 게다가 그렇게 장기간 휴가를 쓴 전례도 없었다.

뜻밖에 놀라운 점은 상사가 장기 육아휴가를 권했다는 것이다.

남녀고용기회균등법 1기생으로 입사해 아직까지 동방신탁은행에 남아 있는 종합직은 아무도 없었다. 리카코의 동기 여성들은 남편의 전근이나 출산을 이유로 잇달아 퇴직해서 다 그만두었다. 일반직 여성들도 출산휴가를 쓰려고 하면 유형무형의 압력이 가해진다. 가령 휴가를 쓰더라도 직장에 복귀하면 집에서 두 시간이나 걸리는 지점으로 전근을 당하는 실정이다.

그러나 매스컴이 소자고령화(小子高齡化, 어린이가 줄고 65세 이상 고령자의 비율이 늘어나는 현상) 문제를 비중 있게 다루게 된 후, 동방신탁은행도 앞선 제도에 맞지 않는 뒤처진 운용 상황을 지적받았고 매스컴에서도 몇 번인가 비판을 받았다. 엎친 데 덮친 격으로 최근 불량채권을 둘러싼 간부의 불상사가 명백히 드러남으로써 시중은행과 마찬가지로 기업 이미지가 크게 저하되었다.

그런 상황이다 보니, 그 내막과 실상이야 어떨지 모르지만, 고용균등법 시행 때부터 여성 기용에 적극적인 자세를 어필했던 동방신탁은행으로서는 회사를 홍보하기 위해 매스컴에 빈번히 등장시킨 리카코에게 앞선 제도를 활용하게 함으로써 기업 이미지 쇄신을 도모하려는 듯했다. 리카코의 임신과 출산은 본인의 의도와는 상관없이 이미 공적인 일이 되어 있었다.

"낳기로 한 이상, 대충 하고 싶진 않아. 1년간은 육아에 전념할 거야. 그렇지만 태어나기 전까지는 일을 확실히 해둬야 해"라고 리카코가 의연한 어조로 말했다.

"업무는 빈틈없이 하되 쉴 때는 일은 완전히 잊고 쉬는 데 집중하려고 해."

전에도 리카코가 신이치에게 그렇게 말한 적이 있는데, 그때와 똑같은 말투였다.

"같이 있을 때는 그 여자가 전부지. 그렇지만 집에 들어가면 깨끗이 잊어"라고 말하는 바람둥이 남자의 말투와도 비슷했다. 신이치는 과연 그렇게 또렷이 경계 지을 수 있는 일일까 의아하게 생각하며 고개를 갸웃거렸다. 정말 그렇게 할 수 있다면, 엄청나게 무리하는 것이거나 아니면 인격이 분리되었거나 둘 중 하나일 것이다.

혼자 간단히 저녁식사를 하고 한밤중에나 돌아올 리카코를 위해 야식을 준비해놓고 책상에 앉자, 으레 그렇듯 장모에게 전화가 왔다.

리카코는 아직 돌아오지 않았다고 하자, "뱃속에 아기가 있는 사람이"라는 말을 시작으로 밤늦게까지 임산부에게 일을 시키는 회사에 대한 비난, 말을 안 듣는 딸에 대한 푸념, 그리고 아이를 가진 여자가 일을 계속해야 하는 최근 세상 풍조에 대한 비난이 이어졌다.

다른 사람과의 대화에 익숙하지 않은 신이치는 능숙하게 맞장구를 칠 줄도 모른다. 은근슬쩍 화제를 바꾸는 방법도, 장모의 기분이 상하지 않게 전화를 끊는 방법도 모른다.

"아, 네…… 뭐"라고 입 속으로만 웅얼거릴 뿐이다. 시원찮은 대답에 조바심이 났는지 장모의 목소리는 점점 더 높아졌다.

"일하고 싶어 하는 마음이야 나도 이해하지. 그렇지만 그 애가 회사에서 하는 일, 그 뭐냐 돈을 얼마 융자해주느니 하는 건 남자들도 얼마든지 할 수 있는 일 아닌가. 그런데 어쩌자고 아이까지 가진 여자가 일을 하는 건지 난 도무지 이해가 안 가네. 부장인지 지점장인지는 모르지만, 임신한 여자에게 일을 시키는 쪽도 좀 이상하지 않나, 안 그래?"

입을 다물고 장모의 이야기를 일방적으로 듣는 신이치는 모든 비난이 자기한테 쏟아지는 것 같은 기분이 들었다.

'이 변변치 못한 인간아, 너만 제대로 하면 배부른 내 딸이 일할 필요가 없잖아!'

그런 말을 듣는 것 같았다.

간신히 전화를 끊고 책상 앞으로 돌아왔지만 일할 의욕이 사라져버렸다.

게다가 하루벌이 라이터 일도 최근 들어 눈에 띄게 줄어들었다. 과학기사가 특기라고 해도, 본격적인 기사는 이름 있는 사이언스 라이터가 담당한다. 별로 중요하지 않은 기사는 편집자가 편하게 대할 수 있는 나오코나 나나미 같은 젊은 여자들 몫으로 돌아간다. 그나마 간신히 아키야마가 해설 기사 일을 줘서 《전략 2000》과도 인연을 맺을 수 있는 것이다.

신이치는 눈앞의 이익에 얽매여서는 안 된다고 스스로를 타일렀다. 이럴 때일수록 남는 시간을 활용해 본래의 업무인 번역과 평론을 발전시켜야 한다고 자신을 훈계하고, 깨알 같은 글자가 빽빽한 영어 문장을 응시하며 사전을 펼쳤다.

그때 전화가 울렸다. 수화기를 들자, SF 동호회 동료이기도 한 소설가였다.

"이봐, 덴류 출판사 원고료 들어왔어?"

덴류 출판사는 신이치가 북 리뷰를 연재하는 번역 소설 잡지 발행처였다.

"확인 안 했는데 무슨 일 있어?"

"아무래도 문예 부문을 접을 것 같다는 소문이 들려."

순간 머릿속에 떠오른 것은 담당 편집자의 얼굴이었다. SF를 진심으로 사랑하고 그 일에 온 정열을 쏟는 청년은 대체 어느 부서로 이동해 무슨 일을 하게 될까. 자기 책이 나올 수 없다는 걸 떠올린 것은 그 다음이었다.

"뭐 하긴, 아직은 소문일 뿐이지"라고 말을 흐리며 상대가 전화를 끊었다.

신이치는 설마 그럴 리가 없다고 생각했다. 덴류 출판사는 번역서에서는 전통 있는 출판사다. 그런 출판사가 문예 부문에서 손을 뺀다는 것은 상상조차 할 수 없었다.

나흘 후, 신이치는 그 달의 칼럼을 이메일로 덴류 출판사에 보냈는데, 늘 보내오는 잘 받았다는 답장이 없었다.

불안해서 편집부로 전화를 걸자, 전화 연결은 되었다. 전화를 받은 남자는 신이치의 담당자는 출장 중이며 내일 도쿄에 돌아온다는 말을 전해주었다.

 그러나 그 다음날, 담당자가 아니라 또다시 소설가에게 전화가 왔다. 덴류 출판사는 문예 부문에서 손을 뺀 게 아니었다. 도산한 것이다.

 "도산이라니……?"

 신이치는 도저히 믿기지 않아 되물었다.

 "직원도 몰랐다더군. 출근하니까 셔터에 종이가 붙어 있었는데 '관재인管財人 허락 없이 출입 금지'라고 써 있었대. 물론 사내에는 원고와 일러스트 원화들이 그대로 방치되어 있는 것 같아."

 "내, 내, 내 칼럼 묶어서 책으로 출간할 예정이었는데……"

 "벌써 출판됐어?"

 "아직……"

 "그럼, 다행이지 뭘 그래."

 소설가가 당장이라도 덤벼들 기세로 말했다.

 "내 작품은 어떻게 되는 거냐고. 4권짜리 시리즈를 출간했는데 아직 인세도 못 받았어. 총액이 무려 800만 엔이라고, 800만 엔!"

 소설가는 자기 말에 격앙이 된 듯 거칠게 전화를 끊어버렸다.

 신이치는 어이가 없었다.

 첫 단행본 출간의 꿈은 한순간에 무너져버렸다. 그뿐인가, 어제 보낸 칼럼을 활자로 볼 가망도 없고, 지난 달 원고료도 못 받은 상태였다. 물론 800만 엔에 비하면 미미한 금액이긴 하지만.

퇴근한 리카코에게 덴류 출판사가 도산했다는 얘기를 하자, "세상에, 말도 안 돼. 너무해"라며 울상을 지었다.

"그럼 앞으로 시막Clifford D. Simak의 책도 못 읽겠네."

리카코는 덴류 출판사에서 출간하는 번역 소설을 못 읽게 된 것을 안타까워했다. 그러나 남편의 일이 줄어드는 데 대한 위기감은 없었다. 아예 생각도 미치지 않는 듯했다. 실제로 리카코의 수입이 있는 한, 덴류 출판사에서 지불하는 참새 눈물만큼의 돈은 없어도 생활에 아무런 지장이 없다.

그런 와중에 리카코의 배는 점점 더 불러왔다. 아기는 기다려주지 않는다. 신이치는 리카코를 회사에 출근시킨 후 청소기를 돌리고 마룻바닥에 왁스칠을 했다. 그러나 리카코의 방은 손을 댈 수 없었다. 요즘은 청소는 고사하고 방에 들어간 것만 알아도 난리를 쳤다. 더러운 팬티 운운하는 말은 두 번 다시 듣고 싶지 않다고 했다.

그리고 주말에는 온종일 잠을 자거나 게임을 하면서 방에서 나오지 않기 때문에 청소기를 돌릴 수가 없다.

진드기라도 생기면 큰일이라는 생각에 그날 신이치는 굳은 결심을 하고 청소기를 들고 리카코의 방으로 들어갔다.

바닥에 쌓인 책과 의자에 걸쳐둔 옷은 치우지 않고, 일단 빈 공간에만 청소기를 돌렸다. 바닥에 티슈와 종이 뭉치가 어지러이 널려 있어서 그것들을 집어 쓰레기통에 넣었다.

뭉쳐진 종이 한 장을 펼쳐본 것은 별다른 의도가 있었던 건 아니다. 호기심조차 없었다. 뭉쳐져 있긴 해도 그것이 영수증이란 걸 알았기 때문이다. 수입은 별로 없으면서도 영수증만 보면 주워들고 싶어지는 자유업의 습성 때문에 펼쳐본 것뿐이다.

그런데 종이를 펼친 순간 눈에 들어온 것은 '오카모토 님'이라는 이름이었다. 그리고 그것은 아카사카의 한 호텔 영수증이었다. 놀랍다기보다 역시나 하는 마음이 컸다.

마음을 진정시키고 그것이 객실이 아니라 호텔 레스토랑 영수증이라는 걸 알게 된 후에도 역시나 하는 마음은 사라지지 않았다.

날짜를 보니 산모교실에 참석했던 날이었다.

'문제'가 생겼다는 말은 거짓이었다. '계약 조항에 차질'도 뭣도 아니었다.

리카코는 그날 밤 '문제가 생겼다'고 둘러대고 뱃속 아기의 친아빠를 만난 것이다. 그리고 변호사인 오카모토가 애인과의 식사비용을 경비로 처리하려고 영수증을 받았는데, 리카코가 깜빡하고 들고 왔을 것이다.

모든 게 들어맞았다. 달리 무슨 생각을 할 수 있겠는가.

그날 AV 전단지를 쓰레기통에 쑤셔 넣고 집으로 돌아와 한밤중에 들어오는 리카코를 위해 야식까지 준비한 자신은 얼마나 멍청한 놈이란 말인가.

그러나 영수증을 들이대며 추궁하면 리카코가 어떤 반응을 보일지는 안 봐도 훤하다.

"오카모토? 딱히 희귀 성도 아니잖아. 그 친구가 아니야. 오카모토라는 고객에게 건네받은 서류 안에 끼어 있던 영수증일 뿐이야."

그렇게 빤한 거짓말을 할까, 아니면 난데없이 화부터 낼까.

그런 상황이 벌어지면 더 묻고 캘 것도 없이 당장 헤어져야 한다.

나오코와 나나미의 새된 목소리가 들리는 것 같았다.

"애초부터 너무 이상하다 했어. 어떤 여자가 그런 남자랑 같이 살겠어."

기누타 데쓰코는 코웃음을 칠 것이다.

"흐음, 딱하긴 하지만, 빤한 결말 아닌가? 옛날부터 송충이는 솔잎만 먹어야 한다는 속담도 있잖아."

그러나 그것은 라이터 동료 이상으로 SF 동호회 친구들에게도 알려지고 싶지 않았다. 겸연쩍은 듯한, 무슨 말을 할까 망설이는 듯한 표정으로 자기를 바라볼 것이다. 비웃음보다 더 괴로운 건 동정이다.

신이치는 모은 쓰레기를 봉투에 넣고, 건물 밖에 있는 쓰레기장에 버리기 위해 집을 나섰다. 1층에서 엘리베이터 문이 열린 순간, 굵직한 목소리가 들렸다.

"안 돼! 당신 벌써 몇 번째야. 지난번에도 내가 경고했지. 다음에 또 걸리면 곧바로 경찰에 넘기겠다고!"

 육상 자위대 출신 관리인이 단련된 복식호흡으로 고함을 치는 소리였다.

 "죄송합니다. 제발 그것만은……"이라고 애원하는 귀에 익은 목소리가 들렸다. 신이치는 허겁지겁 현관으로 뛰어나갔다.

 카메라맨 미네무라였다. 오토바이용 헬멧을 쓴 미네무라는 관리인에게 팔이 비틀려 일그러진 표정을 짓고 있었다. 어깨에는 무거워 보이는 가방이 걸려 있었는데, 내용물이 쏟아져 현관 홀 가득 흩어져 있었다. 그것은 '추잡한 전단지'였다.

 "저…… 저…… 저기."

 신이치가 관리인의 팔을 잡았다. 말이 제대로 나오질 않았다. 관리인은 미네무라의 팔을 비틀어 잡은 채 "아, 12층 입주자시군요, 안녕하십니까?"라며 신이치에게 인사를 건넸다.

 "이 사람은……"이라며 신이치가 미네무라를 손가락으로 가리켰다.

 "아 글쎄, 몇 번이나 경고를 했는데도 에로비디오 전단지를 자꾸 넣는 겁니다. 아이들이 보니까 그만두라고 했는데 뉘우치지도 않고 계속 이 모양이에요."

 "저, 이 사람…… 제가 아는 사람인데요."

 "네?"라고 놀라며 관리인이 미네무라의 팔을 풀어주었다.

 거친 숨을 몰아쉬며 팔을 주무르는 미네무라에게 관리인이 말했다.

"이것 봐, 당신도 일이라 어쩔 순 없겠지만, 앞으로 우리 맨션에는 두 번 다시 얼씬거리지 마. 그런 걸 막는 게 내 일이니까 못 본 척 넘어갈 순 없어. 뭐, 오늘은 어쩔 수 없군. 이 분 얼굴을 봐서 특별히 용서해주지"라며 신이치를 힐끔 쳐다봤다.

"단, 정말로 이번이 마지막이야. 이거 깨끗이 주워서 처리해. 알았나?"

관리인은 바닥에 흩어진 전단지를 턱으로 가리키더니 등을 획 돌리고 순찰을 돌기 위해 비상계단으로 올라갔다.

미네무라가 전단지를 주워들었다. 신이치도 손이 뒤로 묶인 채 엉덩이를 드러내놓은 간호사 사진이 실린 전단지를 주워서 미네무라에게 건넸다.

"그냥 버려."

미네무라가 시선도 마주치지 않고 말했다.

"왜…… 이런 일을"이라고 신이치가 머뭇머뭇 중얼거렸다.

"일이 끊겼으니 어쩔 수 없잖아."

"끊기다니, 왜요?"

"낸들 알게 뭐야. 내가 작품에 책임감을 가지려고 하면 출판사 놈들은 거북해하지. 우리를 얼마든 바꿔 쓸 수 있는 소모품이라고 생각해. 어차피 카메라맨은 애초부터 돈 되는 일도 아니야. 그런데 여편네는 에어컨 고장 났다고 수리해볼 생각도 안 하고 덜컥 30만 엔짜리 새 에어컨을 사질 않나."

신이치가 물었다.

"미네무라 씨, 일이 끊긴 걸 부인께서도 아시나요?"

"일 얘기를 뭐 하러 여편네한테 일일이 보고하나."

"그래도……."

"아무것도 모르고 내 카드로 쇼핑을 해대지. 그저께는 산 지 얼마 안 되는 아우디를 담벼락에 박아버렸어."

신이치는 할 말을 잊은 채, 초조한 미네무라의 얼굴을 바라보았다. 두 달 전 한밤중에 들었던 그의 아내의 혀 짧은 목소리가 되살아났다.

그녀는 남편이 아직 일이 안 끝나서 들어오지 않았다고 대답했는데, 설마 남편이 이런 일을 한다는 건 꿈에도 상상하지 못했을 것이다. 자기 남편은 여전히 잘 나가는 카메라맨이라 미녀 모델이나 해외 유명 학자나 기업가들의 얼굴을 촬영한다고 굳게 믿고 있을지도 모른다.

신이치는 간호사 엉덩이로 시선을 떨어뜨리고, 참담한 심정으로 고개를 저었다.

"꼭 이런 일이 아니라도……."

"어쩔 수 없잖아."

미네무라가 억누른 목소리로 말했다.

"돈 잘 버는 마누라 덕에 편히 사는 사람이랑은 달라."

신이치는 할 말을 잃었다. 미네무라는 신이치의 얼굴을 아주 잠깐 응시하더니 그 자리에 침을 뱉고 도망치듯 현관 계단을 내려갔다.

아무것도 못하는 아내, 가정교육을 잘 받은 이상적인 아내와 딸을 거느린 가정생활이 지금 사나이 미네무라의 등을 가차 없이 짓누르는 것이다. 그는 관리인에게 팔이 꺾이는 수모를 당면서도 먹고살기 위해 '추잡한 전단지'를 배포할 수밖에 없다.

신이치는 주워든 전단지를 쓰레기통에 넣고 집을 향해 천천히 비상계단을 올라갔다.

리카코의 방으로 들어가 컴퓨터와 책상 주위를 둘러보았다. 둥글게 말린 캐시미어 목도리를 집어 들자, 그 밑에서 자기 얼굴이 나타났다.

작년 크리스마스 파티 때 사진이었다. 샐러드를 접시에 담는 신이치와 그 옆에서 생긋 웃는 리카코. 나오코와 나나미에게 배를 만져보게 하는 리카코, 그리고 단체사진.

보낸 사람은 그날 카메라를 들고 온 오카모토였다. 봉투는 사진과 함께 있었다. 그러나 받는 곳은 집이 아니라 리카코의 회사였다. 봉투에는 오카모토와 몇 명의 변호사 이름이 로마자로 인쇄되어 있었다. 합동사무소 봉투였다. 사진 크기에 비해 봉투가 큰 것을 보면 리카코 앞으로 보낸 편지가 들어 있었을 게 틀림없다.

사진에 편지를 덧붙여 여자의 집이 아니라 직장으로 보냈다. 게다가 그 사진에는 여자의 남편까지 찍혀 있었다.

호텔 영수증, 그리고 리카코 앞으로 보낸 편지가 들어 있었을 것으로 추측되는 봉투. 신이치는 두 가지 증거물을 손에 넣었다. 그것을 들이밀며 리카코에게 내막을 추궁해야 하겠지만, 폭력적인 리카코의 태도가 두려웠다. 남편이 자기 방에 들어가서 편지와 영수증을 찾아냈다는 걸 알면 리카코와의 관계는 두 번 다시 돌이킬 수 없을 것이다. 그러나 실은 이미 회복 불가능한 단계까지 와 있고, 회복되지 않아도 문제될 건 없다고 신이치는 생각했다. 회복 불가능한 사태의 원인은 리카코가 만들었기 때문이다.

한편으로는 혹시 모든 게 자신의 그릇된 추측일 수도 있다는 생각에 망설여졌다. 확증은 없었다.

뱃속의 아이, 동료들에게 간신히 얻어낸 신용과 인간 취급, 그리고 떠올리고 싶지도 않지만 생활비와 문필업이라는 직업.

모든 게 자기의 오해나 그릇된 추측이라면 리카코와 헤어짐으로써 잃게 될 건 너무나 많았다.

다시 혼자가 되면 번역뿐인가, 이제는 라이터 일로 먹고사는 것조차 힘들다. 관리인에게 팔이 꺾인 미네무라의 모습은 내일의 신이치 자신의 모습이기도 했다.

신이치는 현실에서 도망이라도 치듯 '적어도 책 한 권이라도 나와준다면' 하는 생각을 했다. 덴류 출판사가 망하지 않고 평론집이 한 권으로 묶여 출간되었다면……. 발행부수가 적어도 인세가 변변치 않아도, 그 책이 나옴으로써 기시다 신이치의 이름은 해외 SF 평론가로서 번역가로서 인지될 수 있다. 일도 들어올 것이다. 무엇보다 자기 이름으로 책이 나오면 이 상황을 타개하고 새로운 인생을 살아갈 용기를 얻을 수 있다. 우울하고 비참한 마음을 깨끗이 씻어낼 수 있다.

신이치는 오카모토의 이름이 적힌 영수증과 사진을 원래대로 돌려놓고 수화기를 들었다. 《전략 2000》 편집부 전화번호를 눌렀다.

아키야마 센코는 곧바로 전화를 받았다.

"덴류 출판사에 연재했던 칼럼 말인데요."

늘 그렇듯 신이치는 인사도 세상사는 이야기도 없이 곧바로 본론으로 들어갔다. 아키야마도 익숙해져서 "아, 맞다, 그 회사 곧 문 닫죠"라고 대답했다.

"네에."

"그래서"라며 신이치가 숨을 들이마셨다.

"저어…… 그런데 연재했던 칼럼을 묶어서 책을 낼 예정이었습니다."

"어머, 그랬어요? 안타깝게 됐네."

아키야마는 일말의 동정도 느껴지지 않는 목소리로 말했다.

"그래서 상황이 어렵게 됐는데, 낼 수 없을까요?"

"회사가 망해버렸으니 힘들겠죠."

"아, 그러니까 덴류 출판사가 아니라 그쪽에서……."

"네에?"라고 놀라며 아키야마가 되물었다. 신이치가 다시 한 번 말하자, "어려울 거예요"라고 바로 대답을 내놓았다.

"어렵다는 말은 30퍼센트 정도는 가능성이 있다는 뜻인가요?"

"답답하긴, 일본어에서 어렵겠다는 표현은 안 된다는 뜻이에요. 요컨대 영 퍼센트."

아키야마가 짜증스러운 어조로 말했다.

신이치는 속으로 '그럼 아예 처음부터 안 된다고 대답할 것이지'라고 중얼거렸다.

"우리는 원래 경제경영서로 알려진 출판사라 문예 쪽은 약해요. 게다가 번역 SF 소설이잖아요. 하물며 평론을 누가 읽겠어요?"

"그래도……."

"다른 곳을 찾아보는 게 좋을 거예요. 하긴 그것도 이름이 알려진 저자가 아니면 어려울 테지만."

"어렵다는 건 가능성이 영 퍼센트란 뜻인가요?"

"당신은 뭐든 1 더하기 1은 2가 되는 사람이군요"라고 어이없다는 듯 말했다.

신이치는 1 더하기 1이 2가 되는 건 당연한 일이라고 생각하며 고개를 갸웃거렸다.

그리고 지금 《진략 2000》에서 하는 일은 한 권의 책으로 묶을 수 있는 내용도 아니었다.

"고맙습니다. 자 그럼"이라며 수화기를 내려놓았다.

이어서 마쓰이에게 전화를 걸어 매일매거진에서 북 리뷰 코너를 담당할 수 없겠느냐고 물었다.

"안 될 거 없지. 단, 경제서라야 해."

마쓰이가 놀리는 목소리로 대답한 후 덧붙였다.

"SF 문예비평은 나도 하고 싶어. 그렇지만 이건 《전략 2000》 홍보용 메일매거진이야. 그건 알지?"

신이치는 힘없이 고개를 떨어뜨리고 전화를 끊었다.

꿈은 무너지고 출구도 없었다.

그날 리카코가 돌아온 시각은 한밤중이었다. 웬일로 기분이 좋았다.

신이치는 이번에야말로 확실히 해둬야겠다고 마음을 굳게 먹었다. 난폭하게 굴든, 아수라장이 되든 이 이상 거짓된 결혼 생활을 계속할 수는 없었다.

신이치는 신중하게 타이밍을 살폈다. 리카코가 식탁에 앉아 신이치가 건넨 허브티를 여유롭게 마시고 있을 때, 맞은편 자리에 앉아서 물었다.

"지난 1월에 산모교실 참석했던 날……."

"어?"라며 리카코가 눈썹을 살짝 찡그리더니 "아아"라며 고개를 끄덕였다.

"집에 늦게 들어왔었지."

"응."

"저녁, 집에서 안 먹었잖아."

"응, 아카사카에서 먹었어. 오카모토랑, 왜?"

숨이 막혀버릴 것 같았다. 너무나 시원스럽게 자백을 하니

다음 말이 나오질 않았다.

"오카모토랑…… 호텔에서……."

간신히 쥐어짜는 목소리로 말했다.

"응, 아카사카 프린스 호텔 레스토랑."

영수증 그대로였다.

"일에 문제가 좀 생겼거든. 그래서 늦은 거야."

"계약이 어쩌고저쩌고 했던 거?"

"응, 프랑스 항공회사와 리스회사 쌍방과 맺을 계약서를 준비하는 중이었어. 그런데 그 조항 중에 내용을 잘못 쓴 부분이 있었던 거야. 그래서 부랴부랴 오카모토한테 상담했던 거지."

"그렇게 중대한 일을 회사 외부, 그것도 개인적으로 아는 지인에게 상담해도 되나?"

신이치는 이상하리만치 냉정해져서 물었다. 심문하는 말투였다.

"그러니까 오카모토밖에 없지. 믿을 수 없는 사람에게 상담했다가 혹여 외부로 새나가기라도 하면 일이 복잡해지잖아."

"대개 그런 경우엔 상사와 상의하는 거 아닌가?"

리카코가 눈을 부릅떴다.

"상사랑 상의해서 무슨 해결책이 나와? 그러다 회사에서 고용한 변호사와 상담하라는 식으로 일이 커지면 곧바로 이쪽 책임으로 추궁당한다고. 그런 건 딱 질색이야. 그래서 오카모토한테 상담한 거야. 그 친구가 자주 말했거든. 뭐든 일이 커지기 전에 전화하라고. 의문점이 생기면 어떤 행동을 취하기 전에 상의하라고, 행동한 다음에는 늦는다고. 그래서 상담했더니 곧바로 답이 나왔어. 그가 충고해준 대로 양쪽 회사 담당자에게 연락해서 적절한 처리를 했고, 덕분에 무사히 계약을 체결할 수 있었어."

"그래서 상담해준 감사 표시로 식사 대접을 한 거야?"

"그래, 친구 사이에 돈을 주기도 뭣하잖아. 보통은 전화 한 통 상담하는 데도 1만 엔 정도 하지만……. 그런데 그 친구는 남자 체면에 연연하는 사람이잖아. 여자한테 밥을 얻어먹을 순 없다면서 결국 자기가 계산했어."

오카모토 이름이 써 있는 영수증의 내막은 그러했던 모양이다.

"그리고 얼마 후에 참고 자료까지 보내줬어."

거기까지 말한 리카코가 급히 일어나 자기 방으로 들어갔다.

신이치가 낮에 그 방에 들어가 리카코의 책상과 의자 주위를 살펴보았다. 들킬지도 모른다는 생각이 들자 몸이 움츠러들었다.

"음, 이것 좀 봐."

리카코는 기분이 상한 기색도 없이 방에서 나오더니 사진 한 장을 보여주었다. 신이치가 보고 제자리에 돌려놓은 사진이었다.

"어때? 아주 잘 나왔지?"

"이걸 업무 자료와 함께 보냈다는 거야?"

리카코는 "응"이라고 고개를 끄덕이며 사진 속의 신이치를 찬찬히 들여다보았다.

그 말을 믿어야 할지 말아야 할지 판단이 서지 않았다.

리카코는 머리가 좋은 여자다. 굳이 기누타 데쓰코의 지적을 참고할 필요도 없다. 유쾌해 보이는 분위기와 미소 띤 저 얼굴이야말로 무서울 정도로 머리 회전이 빠르다는 증거일지도 모른다.

신이치는 좋지도 않은 머리를 굴리는 걸 포기했다. 태어날 아기는 그냥 하느님의 자식이라고 믿는 편이 훨씬 행복할 것 같았다.

아니, 태어난 후에는 일마든지 자기 자식이 아니라는 걸 증명할 수 있다. 최종적으로는 DNA 검사 방법도 있다. 이혼은 그 뒤로 미뤄도 좋다.

얼어붙은 차디찬 공기가 부드러워지고 매화 향을 머금은 달콤한 공기가 떠다닐 무렵, 리카코는 출산휴가에 들어갔다. 예정일까지는 앞으로 6주가 남았고 아이는 순조롭게 커갔다.

그러나 방은 여전히 정리되지 않았다.

아기 침대를 들여놓을 수 있는 방은 하나뿐이었다. 방이 세 개라곤 하지만, 침실로 쓰는 방은 원래 창도 없는 헛방 같은 공간이었다. 신이치가 일하는 방은 북쪽이라 하루 종일 해가 들지 않는다. 다이닝룸을 겸한 거실은 커다란 식탁과 소파만으로도 가득 찼다.

그렇다면 하루 종일 해가 잘 드는 리카코의 다다미방에 아기 침대를 들여놓을 수밖에 없다. 그러나 그곳은 지금 먼지와 쉰 냄새가 떠다니고 소돔처럼 변해가고 있었다.

리카코는 출산휴가에 들어간 이틀 동안 소돔 같은 방에서 밤낮 없이 잠만 잤다. 휴가 전 일주일은 거의 매일 한밤중까지 야근을 했다. 막차도 끊겨 새벽 1시가 넘어 택시로 귀가하는 생활이 계속되었으니 당연한 일이었다.

그리고 출산휴가 사흘째 아침, 신이치가 깨워서 일어난 리카코는 세수를 하고 아침을 먹었다. 그러나 옷도 갈아입지 않고 방 안에서 이리저리 서성거리기만 했다.

생각해보니 리카코의 임부복은 모두 진남색이나 회색에 어깨 패드가 들어간 비즈니스 정장뿐이었다. 그것도 최대한 몸의 선을 드러내지 않는 갑옷 같은 옷들이었다. 보는 것만으로도 어깨가 뻐근해지는 옷이었다. 그 밖에는 파티드레스 한 벌뿐이었다.

집에서 입을 만한 옷은 물론 근처에 시장을 보러 나갈 때 입을 만한 옷도 없었다.

지금 리카코가 입고 있는 옷은 신이치의 운동복이었다. 통통한 체격인 신이치의 옷을 입으면 배도 그럭저럭 가릴 수 있는 모양이다.

리카코는 무거워진 몸에 색 바랜 하늘색 운동복을 걸치고 신문을 읽었다. 그러나 금세 다시 자기 방에 틀어박혔다.

살짝 들여다보니 옷, 서류, 사전, 잡지, 먹다 만 귤이 어지러이 흩어진 방에서 이른 봄의 햇살을 받으며 모래사장의 바다사자처럼 드러누워 있었다.

계속되는 야근에 시달리던 기업 전사는 커다란 배를 안고 피곤에 지쳐 쓰러져 있었다. 은행에 근무하는 9년간 늘 부족했던 잠을 보상이라도 하듯 노곤한 숨을 내쉬며 잠들어 있었다.

그 모습을 바라보고 있자니 말로 표현할 수 없을 만큼 난잡한 방도, 집에서만 폭발시키는 분노도 무리는 아니라는 생각이 들었다.

그렇지 않아도 짙은 리카코의 쌍꺼풀은 푹 가라앉아 보였고, 뺨은 핏기 없이 건조했고 풀어 내린 손상된 머리칼은 불그스름한 갈색으로 퇴색되어 목덜미를 휘감고 있었다.

"리카짱."

신이치가 그녀의 등을 살며시 어루만졌다. 리카코는 어렴풋이 몸을 움직였지만, 눈은 뜨지 않고 어리광을 부리듯 나지막한 콧소리를 냈다.

그 모습을 보니 뱃속의 아기가 자기 자식이 아닐지도 모른다고 의심했던 것에 죄의식이 느껴졌다.

신이치는 줄곧 잠만 자는 아내를 애처로운 심정으로 내려다보며 옆 의자에 아무렇게나 걸쳐놓은 무릎 담요를 덮어준 후

방에서 나왔다.

예정일까지는 아직 시간이 있다. 어떻게든 되겠지.

라이터 일은 다시 조금씩 들어오기 시작했다. 하루 이틀 만에 취재와 원고 정리까지 끝내야 하는 고된 일이었지만, 송금받은 원고료를 시급으로 환산해보면 편의점 직원보다 못한 금액이라 힘이 빠졌다.

꼬박 사흘간 잠만 자던 리카코가 나흘째부터 활동을 시작했다.

그러나 방을 치우거나 배내옷 준비를 시작한 건 아니다.

출산휴가가 시작된 후 공휴일과 토, 일요일을 끼고 사흘간 회사를 쉬었는데, 월요일 아침 9시 정각에 집 전화가 울렸다. 회사에서 온 전화였다. 젊은 남자였다. 꾸물꾸물 일어난 리카코는 회사라는 소리를 듣자마자, 놀라울 정도로 어른스러운 목소리로 인사를 건넸다.

옆에서 듣는 것만으로도 황홀해지는 차분한 말투로 상대에게 지시를 내리고 전화를 끊었다. 20분 후 숫자와 프랑스어가 빽빽하게 적힌 팩스가 도착했다. 잠시 후, 다시 지시를 내려주길 바라는 전화가 걸려왔다.

한 시간 후에는 중년 남자가 전화를 걸었다. 부장이라고 했다. 풀어 헤친 머리를 머리띠로 넘기고 신이치의 운동복을 입은 리카코가 컴퓨터 앞에 앉아 인터넷에 접속했다.

한참 후에는 리카코가 회사로 전화를 걸어서 업무 지시를 내렸다.

"여기가 새틀라이트 오피스satellite office인줄 아나?"

신이치가 온갖 쓰레기와 벗어던진 옷가지들 속에 파묻혀 일하는 리카코를 보며 중얼거렸다.

그 말이 끝나기가 무섭게 "누군 뭐 좋아서 하는 줄 알아!"라는 고함소리가 들려왔다.

신이치는 한마디라도 항변했다가는 끝장이라는 판단을 하고 어두침침한 자기 방으로 도망쳤다. 어쨌거나 상대는 임산부다. 정상적인 정신 상태가 아니다. 그렇게 생각하기로 했다.

그건 그렇고 동방신탁은행이라는 회사는 대체 어떻게 생겨먹은 회사일까. 신이치도 장모처럼 고개를 갸웃거렸다. 출산휴가를 낸 직원 집으로 이렇게 빈번하게 전화를 하다니, 도대체 여자 한 사람에게 얼마나 많은 일을 시켰단 말인가. 그게 아니면, 혹시 리카코가 부하 직원에게 정보를 건네주지 않고 혼자 끌어안고 있다는 뜻일까.

그로부터 나흘간, 리카코는 컴퓨터와 전화와 팩스에 매달려서 한밤중까지 일을 했다.

결국 신이치는 리카코의 방청소를 포기해버렸다. 언젠가 급해지면 알아서 할 거라고 생각하기로 했다.

임산부 체조가 따로 필요 없을 정도로 나흘간에 걸쳐 격무에 시달린 리카코는 기력이 쇠잔한 듯 또다시 빈둥거리기 시작했다.

"너무 누워서만 지내면 분만할 때 힘들다고 써 있잖아."

그날 신이치는 더는 참을 수 없어서 병원에서 받은 팸플릿을 펼쳐서 보여주었다.

리카코는 뜻밖에도 순순히 그것을 받아 한 번 훑어보더니 비즈니스 풍 정장 임부복으로 갈아입었다. 산책용 운동복을 사오겠다고 했다.

리카코를 밖으로 내보낸 후, 방 청소를 시작하려던 신이치는 별 생각 없이 병원에서 받은 지침서를 다시 한 번 읽었다. 그리고 깜짝 놀랐다.

거기에는 임신에서 출산 사이에 꼭 해둬야 할 일들이 월별로 나와 있었다. 입원용 네글리제(얇은 천으로 원피스처럼 만든 헐렁한 여성용 잠옷), 해산용 바지, 아기 내복과 겉옷, 그밖에 자잘한 물건들은 임신 7개월까지 준비해둬야 한다고 나와 있었다.

"뭐야?"

신이치는 엉겁결에 소리를 질렀다.

입원 전에만 준비하면 된다고 생각했는데 임신 7개월, 즉 지금으로부터 2개월 전에 준비가 끝났어야 하는 물건들이었다. 그 무렵부터 조산할 가능성이 있기 때문이라고 한다.

그러나 신이치는 준비한 게 아무것도 없었다. 신이치는 그렇다 치고, 엄마가 될 리카코 역시 준비하는 기미조차 없었다.

신이치는 거리낌 없이 리카코의 방을 뒤지기 시작했다. 역시 아무것도 없었다.

"그럼 그렇지, 어련하시겠어……."

신이치는 그렇게 중얼거리면서 리카코가 늘 드러눕는 다다미를 내려다봤다. 왠지 그 부분만 배가 불룩 나온 리카코의 몸 형태로 파이고 따뜻한 온기가 남아 있는 느낌이 들었다.

그때 리카코가 돌아왔다.

마음에 드는 운동복이 있었던 모양이다. 몸이 무거운데도 발걸음 소리는 가벼웠다.

"신이치"라고 부르며 리카코가 북쪽 방 문을 여는 소리가 들렸다. 신이치는 대답하지 않았다.

곧이어 이쪽 방 문이 열렸다.

"지금 뭐하는 거야?"

등 뒤에서 낮고 험악한 목소리가 들렸다. 책상 위와 컴퓨터 주위를 건드리고, 옷장과 캐비닛을 열어 뒤죽박죽 뒤진 채 앉아 있는 남편의 모습을 발견하고 순간적으로 화가 치밀어 오른 듯했다.

돌아보니 리카코의 눈은 치켜 올라가 있고 뺨은 붉게 상기되어 있었다. 탁월한 미모는 화를 내면 훨씬 두드러져 보였다.

신이치는 입 속으로 '호랑이 마누라'라고 중얼거린 후, 병원에서 받은 지침서를 내밀며 스스로도 놀라울 만큼 냉정한 어조로 말했다.

"준비는 한 거야?"

7개월 부분을 손가락으로 가리키며 말했다. 리카코는 화들짝 놀란 표정을 지었지만 곧바로 말을 받아쳤다.

"이건 집에 있는 사람들 얘기지."

기분 탓일까, '집에 있는 사람들'이라는 말에 경멸의 의미가 깃들어 있는 것처럼 들렸다.

"태어나려면 3개월이나 남았는데 미리부터 요란 떨며 준비할 건 없잖아."

"임신 7개월이 넘으면 언제 태어날지 몰라."

리카코가 입을 떡 벌렸다.

"그렇지만 예정일은……."

"산부인과 선생님이 하신 말씀도 못 들었어? 출산은 예정대로 진행되는 게 아니야. 당신이 하는 일이랑은 달라. 지금 상태에서는 언제 양수가 터질지도 모르고, 조산 가능성도 있다고."

"그렇구나."

리카코가 갑자기 얌전한 말투로 변해 대답했다.

아기 겉옷, 내복, 기저귀, 네글리제, 수건……. 리카코는 자못 진지한 표정으로 지침서에 써 있는 물건들을 작은 목소리로 읽었다.

"하나도 준비 안 했지?"

신이치는 비난할 기운도 없이 힘없이 물었다.

리카코가 고개를 저었다.

"이건 준비했어."

"그래? 뭔데?"

신이치는 리카코가 손가락으로 가리킨 것을 보고 절망적인 기분에 사로잡혔다. 지침서 맨 마지막 기업 광고란에 있는 신사 참배용 기모노였다.

"여기 있어"라며 리카코가 수북이 쌓아둔 자료를 치우고 밑에 있던 상자를 꺼내 열었다. 나프탈렌 냄새가 피어오르는 상자 속에는 고급 옥빛 견직물에 창포 무늬가 흩어진 기모노가 들어 있었다.

신이치는 양손으로 머리를 쥐어뜯은 후 뚜껑을 닫았다.

그때 전화가 울렸다. 두 손을 바닥에 짚으며 내키지 않는 표정으로 굼뜨게 일어서는 리카코를 제지시키고, 신이치가 전화기 쪽으로 다가갔다. 신이치도 민첩한 편은 아니다. 무슨 일을 하든 한 박자가 늦어서 어릴 때부터 줄곧 놀림을 받았다. 그러나 부풀어 오른 배를 감싸 안은 리카코의 중년여자 같은 동작을 보면, 사람이 변한 것처럼 자기가 재빨리 움직이게 되었다.

"여보세요?"

수화기에서 흘러나온 것은 여자 목소리였다. 이번에는 업무 전화는 아니었다.

장모였다.

"그래, 자넨가? 날세."

상대는 그렇게 말하고 입을 다물었다. "안녕하세요, 장모님. 오랜만에 인사드립니다. 아, 이젠 완연한 봄날이네요. 건강은 어떠십니까?"라고 인사할 틈을 주는 것일 테지만, 신이치는 그런 말을 할 재주가 없다.

"안녕하세요…… 저어, 무슨 일로?"

그렇게 말을 하자마자, 상대는 토라진 목소리로 단숨에 이야기를 시작했다.

"아무래도 초산이니 여러 가지로 불안할 테고, 남자들은 출산의 고통도 잘 모르질 않나."

"아, 네……."

"그래서 말이네만, 친정에 와서 낳는 게 제일 좋을 것 같군."

"아…… 네에."

"딸아이한테는 두세 달 전에 미리 말은 해뒀네만, 출산휴가는 벌써 시작했겠지? 그래, 지금은 어떻게 지내나?"

"주로 잡니다."

"자다니, 그게 무슨 소린가? 그럼 아기가 너무 커져서 출산이 힘들어진다는 거 몰라서 그래? 자네가 좀 잘해야지, 내 말 무슨 말인지 알아듣겠나?"

애원하는 어조 이면에는 비난하는 기미가 느껴졌다.

"아무튼 친정으로 보내주게. 뭐, 그쪽 집안은 그쪽 집안 나름대로 방식이 있겠지만, 내 딸 아닌가. 나도 시어머니 곁에서 아이를 낳긴 했지만, 그것도 말 못 할 마음고생이 있는 법이야. 아프고 힘들어도 친정어머니랑 달라서 어리광을 부릴 수도 없어. 그저 꾹 참을 수밖에 없지. 자네도 내 마음 이해하겠지? 그런 경험을 시키고 싶은 부모가 어디 있겠나?"

"저…… 저희 어머니는 오시지 않습니다."

"그럼 친정집으로 보내줘도 아무 문제없겠군."

"음…… 어……."

대환영이다. 얼른 데려가준다면 더 이상 바랄 게 없다. 영원히 맡아준다면 더더욱 고마운 일이다.

그러나 속마음을 밝힐 수는 없었다. 성실하게 대답하려고 할수록 말이 목구멍에 걸려 제대로 나오질 않았다.

리카코의 부모님은 처음부터 대하기 어려웠다. 그분들뿐만이 아니다. 다른 사람과 대화를 나누는 것 자체가 서툴다. 연령이 다르고, 업계와 취미도 다른 상대는 더더욱 힘들다. 가뜩이나 어려운 장모가 자기 잘못도 아닌데 질책하듯 말을 하니 뭐라고 변명할 수도 없었다.

"저로서는 딱히…… 반대할 생각은 없습니다."

"이보게, 아내라는 입장은 말이네, 남편이 가도 좋다고 했다고 냉큼 짐 싸들고 친정으로 올 수 있는 게 아니야."

"그럼, 어떻게 하라는 건가요?"

신이치가 물었다. 그로서는 그저 단순한 질문일 뿐이었다. '그럼 제가 어떻게 하면 좋을까요? 지시를 내려주시면 장모님이 하라는 대로 하겠습니다'라는 게 신이치가 말한 의미였다. 그러나 이 말은 일반적으로 다른 뉘앙스로 받아들여진다.

"뭐, 뭐야? 자네, 지금 그걸 말이라고……"

장모는 말끝을 흐리더니 화를 억누르듯 침묵을 지켰다. 그리고 잠시 뜸을 들인 후, 기관총처럼 쏘아대기 시작했다.

"지금까지는 딸아이 입장도 있어서 혼자 가슴속에 품어두고 있었네만, 오늘은 도저히 참을 수가 없군. 난 이 결혼, 처음부터 반대했네. 서른을 훌쩍 넘긴 딸이기는 해도 포기한 자식은 아니었어. 내놓은 자식이 아니란 말일세. 내 배 아파서 낳은 자식이야. 아무나 데려가주기만 바랐던 건 아니야. 이렇게 안 어울리는…… 아니 뭐, 자네한테 무슨 문제가 있다는 건 아니네만, 세상 사람들 보기에도 좀 더 안정적인 결혼을 할 수도 있었을 거란 뜻이네."

'더러운 팬티, 먹다 만 과자, 읽던 책을 같은 상자에 처박아두는 여자에게 어울리는 상대가 있다면 나 역시 보고 싶다'는 말대답도 신이치의 입에서는 나오지 않았다.

"아니…… 그건, 음……"이라고 그저 입술만 달싹거릴 뿐이었다.

노여움과 분노와 굴욕감은 그렇지 않아도 원활하지 못한 신이치의 혀를 더욱 굳게 만들었다.

그 순간, 등 뒤에서 느닷없이 수화기를 낚아챘다.

희번덕거리는 눈빛에 괴물 같은 표정을 한 리카코가 수화기에 대고 버럭 소리를 질렀다.

"제발 생트집 좀 잡지 마. 지금 이 사람한테 뭐라고 한 거야? 난 절대 안 가. 출산은 부부 문제야. 친정에 가서 낳는다니 말도 안 돼. 힘들면 이 사람 손을 잡을 거야. 이 사람한테 보살펴

달라고 할 거라고! 그래서 남편이 있는 거 아냐? 요즘 부부 관계는 엄마 시대랑은 달라. 적어도 난 아내를 자기 어머니한테 맡기고 요정에서 기생이랑 술이나 마시면서 출산 소식을 기다리는 아빠 같은 남자랑 결혼한 건 아니라고. 이 사람은 세상에서 가장 소중한 내 남편이야. 두 번 다시 이 사람한테 이상한 소리 하지 마!"

매섭게 쏘아붙이는 아내의 말을 들으며 신이치는 그 자리에 털썩 주저앉았다.

어쩌면 리카코는 진심으로 자기에게 반했을지도 모른다. 써먹기 좋은 남자라 놔주지 않는 것뿐이라고 해석하기에는 그 말에 진실함이 넘쳐났다.

딸에게 호된 공격을 당하는 장모가 조금 애처롭기까지 했다.

"친정은 안 가더라도 한동안 어머님한테 우리 집으로 오시라고 하면 어떨까?"

신이치가 리카코의 옆구리를 찌르며 말했다.

리카코의 방을 당신 눈으로 확인하면 장모도 조금 전 같은 무례한 말은 하지 않을 거라는 의도도 깔려 있었다.

리카코가 수화기를 막고 소리쳤다.

"싫어!"

10

그날 오후 신이치는 혼자서 신주쿠로 쇼핑을 나갔다.

손에 든 메모지에는 지침서에 나온 물건들이 적혀 있었다.

집 근처에도 일용품을 파는 가게는 있다. 그러나 입원에 필요한 드라이샴푸(물을 사용하지 않고 두발이나 두피를 청결하게 하는 제품) 종류에서 갓난아기용 내의까지 한꺼번에 사기 위해서는 아무래도 도심지까지 나가는 편이 좋을 것 같았다.

리카코는 집에 두고 나왔다. 산달인 아내를 전차에 태우거나 오래 걷게 하고 싶지 않았고, 쇼핑이 한 군데서 끝나지 않을 경우에는 방해가 될 거라는 판단 때문이다.

신이치가 쇼핑을 하는 동안, 리카코는 인감과 모자母子 수첩, 보증금 등 병원 수속에 필요한 것들을 준비해두기로 했다.

신주쿠 역 서쪽 출구로 나온 신이치는 우선 대형 약국으로 들어갔다. 1층 진열대를 둘러보니 린스와 샴푸 진열대가 안쪽 깊숙이까지 이어져 있었다. 치약, 헤어무스, 스프레이, 세제……. 약국이 꼭 백화점 같았다. 교복을 입은 여고생과 젊은 여자의 체취가 가게 안에 가득했다. 그러나 일회용 기저귀나 거즈 손수건 종류는 없었다. 점원들은 재잘대는 여고생을 상대하느라 바빠서 물어볼 만한 분위기가 아니었다.

1층을 한 차례 돌아보고 필요한 물건을 찾지 못한 채, 2층으로 올라갔다. 그러자 매장에 있던 여자들의 험악한 시선이 일제히 신이치에게 쏠렸다.

점원에게 메모를 보여줄 수도 없었다. 약국이라는 건 이름뿐이고, 거기에 있는 것은 화장품과 액세서리뿐이었다. 도망치듯 허겁지겁 계단을 내려와 갈색 머리 사이를 빠져나가려는 순간, 통로에 있던 가방에 걸려 넘어질 뻔했다. 몸이 크게 휘청거리는 바람에 진남색 교복을 입은 학생의 어깨를 스친 찰나, 머리 위에서 혀 차는 소리와 함께 날카로운 목소리가 들려왔다.

"으, 재수 없어. 짱 나게 뭐야, 이 아저씨!"

순간적으로 아저씨라는 말이 이해되지 않았다. 그때까지 자기에게 쏟아진 욕설은 '오타쿠'나 '꼬맹이'였다. 그리고 '3저'라는 말도 있었다. 그러나 이제 갓 서른이 넘었는데 아저씨라고 불릴 줄은 꿈에도 몰랐다.

어안이 벙벙해서 밖으로 나오자, 가게 앞 판매대에 내놓은 새로운 컬러 립스틱 옆에 거울이 있었다. 무심코 거울을 바라보니 거기에 비친 사람은 영락없는 아저씨였다.

작년 봄까지도 새카맣던 머리칼이 어느새 관자놀이 언저리에 백발이 섞여 있었다. 나이로 치면 새치라고 불러야 하겠지만, 마음고생을 한 탓인 건 분명했다.

대체 결혼을 왜 했을까.

약국을 나와 역 빌딩에 있는 잡화점으로 들어갔다. 그곳에서 생리대와 드라이샴푸 등을 찾긴 했지만, 거즈 손수건과 수유패드라는 물건은 없었다. 2층 일반 의류 매장으로 올라가보니, 어린이용 옷은 있어도 갓난아기용 면내의는 없었다.

심한 피로감이 몰려들었다.

시계를 보니 복잡한 거리를 한 시간 반이나 헤매고 있었다.

신이치는 녹초가 되어 계단 입구 벤치에 주저앉아 자동판매기에서 뽑은 주스를 마셨다.

그런데 한 손에 소프트아이스크림을 든 유치원생쯤 된 사내아이가 난데없이 달려들었다. 신이치가 앉아 있는 벤치에 흙 묻은 신발로 올라서더니 아래로 뛰어내렸다. 사방을 이리저리 뛰어다니다 다시 벤치로 올라왔다.

아이 엄마는 갓난아기를 안은 채 수다를 떠느라 신경 쓰는 기색도 없었다.

사내아이가 벤치 위에서 폴짝폴짝 뛰기 시작했다. 쿵쿵거리는 진동이 전해져서 도저히 앉아 있을 수가 없었다.

'개구쟁이는 딱 질색이야' 라고 속으로 중얼거렸다.

신이치는 적의를 품은 눈빛으로 사내아이를 쌔려보았다. 사내아이는 아무 거리낌도 없이 신이치를 쳐다보았다.

'아저씬 뭔데? 불만이라도 있어?' 라고 말하는 듯한 뻔뻔스러운 표정이었다.

피곤까지 겹친 신이치에게는 그 표정이 목을 비틀고 싶을 만큼 밉살스럽게 느껴졌다.

"쇼핑에 지쳤다는 이유로 엄마 눈앞에서 아이를 목 졸라 죽이다. 실업자 라이터, 대낮의 광기."

머릿속에 그런 신문 헤드라인이 떠올랐다.

아이는 본 척도 않고 수다에 정신이 팔린 엄마 쪽으로 시선을 돌리자, 갓난아기와 눈이 마주쳤다. 아기는 멍한 표정을 짓고 있었다.

귀엽지 않았다.

'어린애는 싫다. 정말, 정말 싫다.'

사내아이든 갓난아기든 간에 어째서 저런 생물을 귀엽다고 느끼는지 신기했다. 앞으로 2, 3주 후면 자신도 그런 존재를 품에 안게 된다. 그런 생활을 상상한 순간, 기분이 암담해졌다.

아이 엄마가 힐끔 고개를 돌렸다. 그러더니 곧바로 고함을 질렀다.

"마짱! 얼른 이리 와. 그러다 아저씨한테 혼난다."

그렇게 야단치는 여자가 너무나 한심해 보였다.

'당신 같은 여자는 아이 낳을 자격도 없어.'

신이치는 속으로 그렇게 중얼거리며 자리에서 일어섰다. 그러나 아직 돌아갈 수 없다. 갓난아기용 면내의와 해산용 바지와 네글리제도 아직 구하지 못했다.

터벅터벅 계단을 내려가는데 "어머!" 하는 소리가 들렸다.

"기시다 씨, 맞죠?"

나오코였다. 평상시처럼 다쿠신이라고 부르지 않고 기시다 씨라고 불렀다.

"몰골이 왜 그렇게 초췌해요?"

속으로 괜한 참견 말라고 중얼거리면서 "그렇게 보여요?"라고 되물었다.

"네. 회사에서 잘린데다, 실업급여는 몽땅 경마에 걸었다 날려버린 아저씨 같아요."

"피곤해서 그렇죠 뭐……."

한숨을 내쉬며 지나치려 했다.

"왜요?"

"찾는 물건이 없어서"라고 신이치는 솔직하게 대답했다.

"뭘 찾는데요?"

신이치가 말없이 메모지를 펼쳤다.

순간, 자신이 엄청난 실수를 했다는 걸 알아차렸다. 재색을 겸비한 최고의 아내를 얻었다는 것은 그 아내가 남편에게 매료되어 헌신을 다할 때라야만 당당히 가슴 펴고 자랑할 수 있는 것이다.

그런데 아내가 출산 준비도 할 수 없는, 아내로서 엄마로서 여자로서도 실격인 여성이며, 그 여자를 대신해 남편인 자기가 물건을 사러 나왔다는 사실이 나오코에게 알려졌다간…….

"있지, 있지, 신주쿠에서 우연히 다쿠신을 만났거든. 그런데 정말 웃기지도 않더라. 갓난아기 내의니 부인 생리대를 산다고

헤매고 있더라니까. 그거 완전 여왕 부인과 노예 남편 관계 아닌가?'

동료들과 요란하게 웃고 떠들어대는 모습이 눈에 선했다.

"뭐예요, 이게."

나오코가 웃었다. 그러나 요란하게 웃어젖히진 않았다. 비웃음도 아니었다.

"백화점에 가면 다 있어요. 아동 매장 절반이 갓난아기와 임산부 코너니까 옷은 물론이고 아기 침대, 욕조까지 없는 게 없어요."

"백화점……."

아동 매장 층에는 한 번도 가본 적이 없으니 알 리가 없었다.

"그렇지만 백화점은 미키하우스니 파밀리아니 유명 브랜드를 다 갖춰놓긴 했지만 엄청 비싸요."

"어…… 그럼."

"합리적인 가격 선은 킨더랜드가 나을 거예요."

"그게 뭐죠?"

"회원제 매장이에요."

"저, 미안하지만……."

그곳을 가르쳐달라는 신이치의 말이 채 끝나기도 전에 나오코가 앞장서서 걸어가기 시작했다.

"안내해드릴게요. 이쪽이에요."

"아니, 그냥 장소만……."

"저한테 회원 카드도 있어요."

"아니, 그럴 필요까진 없어요. 지금 바쁜 거 아니에요?"

미혼인 나오코가 아기용품점 회원 카드를 왜 가지고 있는지 의아해하며 신이치가 말했다.

"아뇨, 괜찮아요. 신경 쓰지 마세요."

신이치는 그녀의 친절함이 당혹스러웠다.

"리카코 씨는 어때요?"

나란히 걸으면서 지금까지 한 번도 들어본 적 없는 허물없는 말투로 나오코가 물었다.

"그냥 집에서 그럭저럭……."

"입덧은?"

"그야 예전에 끝났죠, 벌써 산달인데. 다만 태아가 밀어 올리는 느낌이 든다고 한 번에 많이 먹진 못해요. 그래서 언제든 간단히 먹을 수 있는 음식을 만들어서 냉장고에 넣어두죠. 오늘은 감자 샐러드를 만들어줬더니 밥보다 그걸 더 많이 먹더군요."

말을 하고 나서야 또 한심한 소리를 했다고 후회했는데, 나오코는 가볍게 고개를 끄덕일 뿐이었다.

"기시다 씨, 남편 노릇을 제대로 하시나 봐요. 그렇게 자상하게 배려하는 사람인 줄 몰랐는데."

나오코가 사람들을 헤치며 고급 매장과 술집이 늘어선 골목을 걸어갔다.

이윽고 백화점 뒷길에 당도하자, 창고 같은 외관을 한 건물이 나타났다.

'킨더랜드'라는 간판이 보였다.

지금까지 관심이 없었기 때문이겠지만, 신이치는 그 주변에 그런 건물이 있다는 걸 처음 알았다.

"그거 주세요"라며 나오코가 신이치 손에서 메모지를 낚아채더니 서둘러 매장 진열대를 향해 걸어갔다.

플라스틱 바구니에 든 상품들은 높은 진열대 위까지 가득 쌓여 있었고, 형광등 불빛에 비친 그 모습은 밖에서 볼 때와 마찬가지로 창고 그 자체였다.

평일인데도 커플 손님들이 꽤 많았다. 그러나 임신한 여성은 없었다.

"배 나온 사람은 없군요"라고 신이치가 말하자, 나오코가 웃으며 대답했다.

"당연하죠. 여긴 백화점이 아니라 화장실도 깨끗하질 않아요. 몸이 갑자기 안 좋아졌을 때 보살펴줄 시설도 휴게실도 없잖아요. 그래서 갓난아기가 있는 여자나 배부른 사람은 올 수 없어요. 그 대신 가격이 싸죠."

"그럼 저 사람들은 임산부가 아닌가?"

"답답하긴. 배가 표시가 안 날뿐이죠. 아기 용품은 배부르기 전에 다들 갖춰두잖아요."

신이치는 입을 다물었다. 역시 그렇구나 하는 생각이 들었다. 그것이 기본적인 상식이었다.

나오코가 갓난아기용 내의를 손에 들더니 "어떤 게 맘에 들어요?"라고 신이치에게 물었다. 하나는 새하얗고, 다른 하나는 토끼 무늬가 찍혀 있었다.

"토끼도 귀엽죠?"라며 그윽한 미소로 내의를 바라보는 나오코의 얼굴에서는 평상시의 짓궂음은 전혀 느껴지지 않았다. 입은 거칠어도 성격은 좋은 여자였구나 하는 생각이 들었다. 그렇게 보니 나오코의 낮은 코와 짙은 속쌍꺼풀도 나름 매력적으로 보였다.

"하나 물어보고 싶은데, 히라오카 씨는 독신인데 어떻게 이런 가게를······."

"언니가 작년에 애를 낳았어요. 언니 대신 쇼핑하느라고 회원 카드를 만들었죠."

신이치는 "아, 그렇군요. 미안합니다"라고 사과하고, 메모를 보며 필요한 물건을 바구니에 척척 집어넣는 나오코 뒤를 따라다녔다.

문득 주위 사람들에게는 자기들도 커플로 보이지 않을까 하는 생각이 들었다. 사실 키는 리카코보다 나오코와 잘 어울린다. 신이치는 속으로 '나쁘지 않은데'라고 생각했다.

"으음, 아기 침대랑 욕조는요?"

"없어요. 그것도 사야 해요."

나오코가 연결 통로를 지나 동관으로 신이치를 안내했다.

접이식 아기 침대 몇 개가 놓여 있었고, 그것보다 두 배 정도 큰 침대도 보였다. 설명서를 보니 초등학교 입학할 때까지 쓸 수 있는 크기라고 나와 있었다.

"흐음, 이게 좋겠군요"라며 신이치가 감탄하자, "그건 안 돼요"라고 나오코가 말했다.

"유치원에 들어가면 잠버릇이 나빠져서 키에 꼭 맞는 침대에는 재울 수 없어요. 게다가 이렇게 큰 침대를 놓을 만한 공간은 있나요?"

순간 쑥대밭처럼 어질러진 리카코의 방이 뇌리에 떠올랐다.

"침대랑 욕조는 빌려주는 곳도 있어요. 어차피 1년 남짓 쓰면 끝이잖아요."

"그렇군요"라며 다시 한 번 감탄을 했다.

결혼을 안 해도 보통 여자들은 아기에 관해 잘 알고 있다는 생각이 들었다.

나오코가 메모지를 보며 "다음은 입원용 네글리제로군요"라고 말했다.

"저쪽이에요"라고 손가락으로 가리키며 앞장서서 걸어갔다.

"왜 네글리제를 입죠? 리카짱은 파자마를 더 좋아해요. 키도 커서 숙녀용은 어차피 길이도 짧을 텐데."

"간호사가 보살피기에 네글리제가 더 편하니까요."

나오코가 짧게 대답했다.

"산후에는 상처가 남잖아요."

상처라는 그 말이 몹시 생생하게 느껴져서 신이치의 몸이 움쩔 위축되었다. 회음절개란 정말로 그곳을 째는 걸까……. 그것도 가위로. 여자라는 생물은 어떻게 그런 일을 당하고도 제정신을 유지할 수 있을까.

"음, 이건 어때요?"라며 나오코가 네글리제 하나를 집어 들더니 가슴 프릴 사이에 손가락을 끼우고 보여주었다.

"보세요, 이 부분이 잘 열려서 수유하기 좋은 거예요. 가슴이 훤히 드러나지도 않고."

나오코는 그렇게 설명하면서 체리핑크빛 작은 꽃무늬가 들어간 네글리제를 자기 몸에 슬쩍 대면서 보여주었다.

순간 달콤한 기억이 떠올랐다. 어릴 적 이웃집 아줌마가 아기에게 젖을 물리는 모습을 본 적이 있다. 그때는 아줌마로 보였지만, 아마도 젊은 새댁이었을 것이다. 새하얀 유방과 촉촉한 유두가 왠지 모르게 겸연쩍게 느껴져서 감미롭고 애절한 동경을 품었다. 그 아줌마와 나오코의 모습이 겹쳐졌다. 왜 그런지 리카코 모습은 떠오르지 않았다.

"뭐가 좋아서 혼자 싱글벙글거려요."

나오코가 살짝 화가 난 말투로 쏘아붙이더니 물었다.

"그건 그렇고 본인이 안 봤는데 아무거나 사 가면 곤란하지 않을까요?"

"왜요?"

"취향이 있잖아요. 이왕이면 세련된 게 좋을 테고."

"기껏해야 아기 낳을 때만 입는 옷인데요, 뭘. 아이 낳는 산모가 세련되고 말 것도 없잖습니까. 취향보다 기능 위주로 선택하면 되는 거 아닌가?"

"뭘 모르시네."

뭘 모른다는 건지 신이치는 이해가 되지 않았다.

"어쨌든 리카짱은 몸이 무거워서 나올 수가 없어요. 적당히 골라 가면 됩니다. 단, 키가 크니까 사이즈만 라지로 하면 되겠죠."

나오코는 말없이 진남색과 흰색 줄이 들어간, 언뜻 보기에 남자 옷 분위기를 풍기는 네글리제를 집어 들었다.

"아마 이거면 마음에 들어 할 거예요. 프릴이 하늘거리는 건 안 좋아할 테니까."

신이치는 별 관심도 없이 동의했다.

메모해온 물건들은 하나도 빠짐없이 모두 갖춰졌다.

나오코의 회원 카드를 제시하고 계산대에서 돈을 지불한 후, 신이치가 머뭇머뭇 입을 열었다.

"저어, 덕분에 쇼핑 잘 했습니다. 인사라고 할 것까진 없지만 차라도 한잔……."

거절당하지는 않을까 살짝 긴장이 되었다.

"인사는 필요 없지만 나도 좀 피곤하긴 해요. 가볍게 한잔하죠."

그렇게 말하더니 나오코가 또다시 앞장서서 걸어가기 시작했다. 총총걸음으로 들어선 곳은 찻집이 아니라 선술집이었다.

카운터에서 원하는 음료를 사다 마시는 시스템이었다.

"생맥주!"라며 나오코가 카운터에 500엔짜리 동전을 내려놓았다.

"잠깐, 아직 대낮이에요."

신이치가 기겁을 했다. 놀라는 동시에 여자가 덜컥 술을 주문하는 행동에는 무슨 기대가 숨어 있는 건 아닐까 하는 생각도 들었다.

"내가 낸다고 했잖아요"라고 말하자, 나오코가 500엔짜리 동전을 주워들고 고개를 꾸벅 숙이며 고맙다고 말했다. 뜻밖의 순진한 반응이 신선하고 귀여웠다.

신이치는 술은 안 마셔서 커피를 주문해 2층 칸막이 자리로 올라갔다.

"다시 봤어요. 남편 노릇을 제대로 하는데요."

신이치가 자리에 앉자 나오코가 뚫어져라 쳐다보며 말했다.

"솔직히 기시다 씨가 아내 대신 쇼핑까지 해줄 줄은 몰랐어요. 완전 딴사람 같아요."

신이치는 마음속으로 봄바람이 스쳐 지나가는 것 같은 달콤한 상쾌함을 느꼈다.

"아니, 나야말로 나오코 씨한테 이렇게 여자다운 구석이 있는 줄은 미처 몰랐습니다."

다시 봤다는 소리를 들어서인지 말이 술술 나왔다.

"여자답다?"라며 나오코가 의아한 표정을 지었다. 신이치는 개의치 않고 말을 이었다.

"뭐랄까, 역시 아이들을 좋아하고……."

"네에?"

"앞으로도 가끔 여기서 만날까요?"

그 말이 끝나기가 무섭게 나오코의 낮은 코에 주름이 잡혔다.

"정말 싫다!"

나오코가 간발의 차이도 없이 깜짝 놀랄 만큼 리카코와 닮은 말투로 쏘아붙였다.

신이치는 자기가 뭔가 거북한 소리를 했다는 것만은 알아차렸다.

"아니, 농담이에요, 농담. 아…… 그러니까 내 말은……."

"으이그, 정말! 영락없이 엉뚱한 상상이나 하는 아저씨 수준이로군"이라며 입술을 일그러뜨리더니 맥주잔을 쾅 하고 테이블에 내려놓았다.

"아 글쎄, 그냥 농담인데……."

"당신이 그런 말을 하면 단순한 성희롱일 뿐이에요."

신이치는 그렇게까지 심한 말을 들어야 할 일은 아니라고 분개하면서 잠시나마 나오코에게 감미로운 정서를 품었던 자신을 질책했다. 그 후 신이치는 평상시처럼 놀림을 당하면서 커피를 마셨다.

집에 들어간 시각은 저녁 6시가 넘어서였다. "어서 오세요"라는 인사에 이어 곧바로 배고프다고 성화를 해대는 아내 때문에 신이치는 숨 돌릴 틈도 없이 생선을 굽고 된장국을 끓였다.

그 사이 사온 물건들을 펼쳐보던 리카코가 환호성을 질렀다. 나오코가 고른 네글리제를 발견한 것이다.

"어머, 너무 예쁘다"라며 신이 나서 끌어안았다.

"자기는 내 취향을 어떻게 이렇게 잘 알아?"

나오코가 골라줬다는 말은 왠지 할 수 없었다.

다음날 아침, 라이터 동료 한 사람이 전화를 했다. 자기 아기가 쓰던 욕조를 주겠다고 했다. 그리고 기누타 데쓰야는 여동생 집에서 쓰던 아기 침대를 깨끗이 보관해뒀으니 가지러 오라고 연락을 했다.

그리고 그 다음날에는 마쓰이가 다용도실에서 예전에 사둔 아기 기저귀가 나왔다며 난데없이 택배로 보내주었다. 나오코가 동료들에게 이메일로 정보를 흘린 것이다.

"나오코 씨는 참 세심하네"라며 리카코가 천진난만하게 기뻐했다.

그날 신이치는 리카코의 자동차로 동료들의 집을 돌며 침대와 욕조, 그리고 아기 옷까지 챙겨왔다.

리카코는 곧바로 아기 용품을 보내준 사람들에게 정중한 감사 편지를 써 보냈다. 그러나 물건들을 정리하진 않았다.

접이식 아기 침대, 일회용 기저귀, 무명천, 아기 옷들이 산더미처럼 현관 앞에 쌓였다. 신이치도 책이나 일상 잡화는 손쉽게 정리하지만, 그런 물건들은 어디에 어떻게 보관해야 할지

막막했다.

결혼해서 갓 신혼집을 마련했을 무렵의 악몽이 되살아났다.

리카코는 아기가 태어나면 곧바로 쓸 물건들이니 굳이 넣어둘 필요가 없다고 했지만 아무래도 그대로 놔두는 건 눈에 거슬렸다. 그러나 그것을 자기가 정리하는 것은 싫었다.

필요한 물건들은 모두 자신이 구해왔다. 그런데 그것들을 정리하는 일까지 자기가 도맡아 한다면 리카코는 출산 준비도 육아 준비도 하나도 안 하고 엄마가 되는 것이다. 몸이 무겁다곤 하지만 리카코는 현재 직장에 나가지 않는다. 적어도 그 정도 일쯤은 해야 할 것 같았다.

그러나 리카코는 손끝 하나 까딱하지 않았다. 그러면서도 틈만 나면 놀러가자는 소리만 꺼냈다.

"안 된다는 거 잘 알면서 왜 그래"라고 신이치가 대답했다. 병원에서 떨어진 지역에서 양수가 터지기라도 하면, 산기가 오기라도 하면 보통 큰일이 아니다. 예정일까지는 3주밖에 안 남았다.

그러나 리카코의 주장은, 지금껏 직장에 다니면서 이렇게 오래 쉴 수 있는 기회는 거의 없었다, 놀러 가거나 자유롭게 몸을 움직일 수 있는 것도 아기가 태어나기 전까지라는 것이다.

마음 약한 신이치지만 철부지 같은 그 말만은 들어줄 수 없었다. 산모와 아기의 건강과 생명에 결부된 문제였기 때문이다. 게다가 만에 하나 무슨 일이라도 생기면 리카코 부모님의 원망은 신이치 혼자 감당해야 한다. 대책 없는 철부지라 해도 고슴도치도 자기 새끼는 귀여운 법이다. 어떤 이유가 있든 사위 탓이 되고 말 것이다.

지난 주말, 리카코는 신이치의 SF 동호회 동료가 주최하는 로켓 발사식에 따라가고 싶다는 말을 꺼냈다. 장소는 사가미 강의 노천인 데다 교통편도 나빴다. 게다가 이삼 일 전부터 꽃샘추위가 매서워져서 임산부가 하루 종일 서 있을 수 있는 상황이 아니었다. 신이치가 거절하자 리카코는 늘 그렇듯 불같이 화를 냈다. 신이치는 결국 울며 난리를 치는 리카코에게 두 손 두 발 다 들고, 모임에 참석하지 않는 대신 둘이 근처 공원으로 산책을 나갔다.

나흘 뒤에는 단자와 온천까지 드라이브를 가자고 떼를 쓰는 걸 간신히 달랬다.

그리고 리카코는 오늘 또다시 기바에 있는 현대미술관에 꼭 가야 한다는 말을 꺼냈다. 그녀의 학창시절 친구와 친분이 있는 예술대학 졸업생의 전시회가 있다는 것이다. 그러나 기바는 전차와 지하철을 갈아타며 한 시간 넘게 가야 하는 곳이다. 혹시 출퇴근 시간대에 걸리거나 차량 고장이라도 생기면 곤란하다.

신이치가 아기를 낳은 후에 가자고 달랬다.

다행히 미술전시회 일정이 길어서 2개월간 하는 모양이었다. 출산 후 조금 안정이 되면 아기를 다른 사람에게 맡기고 나가자고 말했다.

"누구한테 맡겨?"라고 리카코가 물었다.

"그야 장모님이나……."

"싫어."

"그럼 내가 볼게."

리카코는 비장한 표정으로 고개를 저었다.

"정말 태어나기 전까지래도. 태어나면 끝장이라고."

태어나면 끝장이다……. 신이치는 그 말에 몸서리가 쳐졌다.

"누가 아기를 보든, 누구에게 맡기든, 엄마가 아기를 놔두고 자기 시간을 가지겠다고 외출하면 비난의 대상이 되는 게 일본 사회야."

"그만 좀 해! 대체 생각이 있어, 없어?"

참다못해 신이치도 소리를 버럭 질렀다.

"당신은 엄마가 될 사람이면서 지난 6개월간 엄마의 자각이 느껴지는 말은 단 한마디도 안 했어. 모성애도 없는 거야? 그렇게 제멋대로 살고 싶어 하면서 애는 왜 만들어?"

"나 혼자 멋대로 만들었다는 소리야?"

째지는 목소리와 함께 내용물이 담긴 찻잔이 날아들었다. 마쓰이가 결혼 축하선물로 준 로열 코펜하겐이었다. 신이치는 놀라 소리를 지르며 두 손으로 찻잔을 받았다. 소년 시절에 야구할 때는 평범한 플라이도 놓쳐서 안타를 만들어 놀림만 받던 신이치로서는 훌륭한 캐치였다. 그러나 안에 든 뜨거운 허브티가 손에 쏟아졌다. 그래도 잔은 끝까지 놓치지 않았다.

입술을 깨물며 개수대에서 찬물에 손을 식히는데 신이치 등 뒤로 문 닫히는 소리가 들렸다.

'빌어먹을' 이라고 중얼거리며 돌아보았을 때는 리카코의 모습은 이미 집 안에 없었다.

집 안은 쥐죽은 듯 가라앉았다. 리카코의 방 문을 열었다. 여전히 먼지투성이였다. 책상 옆에 늘 뒹굴어 다니던 핸드백이 보이지 않았다. 옷장을 열었다. 정장과 원피스에 뒤섞여 세탁을 한 건지 안 한 건지 구분도 할 수 없는 더러운 티셔츠가 눈사태처럼 쏟아져 나왔다.

혀를 차면서 옷가지를 주워 밀어 넣고 옷장 문을 닫았다. 그제야 알아차렸다.

전에 긴자에서 산 바지 정장이 보이지 않았다. 정장 차림에 핸드백을 들고 공원 산책을 나가는 사람은 없다. 친정에 갔다면 여행 가방을 들고 갈 것이다.

어디로 나갔는지 도통 짐작이 가지 않았다.

아내의 친구인 가와사키 지에의 주소를 찾아 전화를 걸었다. 이 시간에 집을 나가 갈 만한 곳은 친구 집뿐이다. 그리고 이 시간대에 집에 있는 사람은 전업주부인 그녀밖에 없다.

두 번 정도 신호가 울렸고, 지에 본인이 전화를 받았다.

신이치는 더듬더듬 리카코가 행방을 감췄다는 말을 하고, 아내가 그쪽으로 가거든 곧바로 전화를 부탁한다는 말을 간신히 마쳤다.

"무슨 일이에요?"라고 지에가 걱정스러운 듯 물어서 신이치는 있는 그대로 털어놓았다.

"설마……"라며 지에가 말끝을 흐렸다.

"리카짱이 그렇게 화를 냈다니 믿기지가 않아요. 저는 중학교 때부터 줄곧 같이 지냈지만 그런 모습은 본 적이 없어요. 아니, 무척 화를 낸 일이 한 번 있긴 했어요. 고등학교 때 어딘가로 놀러갔었는데 친하게 지내던 한 친구가 인도네시아 남자애한테 차별적인 말을 했을 때였죠. 그때 리카짱이 엄청나게 화를 내면서 당장 사과하라고 다그친 적은 있지만, 그 정도였어요. 늘 싱글벙글했죠. 물론 똑똑하고 예쁘기도 했지만, 그보다는 성격이 좋아서 모두에게 사랑을 받았는데……. 혹시 지금 임신 중이라 여러 가지로 불안정했던 게 아닐까요?"

신이치는 잘 모르겠다며 고개를 저었다. 어릴 적 여자친구, 친한 친구라는 사람조차 리카코의 정체를 모르고 있었다.

신이치는 상담할 상대가 없다는 걸 깨달았다. 리카코의 행동과 성격에 관한 이야기를 하려고 할 때마다 고독을 느꼈다. 괴물 같은 그녀의 얼굴을 아는 사람은 자신과 장모뿐이었다. 그런데 장모는 까닭도 없이 자기를 모욕하고, 적의를 불태운다.

불현듯 리카코가 간 곳이 짐작이 갔다. 그녀가 이런 시기에 가출을 할 리는 없었다. 리카코의 성격은 한마디로 철부지라고 표현할 수 있다. 그러니 그저 단순하게 자기가 가고 싶었던 곳에 간 게 아닐까?

그녀가 불과 수십 분 전에 가고 싶어 했던 곳은 기바의 현대미술관이다.

가고 싶으면 아무리 말려도 기어코 간다. 보고 싶은 걸 구경하고 마음이 풀리면 기분 좋게 돌아올 것이다. 그 사이에 양수가 터지거나 진통이 올 가능성, 사고나 고장으로 전차가 멈춰버릴 위험성 같은 건 리카코의 머릿속에는 없다.

진통은 예정일이 되어야 오는 것이며 전차는 반드시 시간표대로 달린다고 믿는다. 아키야마가 얼마 전 자기에게 뭐든 1 더하기 1은 2라고 믿는 남자라고 비난했는데, 그 말은 바로 리카코에게 해당하는 것이다.

"쳇, 맘대로 해보시지"라고 내뱉듯 중얼거리면서도 신이치는 어느새 나갈 차비를 하고 있었다.

대체 얼마나 더 속을 썩일 작정이냐고 혀를 차면서도 집을 나섰다.

역에 도착하자 때마침 특급이 들어왔다. 도중에 지하철로 갈아타고 기쿠강까지 간 후, 그곳에서 다시 버스를 탔다.

미술관은 평일이라 그런지 한가했다. 벽에는 도무지 그림이라 여겨지지 않는 의미 불명의 작품들이 늘어서 있었다. 몇 개로 나뉜 전시실을 드나들며 배나온 여자의 모습을 찾았다. 에스컬레이터를 타고 3층으로 올라갔다. 그곳에는 바닥에 비닐 풍선 같은 게 놓여 있었고, 바람에 하늘하늘 흔들거렸다. 도통 뭐가 뭔지 알 수 없고, 예술이라고 부르기조차 의심쩍은 작품이었다.

그 작가는 리카코의 세미나 동료와 개인적인 친분이 있는 관계인 듯했다. 재학 중에 국제미술전에 입선해서 졸업하기도 전에 이탈리아로 갔고, 현재는 뉴욕에서 활약하고 있다고 들었다. 그런 경력을 듣고 작품이 상당히 훌륭할 거라 상상했던 신이치는 대체 이 잡동사니가 뭘까 생각하며 고개를 갸웃거렸다. 그러나 지금은 작품 운운할 상황이 아니었다. 한시라도 빨리 리카코를 찾아내 집으로 데려가야 한다.

전시실을 구석구석 다 찾아봤지만 리카코의 모습은 보이지 않았다. 여기가 아니었던 건가 싶어 혀를 차며 밖으로 나왔다.

미술관 옆에 기바 역으로 이어지는 공원길이 있었다. 신이치는 리카코가 산책하고 있을지도 모른다는 생각에 나무숲 사이로 난 길을 잰걸음으로 걸어가기 시작했다.

광장을 통과해 출렁다리 근처까지 갔을 때, 벤치에 앉아 있는 커플이 눈에 들어왔다.

아무리 봐도 부부 모습이었다. 임신한 아내와 그녀의 남편이 양지쪽에 앉아 봉지에 든 과자를 사이좋게 나눠먹고 있었다.

"놀고 있네."

신이치는 반사적으로 중얼거렸다. 온몸에서 핏기가 가셨다.

여자는 틀림없는 신이치의 아내 리카코, 남자는 오카모토였다.

오카모토가 미소를 지으며 바지 정장을 입은 리카코의 배를 어루만졌다.

'이제 곧 태어나는군. 그동안 잘 버텼어'라고 말하듯이.

그 순간 모든 것이 명백해졌다.

신이치는 짧은 다리를 있는 힘껏 벌리며 성큼성큼 다가갔다. 먼저 알아차린 사람은 오카모토였다.

"어……."

어리둥절한 표정으로 신이치를 바라봤다. 그러나 민첩하고 수완 좋은 변호사의 냉정함과 빠른 머리 회전을 증명이라도 하듯 오카모토가 잽싸게 입을 열었다.

"아, 안녕하십니까? 학창시절 친구가 이 미술관에서 작품 전시회를 하고 있습니다. 그래서 일 팽개치고 잠깐 보러 나왔습니다. 사무실이 이 근처거든요. 그런데 와보니 리카코가 있어서 깜짝 놀랐습니다. 원래 여럿이 같이 알고 지내던 친구 전시회라 누굴 만날지도 모른다는 기대는 했습니다만……."

신이치는 너무 화가 난 나머지 입술만 실룩거리며 그 앞에서 있었다.

평소 태평스러운 리카코도 퍼렇게 질렸다.

그러나 오카모토는 조금도 당황하지 않았다. 양복 소매를 가볍게 올리며 롤렉스 시계 문자판을 슬쩍 쳐다보았다.

"어휴 이런, 벌써 회의 시간이 다 됐군. 죄송합니다만, 저는 먼저 실례하겠습니다. 저희 사무실은 지하철 기바 역 다음 정거장이니 시간 되시면 한번 들러주십시오."

그렇게 말하며 유유히 일어서더니 인사를 하고 멀어져 갔다.

무슨 말이든 하고 싶었지만, 아무 말도 안 나왔다. 그렇다고 임산부를 때리는 난폭한 짓을 할 수도 없어서 신이치는 등을 휙 돌리고 기쿠가와 역을 향해 쏜살같이 걸어가기 시작했다.

"기다려!"

리카코가 새된 목소리로 외쳤다. 무시하고 걸었다.

"기다리라니까"라며 팔에 매달리는 리카코를 거칠게 뿌리쳤다.

리카코는 계속 쫓아왔다. 신이치는 뛰기 시작했다. 리카코도 뛰었다. 벌어진 무릎으로 몸을 흔들면서 뒤쫓아 왔다. 신이치는 도망쳤다.

더는 못 참는다. 이번에야말로 끝장이다. 이렇게까지 사람을 바보 취급하다니. 당장 집을 나가리라. 속으로 그렇게 외치며 달려갔다.

거리가 상당히 벌어졌을 거라 생각하고 뒤를 돌아보았다. 그러나 리카코와의 거리는 2미터도 안 되었다. 커다란 배를 안은, 게다가 몸의 균형도 잘 못 잡는 리카코가 홀몸인 남자를 바짝 추격해오고 있다.

신이치는 산모교실에서 입어봤던 14킬로그램짜리 임산부 체험 재킷을 떠올렸다. 무거웠다. 그 자리에서 가볍게 뛰기만 해도 엄청난 소리가 울렸다. 낮은 계단 하나 넘는 것도 고통스러웠고, 발밑도 보이지 않아 불안했다.

신이치는 계속 달렸다. 다시 돌아봤지만 리카코와의 거리는 벌어지지 않았다.

분노가 공포로 변했다. 저건 여자가 아니다. 어쩌면 오카모토도 애 아빠가 아닐지 모른다.

저것은, 저 여자는 알을 품은 에일리언이다. 앞으로 2주만 지나면 가랑이 사이에서 금속성 소리를 내며 기괴하기 짝이 없는 생물이 튀어나와 어딘가로 사라져버릴 게 틀림없다.

그때 등 뒤에서 날카로운 비명소리가 들렸다.

신이치는 뒤를 돌아보고 소스라치게 놀랐다.

리카코가 땅에 웅크려 앉아 있었다. 바지에는 진흙이 묻고, 한쪽 손바닥은 땅에 긁혀서 핏방울이 떨어졌다.

신이치는 놀라서 방향을 돌리고 리카코에게 달려갔다.

리카코는 신이치가 다가가자 울며 소리쳤다.

"아파!"

"어, 어디? 설마……."

"아파, 배가 너무 아파."

"출혈은?"

"몰라, 젖은 느낌은 들어."

출혈인가, 아니면 양수가 터진 걸까······.

리카코의 얼굴은 창백했다.

태반 박리, 자궁 파열······. 그때까지 의학서에서 읽었던 온갖 위험한 상황이 머릿속을 헤집었다.

재빨리 주위를 돌아보았다. 나무로 막힌 오솔길에는 구급차가 들어올 수 없다. 택시를 잡으려고 해도 큰길까지 나가야만 한다. 신이치는 웅크려 앉은 리카코의 손을 잡아 일으켜 세우려 했다.

"아야!"라고 리카코가 비명을 질렀다.

"일단 큰길까지 나가야 해."

"못 걷겠어."

"아, 아파!"라고 소리치더니 리카코가 새우처럼 몸을 구부리며 웅크려 앉았다.

"아무래도 구급차를 불러야겠군."

신이치가 말하자, 리카코가 고통에 못 이겨 얼굴을 찡그리며 "가만 좀 놔둬!"라고 고함을 쳤다.

결심을 굳혔다.

신이치는 앞뒤 가릴 것 없이 자기보다 키가 큰 리카코를 번쩍 안았다. 몸이 들렸다. 키는 물론이고, 산달에 접어들어 60킬로그램이 훌쩍 넘는 리카코를 무의식적으로 들어올렸다. 인간은 곤경에 처하면 놀라운 힘을 발휘한다더니 정말 그 말이 딱 맞았다.

정원수들로 가로막힌 틈새를 가로질러 큰길로 향했다.

"내려줘! 내가 어떻게 되든 상관 말란 말이야"라며 리카코가 아우성을 쳤다.

아프다고 악을 써대는 것치고는 힘이 넘쳤다.

"시끄러워. 입 다물어!"

신이치가 무섭게 소리를 쳤다. 이왕 이렇게 된 바엔 남는 건 오기뿐이다. 태어나자마자 갓난아기와 함께 내치겠지만, 무슨 일이 있어도 무사히 낳게 하고야 말겠다고 이를 악물었다.

설령 오카모토를 닮은 에일리언이라 할지라도 자기는 그 에일리언의 호적상의 아버지다.

최단거리로 도로까지 나갔지만 근처에 공중전화가 보이지 않았다. 택시도 눈에 띄지 않았다.

밴 한 대가 인도에 웅크린 리카코를 보고 차를 세웠다.

"무슨 일이죠?"

중년 여자가 얼굴을 내밀었다.

"죄송합니다. 임산부입니다. 곧 아기를 낳을 사람인데 넘어졌어요."

"세상에, 저런."

여자는 곧바로 잠긴 뒷좌석 문을 열어주었다. 민첩한 동작으로 운전석에서 뛰어내리더니 웅크린 리카코에게 다가갔다.

"이봐요 새댁, 일어설 수 있겠어요?"

"아 네, 죄송합니다"라고 리카코가 대답했다.

아프다고 난리를 치던 아수라장 같은 형상은 그림자도 없이 사라져버렸다. 리카코는 창백한 표정으로 "정말 죄송합니다"라고 말하며 여자에게 고개를 숙였다.

이런 카멜레온 같은 여자를 봤나. 신이치는 혀를 차면서 여자와 함께 리카코를 부축해 뒷자리에 앉혔다.

"부인은 어느 병원에 다니시죠?"

여자가 물었다.

"조후에 있는 무사시노 산부인과입니다. 그곳은 너무 머니까 아무 병원이나 가까운 데 내려주십시오."

신이치가 머뭇거리며 말했다.

"응급실로 가야겠죠?"라며 고개를 끄덕이더니 차를 출발시켰다.

몇 분 후, 차는 금이 간 콘크리트 병동이 우뚝 솟은 오래된 대형 종합병원 현관 앞에 멈췄다.

리카코는 조용했다.

"이봐, 괜찮아?"

리카코가 시퍼렇게 질린 얼굴로 고개를 끄덕였다.

신이치는 아내를 안아서 차에서 내렸다. 태워다준 여자에게 고맙다고 인사하는 것도 잊은 채 곧장 외래 접수처로 달려가며

"응급환자"라고 소리쳤다.

"상태가 어떤가요?"

접수처 여자는 너무나 차분한 목소리로 물었다.

"그러니까 그게…… 임산부가 뛰다가 넘어졌는데."

"배를 부딪쳤나요?"

"네"라고 옆에서 리카코가 대답했다. 대답하면서 미간에 살짝 주름을 잡으며 배를 움켜쥐었다.

"통증이나 출혈은요?"

"통증은 있지만, 출혈은 아직 확인하지 못했습니다."

"배가 당기는 느낌이 있나요?"

"아니 별로……."

곧바로 진료실로 안내를 받았다. 신이치도 같이 들어가려 하자, 연배가 있어 보이는 간호사가 가로막았다.

5분쯤 지난 후, 신이치도 진료실 안으로 들어갔다.

"걱정하실 필요 없습니다."

백발의 여의사가 말했다. 그 옆에서 리카코가 조금 부끄러워하는 표정을 짓고 있었다.

"교통사고라면 몰라도 넘어져서 엉덩방아 찧은 정도로 그렇게 소동을 피울 필요는 없습니다."

신이치는 진찰을 제대로 한 건지 의심스러웠다.

"그렇지만 아프다고 하니까……."

"진통이 시작됐습니다."

여의사가 말했다.

리카코가 상기된 얼굴로 미소를 지었다.

'그럼 당장 입원해야겠군요'라고 말하려고 했지만, 신이치는 그 말을 하지 못했다.

"지금 다니시는 병원으로 가세요."

"네? 진통이 이미 시작되었다면서요. 게다가 조금 전에 넘어지기까지 했는데."

"초산인 경우 진통 후 분만까지 열 시간도 더 걸립니다. 그리고 잘 들으세요, 병원에 가는 건 진통이 10분 간격으로 찾아올 때라도 늦지 않습니다."

"그럼 지금 구급차로 보내주시나요?"

여의사가 어이없는 표정을 지었다.

리카코가 옆에서 쿡 찔렀다.

"출산은 위중한 병이 아닙니다."

"그렇지만…… 넘어졌잖습니까. 게다가 진통까지 시작됐는데."

"관계없어요."

여의사가 대수롭지 않다는 듯 말했다.

"그러고 보니 미술관에서부터 생리통처럼 묵직한 통증이 있었어요. 그게 진통이 시작된 거였나 봐요"라고 리카코도 말했다.

"여기서 택시를 타면 아무리 막혀도 두 시간 안에는 평소 다니시는 병원에 도착할 수 있죠? 대개 이 정도 단계에서는 집에서 밥도 할 수 있어요."

여의사가 쫓아내듯 리카코의 어깨를 가볍게 두드리며 "힘내세요"라고 말했다.

신이치는 맥이 빠져 진찰실에서 나왔다.

여의사가 괜찮다는 말을 해준 게 효과가 있는지 리카코는 차분해졌다. 아프다는 소리도 없었다. 조금 전에 난리를 친 건 바람 현장을 수습하기 위한 연기였나 하는 생각이 들자 또다시 부아가 치밀었다.

병원 앞에서 택시를 탔고, 다행히 길이 안 막혀서 한 시간 후에는 무사시노 산부인과에 도착했다.

리카코를 병원에 두고 신이치 혼자 집으로 돌아와 준비해둔 보험증과 모자 수첩, 수건과 옷가지들을 가방에 챙겨 넣었다.

문득 뭣 때문에 이 짓을 하나 하는 생각이 들었다. 태어나는 아기가 자기 자식이라는 증거는 없다. 아니, 그럴 가능성은 거의 없다.

오기일 뿐이다. 낳고 나면 쫓아내든 이쪽이 나가든 아무래도 상관없다. 아무튼 인연은 끊는다. 그러나 어찌되었든 낳을 때까지는 무사히 낳게 해야 한다.

그렇지 않으면 아기 내의와 기저귀를 사러 다니고, 산모교실에 참석하고, 임신한 몸을 지극 정성으로 수발해온 자기 자신은 뭐가 되겠는가? 이렇게 된 바에는 마지막까지 달릴 수밖에 없다. 헤어지는 건 그 다음이다.

 병원으로 돌아가자 리카코는 진통실에 있었다. 조금 전보다 진통 간격이 짧아졌다고는 하지만, 그래도 상당히 오래 걸릴 것 같았다. 침대 위에 웅크려 앉기도 하고, 드러눕기도 하고, 진통이 가라앉으면 곰처럼 어슬렁거리며 걸어 다니기도 했다.
 진통실에는 먼저 온 임산부 한 사람이 있었다. 친정어머니로 보이는 사람이 바짝 붙어서 살갑게 간호를 해주고 있었다.
 옆 침대의 어머니가 이따금 신이치에게 말을 걸었지만, 신이치는 그저 "네……" "아, 뭐……"라고만 대답해서 대화가 이어지지 않았다.
 똑같이 붙어 있긴 하지만, 어머니와 남편은 감각이 다르다. 나이도 다르다. 초면이고 게다가 자기와 공통된 세상을 공유하지 않는 사람과는 용건 이외에는 대화를 나누지 못하는 습성도 변함이 없었다.
 "목말라"라고 리카코가 말했다.

"주스?"

"달지 않은 게 마시고 싶어."

"우롱차?"

"떫은 건 싫어. 보리차."

신이치는 동전을 움켜쥐고 자동판매기로 뛰어갔다. 그러나 병원의 자동판매기에는 보리차가 없었다. 병원 밖으로 나가 상점가로 달려갔다. 하필 그날따라 보리차는 품절이거나 뜨거운 것밖에 없었다.

15분이나 헤매다가 가까스로 찾아냈다.

캔 세 개를 사들고 돌아오자, 리카코가 얼굴을 일그러뜨리며 "이젠 필요 없어"라고 말했다. 다시 진통이 온 것이다.

간호사가 보리차를 가져다줘서 마셨다고 했다. 하는 수 없이 자기가 마시려고 캔을 따자, 허리를 주물러달라고 했다.

"여기?"

"좀 더 위."

"여기?"

"조금 아래."

리카코의 크고 비대한 몸통은 상대를 압도하는 듯한 생생한 박력이 넘쳐났다.

리카코가 깊은 숨을 내쉬며 베개를 끌어안았다. 어떻게 해줘야 할지 난감했다. 대체 어떤 통증인지 짐작조차 할 수 없었다. 그저 시키는 대로 주무를 뿐이다. 정신적으로 몹시 피곤해졌다.

"그만 됐어. 주스 마시고 싶어."

"보리차 있는데."

"피곤해. 단 거 마시고 싶어. 사과."

동전을 쥐고 다시 자동판매기로 달려갔다.

리카코의 통증은 점점 심해지는 것 같았다. 간호사가 위로하는 말을 건네고 나갔다.

아프다고 호소하는 외침소리가 몹시 동물적이었다.

그러는 사이 같은 방에 있던 임산부가 먼저 분만실로 들어갔다.

"우리는 아직인가?"라며 신이치가 그 뒷모습을 바라보았다.

리카코가 불안한 듯 고개를 끄덕였다.

저녁밥이 나왔다.

리카코는 통증이 가라앉았는지 밥을 먹기 시작했다. 조금 전까지 배를 어루만져달라며 몸부림을 쳤는데, 언제 그랬냐는 듯 태연하게 젓가락질을 했다. 밥과 반찬이 입 속으로 사라져갔다.

그러나 채 반도 못 먹고 또다시 아프다고 비명을 지르며 밥공기를 내려놓았다.

보고 있는 신이치의 위까지 뒤틀리는 것처럼 아팠다. 고통스러워하는 모습을 보고 있자니 혹시 그 자리에 다 토해버리는 건 아닌지 걱정스러웠다.

"어, 으음…… 저어, 비닐봉지가 있던가?"

"낸들 알아! 아파 죽겠는데 무슨 뚱딴지같은 소리야!"

임산부처럼 배가 나온 쉰 살 안팎의 뚱뚱한 간호사가 들어왔다.

"많이 아프죠? 그래도 먹을 수 있을 때 먹어둬야 해요. 오래 걸리는 일이에요."

말투는 한없이 태평했다.

간호사와 조산원이 잰걸음으로 병실을 드나드는 소리가 들렸다. 진통실에는 두 사람뿐이었다.

"자기가 같이 안 가줬잖아. 꼭 보고 싶었는데······."

신이치가 허리를 주물러주자 리카코가 입을 열었다. 아까 갔던 미술관 얘기였다.

"애가 태어나면 정말 못 갈 것 같았어. 아기가 목을 가누기 전에는 편의점 가기도 힘들 테니까."

"됐어."

신이치가 말했다. 이제 와서 변명도 뻔한 거짓말도 듣고 싶지 않았다.

"그런데 그 근처에 오카모토 사무실이 있다는 게 떠올랐고, 나올 때 전화하면 차라도 한 잔 사주겠다던 말이 생각나서 전화한 거야. 그랬더니 마침 시간이 비었다고 해서 같이 본 거라고."

"됐다니까."

신이치가 말했다.

신이치는 마음속으로 도쿄대 출신들이니 어련하시겠냐고

독설을 퍼부었다. 그리고 너희가 예술가로 인정하는 사람은 예대 출신에 해외에 거점을 두고 활약하는 녀석뿐일 테지, 라고 속으로 중얼거렸다.

리카코가 아프다고 비명을 지르며 아랫배를 만져달라고 했다.

신이치는 시키는 대로 했다.

"그렇게 하지 말고."

"이렇게?"

리카코가 "응"이라며 고개를 끄덕였다.

통증이 가라앉자 리카코가 이야기를 계속했다.

"오카모토는 허물없는 친구라 전시회를 다 보고 나서 역까지 슬슬 걸어가기로 한 거야."

"그만 됐다니까! 정말 시끄럽네."

신이치가 날카롭게 쏘아붙이며 고개를 저었다. 날 이용할 생각이라면 분명하게 밝히라고 소리치고 싶었다.

아이가 생겼다. 그러나 오카모토에게는 이미 처자식이 있다. 물론 가정을 깰 생각은 추호도 없다. 그때 자기가 어정버정 나타난 것이다.

'마침 잘 됐군. 넌 그 남자랑 결혼해. 아무도 모를 거야. 설령 밝혀진다고 해도 그자는 어수룩하니까 문제될 건 없어.'

예의 바른 태도를 가장하며 속으로는 코웃음을 쳐댔을 오카모토의 얼굴이 눈에 선했다. 그리고 '뭐, 어쩔 수 없지. 나도 당신과 결혼해서 전업주부가 되고 싶은 마음은 없으니까. 그 남자는 가사나 육아를 떠맡기긴 딱 좋아. 먹여주면 아무 불만 없을 거야 라고 호언장담하는 리카코의 모습도……

무당거미의 덫에 걸렸다기보다 뱃속에 에일리언을 품은 여자의 먹이가 되어버린 셈이다.

이렇게 된 바에는 남는 건 오기뿐이라고 중얼거렸다.

어찌 되었든 낳게 해주마. 그것이 네 희망일 테니 원 없이 고통당하게 해주마.

신이치는 속으로는 그렇게 독설을 퍼부으면서도 몸부림치며 괴로워하는 리카코의 모습을 보고 있으면 마음과는 모순되게 온몸이 굳었다. 길고 심해지는 진통이 신이치 몸으로 흡수되는 것처럼 정말로 통증이 느껴졌다. 조금 전까지는 위가 아팠는데, 리카코가 괴로워할 때마다 통증은 차츰 배 전체로 퍼졌고, 이제는 리카코가 통증을 호소하는 소리에 심장까지 아파왔다.

비좁은 준비실을 사이에 둔 분만실이 몹시 시끄러워졌다. 문을 여닫는 소리와 함께 갓난아기의 울음소리가 들려왔다.

"태어났다"라고 리카코가 신음하듯 말했다.

"응, 우리는 아직 멀었나?"

조산원이 혈압계를 들고 들어왔다.

나가 있으라고 해서 신이치는 진통실 밖으로 나왔다. 대합실의 긴 의자에 앉아 있으니 옆에 분홍색 꽃무늬가 그려진 공책이 보였다. 표지에 사인펜으로 쓴 '사랑과 생명의 기념일' 이라는 글씨가 보였다.

'이것은 여러분이 서로 만나 소통하는 공책입니다. 사랑스러운 아기를 품에 안은 감동, 임신과 출산이라는 큰일을 무사히 끝낸 감상을 자유롭게 써주세요' 라는 안내문이 그 아래에 붙어 있었다.

신이치는 공책을 팔랑팔랑 넘겨보았다. 형광핑크색 펜으로 하트를 한가득 그려놓은 페이지가 있었다.

"결혼 후 좀처럼 아이가 생기질 않아 매일 눈물로 지내다시피 했습니다. 직장도 그만두고 열심히 불임치료 클리닉에 다녔습니다. 아프고 고통스러운 치료를 받는데도 아이가 생기질 않아 남편과 다툰 적도 있습니다. 이혼까지 생각했죠.

그러나 신은 우리를 버리지 않았습니다. 마침내 이 세상 최고의 선물을 주셨습니다. 의사선생님에게 축하한다는 말을 들은 날은 도무지 곧이들리질 않았습니다. 드디어 내 안에도 하나의 생명이 깃들었습니다. 마치 마리아가 된 기분이었죠. 입덧은 너무나 고통스러웠지만, 아기를 안을 수 있다는 희망으로 스스로를 격려했습니다. 출산도 이루 말할 수 없이 아프고 고통스러웠지만 내 인생 최고의 감동이었습니다. 3.2킬로그램짜리 딸이었습니다. 지금은 배, 허리, 출산 상처 등 안 아픈 데가 없지만, 아기의 얼굴을 보면 몇 명이라도 더 낳고 싶어집니다. 다음에는 아들이면 좋겠습니다."

신이치는 머리를 감싸고 깊은 한숨을 내쉬었다. 그렇다. 이것이 바로 보통 여자의 모습이며, 엄마의 마음가짐이다. 그리고 대개는 이런 아내를 조용히 지켜주는 남편과 행복한 가정이 있다. 그런데 자기에게는 그런 평범한 생활이 허락되지 않는다는 사실이 견딜 수 없이 슬프고 고통스러웠다.

진통실로 돌아가니 옆 침대에 임산부 한 사람이 들어와 있었다. 그녀의 얼굴을 보고 깜짝 놀랐다. 실처럼 가는 눈썹, 갈색으로 물들인 머리, 아무리 봐도 10대 소녀가 분명했다. 상대 남자는 보이지 않았다. 그 대신 정장을 입은 중년여자가 들어왔다.

"많이 아프지? 그래도 힘을 내자, 다카하시. 아기가 태어날 때까지 내가 옆에 있어줄게."

호칭을 성으로 부르는 두 사람을 보며 대체 무슨 관계일까 의아하게 생각하는데 여자애가 입을 열었다.

"괜찮아요. 이제 그만 구청으로 돌아가세요. 혼자 낳을 수 있어요. 어차피 남친도 안 돌아올 테니 혼자 이겨내야죠."

진통을 참아내던 리카코의 표정이 깜짝 놀란 듯 굳어졌다.

아무래도 말 못할 사정이 있는 소녀와 보호자를 대신하는 모자복지 상담원이나 케이스워커(caseworker, 사회복지상담원. 정신적, 육체적, 사회적 문제를 안고 있는 개인이나 가족을 대상으로 문제 해결을 위한 지도를 함)인 듯했다.

그 여자가 자리를 뜨자 진통실에는 임산부 둘과 신이치만 남았다.

그때 찰칵하는 소리가 들렸다. 소녀 쪽으로 고개를 돌린 신이치는 소스라치게 놀랐다.

침대 위에 드러누운 소녀가 입에 문 담배를 깊이 빨아들이더니 고개만 살짝 틀어 천장을 향해 연기를 뿜어냈다.

"저…… 저기, 으음…… 담배 좀 꺼줄래? 이쪽에도 임산부가 있으니까."

소녀는 무시했다. 그때 발소리가 들렸다. 소녀는 그제야 당황하더니 발밑에 있는 스테인리스 쓰레기통에 담배꽁초를 집어넣었다.

얼마 지나지 않아 소녀는 좀전의 여성과 함께 분만실로 들어가 버렸다. 리카코의 진통 간격도 짧아졌지만, 아직 자궁이 충분히 열리지 않았다며 또다시 남겨졌다.

소녀가 들어간 분만실을 쳐다보며 무심코 "어려서 빠른가?"라고 중얼거리자, 리카코가 험악한 표정으로 신이치를 노려보았다.

아침 해가 뜰 무렵, 분만실에서 또다시 갓난아기 울음소리가 들렸다.

"대체 어떻게 된 거야"라고 신이치가 중얼거렸다. 아무래도 좀 이상하다는 생각이 들었다. 아무리 젊다고는 하지만, 늦게 온 사람이 어떻게 먼저 낳는단 말인가.

어제 기바 공원에서 리카코를 안고 달린 후로 벌써 열일곱 시간째. 줄곧 아내의 허리만 주무르고 있다. 불안이 밀려들었다.

혹시 이상이 생긴 건 아닐까. 그러나 의사와 간호사는 모두 노랑머리 소녀에게 붙어서 이쪽은 본 척도 하지 않았다.

"왜 이렇게 늦지?"라고 중얼거렸다.

그 순간 "제발 입 좀 다물어!"라는 리카코의 목소리와 함께 종이컵이 날아들었다.

"늦네, 늦네, 소리 좀 그만해! 대기표 받은 순서대로 하는 일도 아니잖아. 그렇지 않아도 아파죽겠는데 더 이상 초조하게 만들지 말란 말이야!"

"그렇지만 만에 하나 태반 기능이 저하되기라도 하면."

"시끄럽다니까! 당신은 상관없잖아. 낳는 사람은 나라고!"

당신은 상관없다는 말에 후두부를 얻어맞은 느낌이 들었다. 역시 그렇군 하는 생각이 들었다. 결국은 자백했다.

리카코의 배를 어루만지던 오카모토의 손. 아무리 친구라지만 남자와 여자 사이치고는 지나치리만치 자연스럽고 친숙한 말투.

리카코가 아프다고 소리를 질러댔다.

"남편 분, 가만 보고만 있지 말고 좀 만져주세요."

어느새 들어왔는지 등 뒤에서 간호사의 매서운 목소리가 들렸다.

"네에……"라며 시키는 대로 아내의 배를 어루만졌다.

해가 높이 떴을 무렵, 리카코도 분만실로 옮겨졌다.

신음소리는 동물적인 울부짖음으로 바뀌었다. 그것은 틀림없이 아기가 막 태어나는 순간의 외침일 거라 생각했는데, 리카코는 계속 상처 입은 짐승처럼 울부짖기만 했고 아기가 태어날 기미는 보이지 않았다.

"저, 죄송합니다만, 지금 자궁 입구가 몇 센티인가요?"

신이치는 참을 수 없어서 옆에 있는 여의사에게 물었다.

"그런 건 상관 말고 부인 허리라도 주무르세요."

"아니, 그래도……."

분만대에 고정된 리카코의 모습은 너무나 고통스러워 보였다. 게다가 아무리 부부라고는 해도 눈앞에 노출된 성기는 지나치게 적나라했다.

"저어…… 위를 보고 누운 자세 때문에 아기가 더 늦어지는 건 아닌지……."

조산원은 그 말을 무시했다.

옆에 센서가 있었다. 배에 힘을 줄 때마다 바늘이 위아래로 오락가락 움직였다. 신이치는 불안하기 이를 데 없는 마음으로 디스플레이를 바라보았다.

"비키세요!"

여의사가 버럭 고함을 질렀다.

"기계 옆에서 우왕좌왕하지 말고 부인 손이라도 잡아주세요."

머뭇머뭇 아내 곁으로 가서 손을 잡았다.

리카코가 얼굴을 일그러뜨리며 있는 힘껏 손을 움켜쥐었다.

뼈가 부러질 것 같았다.

"힘내, 리카짱."

리카코의 손톱이 손목을 파고들었다.

"아야야얏!"

"참 나, 남편이 아프다고 소리치면 어쩌라는 거야."

중년 간호사가 혀를 찼다.

그때 문이 열렸다. 임산부 한 사람이 또 들어왔다. 그리고 옆 분만대에 누웠다.

"미안해요, 남편 분. 좁아서 그러니 좀 나가주세요."

여의사가 말했다.

"아……."

신이치는 대꾸 한마디도 못 하고 복도 의자로 내쫓겼다. 딱히 분만실에 함께 있고 싶었던 건 아니다. 오히려 괴로워하는 리카코에게 벗어나서 마음이 놓였다. 그러면서도 한편으론 뭔가 부당한 대우를 받은 것 같아 은근히 화가 나기도 했다.

문득 생각이 나서 옆에 있는 공중전화로 집에 전화를 걸어 자동응답 메시지를 확인했다. 메시지가 네 개 들어와 있었다. 그중 하나는 마쓰이가 남긴 것이었다. 메일매거진 내용을 교체할 시기가 되었으니 서둘러 다음 에세이를 보내라는 내용이었다.

조금만 더 기다려달라는 부탁을 하려고 마쓰이에게 전화를 걸자, 그의 아내가 전화를 받았다. 잠시 후 잠이 덜 깬 마쓰이의 목소리가 들렸다.

"뭐야? 이 시간에."

"죄송해요, 지금 병원에 있습니다. 진통이 시작돼서 옆에 있어요."

"오호……."

마쓰이가 갑자기 잠이 확 깬 목소리로 물었다.

"라마즈야? 분만실에 같이 들어가나? 그래서 지금 병원에 있는 거야?"

"네……."

"노트북은 당연히 가지고 있겠지."

"네……."

"굉장한 에세이가 나오겠군. 이봐, 그건 완전 다큐멘터리 출산이야. 요즘은 비디오 자료도 시시해졌어. 분만실에 들어간 남편이 사이언스 라이터의 눈으로 아내의 출산을 생생하게 그려낸다, 이거야말로 신선하지 않나? 다 쓰거든 곧바로 메일로 보내. 출산 실황중계. 연재 에세이 하이라이트!"

"웃기는 소리 작작하쇼!"

신이치는 부술 듯이 전화를 끊어버렸다. 처음으로 마쓰이에게 반항했다.

그로부터 한 시간도 지나지 않아 아기 울음소리가 들렸다. 그러나 태어난 아기는 나중에 들어온 임산부가 출산한 아기였다.

그로부터 20분쯤 지나자 먼저 출산을 끝낸 산모와 아기가 분만실에서 나왔다. 간호사가 "남편 분, 들어오시겠어요?"라고 말을 건넸다.

"네에"라며 신이치는 다시 분만실로 들어갔다.

"이제 곧 끝나요. 머리가 보이기 시작했어요."

분명 머리가 보였다. 그러나 아직은 사람 머리인지 에일리언 머리인지 분별할 수 없었다. 훤히 드러난 성기를 보는 건 어느 정도 익숙해졌다. 그곳이 자기 물건이 들어갔던 기관이라는 게 도무지 믿기지 않았다.

리카코의 우렁찬 비명소리까지 보태지자, 신이치는 자기 하반신이 휑하게 사라져버리는 것 같은 공포를 느꼈다.

제발 빨리 끝나기만을 간절히 바랐다. 진통실에 같이 있던 임산부도, 나중에 온 두 사람도 진작 출산하고 나갔다. 왜 리카코만 안 끝나는 걸까······.

여의사의 표정이 험악했다. 이것이 바로 난산인 모양이라고 신이치는 생각했다. 또다시 위가 옭죄듯 아프기 시작했다. 위뿐만 아니라, 배는 물론 허리까지 아팠다. 리카코의 손을 잡았다. 손톱이 파고들며 붉은 손톱자국이 생겼다.

"자, 배에 힘을 주세요."

조산원이 화가 날 정도로 태평한 말투로 말했다. 기계에 의해 증폭되는 태아심음胎兒心音이 리카코가 힘을 넣는 동시에 멈췄다.

신이치는 자신의 심장이 멈추는 느낌이 들었다. 잠시 후 다시금 규칙적인 리듬을 찾았다.

또다시 힘을 주었다. 심장소리가 늦어지더니 또다시 멈췄다. 이번에는 신이치의 심장이 크게 요동쳤다.

부디 이 상황이 빨리 끝나기만을 바랐다. 체력의 한계가 느껴졌다. 아니, 그보다 정신을 잃고 쓰러질 것 같았다.

가랑이 사이로 머리가 보였고, 계속해서 들락날락했다. 머리카락이 있네, 라고 멍하니 생각했다. 일단 에일리언은 아니다.

또다시 심장소리가 멈췄다. 다음 박동이 들리지 않았다. 신이치는 그와 동시에 소리를 쳤다.

"선생님, 선생님, 제왕절개를 해야 되는 거 아닙니까?"

"괜찮아요."

파리라도 쫓는 듯한 동작을 하며 여의사가 말했다.

제왕절개는 안 했지만 회음절개를 했다. 검은 머리가 차츰 커졌다. 그리고 이윽고 머리통이 주르륵 미끄러져 나왔다. 이어서 점막 같은 것으로 뒤덮인, 크림 상태의 물질이 몸에 붙은 물체가 모습을 드러냈다.

"아하, 공주님이네. 너무 많이 자라서 주름도 없어"라며 기막혀 하는 여의사 목소리가 들렸다.

조산원이 아기를 안더니 신이치 앞을 휙 지나쳐 리카코의 얼굴 옆으로 다가갔다.

신이치는 몸을 비틀며 그 미지의 물체를 바라봤다.

"아……" 하고 나지막이 소리를 질렀다. 그것은 에일리언이 아니었다.

 여의사 말대로 지나치게 많이 큰 것 같았다. 양팔을 벌리고 우는 그 얼굴은 신이치에게는 너무나 익숙한 얼굴이었다. 보는 사람마다 감탄하는 리카코의 미모는 조금도 물려받지 않았다. 위로 들린 둥그런 코와 좁은 이마, 작은 턱……. 신이치 어머니의 얼굴 그대로였다. 요컨대 어머니를 쏙 빼닮았다는 말을 듣는 신이치 자신의 얼굴이었다.

 현기증이 느껴졌다. 자기를 쏙 빼닮은 존재가 태어났다. 자신의 분신이 이 세상에 나온 것이다. 오카모토는 닮지 않았다. 조금도 닮지 않았다. 그러나 리카코도 닮지 않았다. 자신의 클론 같은 존재가 거기 있었다.

 심한 무력감이 몰려들었다.

 조금 전 공책에서 읽은 감동 같은 건 느낄 수 없었다.

 그저 그대로 죽어버리고 싶은 생각뿐이었다.

 DNA 계승은 끝났다.

 생물로서 자신의 역할은 다 끝났다.

 분만실 벽이 태양보다 눈부셨다. 무수한 햇살이 자신과 아기에게 내리쬐는 것 같았다.

 '넌 이제 죽어도 좋다'는 신의 목소리가 몸속 깊숙한 곳에서 솟구쳐 올라왔다.

 잠들기 직전의 행복감이 밀려들었다. 추락하는 감각과 함께 눈앞이 캄캄해졌다.

그 황홀감을 깨뜨린 것은 여의사의 성난 목소리였다.

"참 나, 기절할 정도면 애당초 들어오지 말았어야죠. 우린 아기와 산모 보살피기에도 일손이 모자란 거 몰라요?"

궁지에 몰아붙이듯 조산원이 말했다.

"이래서 남편이 분만실에 들어오는 게 싫다는 거예요."

내쫓기듯 복도로 나온 후, 신이치는 의자에서 일어설 수조차 없었다.

그날 면회시간 종료와 함께 신이치는 병원에서 쫓겨났다. 놀라움은 여전히 가시지 않았고, 자신의 몸이 어렴풋한 광명에 휩싸인 기분이 들었다. 동시에 이제는 태어난 아기와 현재 생활에서 도망칠 수 없다는 비장한 각오를 품었다.

무사히 딸을 낳았다는 소식을 양가 부모님에게 전화로 알리자, 다들 전화기 너머에서 눈물을 흘릴 정도로 기뻐했다. 마냥 기뻐하는 그들의 반응을 접하고 나서야 신이치는 이것이 기뻐해야 마땅한 일이라는 사실을 실감했다.

그 후 아키야마 센코와 친구들에게 연락을 하고, 마지막으로 마쓰이에게 전화를 걸어 "낳았습니다. 죄송해요"라고 말했다. 굳이 죄송하다고 할 이유는 없었지만 거칠게 전화를 끊어버린 어색함, 그리고 마땅히 할 말을 찾지 못했기 때문에 그렇게 말할 수밖에 없었다.

어찌되었든 상황은 몇 시간 전과는 완전히 달라졌다.

모든 게 신이치의 오해였으며 잘못된 추측이었다는 게 판명

되었다. 갓난아기는 틀림없는 신이치의 자식이었다. 그는 아빠가 되었다.

그리고 리카코도 엄마가 되었다. 그녀는 특별히 부탁해서 1인용 병실로 들어갔다. 여럿이 쓰는 병실은 밤중에 아기를 신생아실로 옮기기 때문이다. 뜻밖에도 리카코는 밤에도 아기 곁에서 자고 싶다고 했다.

갓난아기가 태어나자마자 젖이 나왔다. 리카코는 난산으로 인해 치질이 생겼고 통증 때문에 제대로 앉지도 못했지만, 아프다고 소리를 치면서도 아기를 안았고 작은 입이 젖꼭지를 찾아 빨기 시작하면 너무나 감격스러운 듯 눈물을 그렁거렸다.

리카코는 모든 면에서 좋은 엄마였다. 의사는 "애쓰셨어요. 100점 만점 출산입니다"라고 말했고, 간호사는 "초산이었지만 역시 나이가 있는 분이시라 차분하고 엄마다운 분위기가 물씬 풍겨요"라고 칭찬했다.

리카코의 얼굴에는 환하게 빛나는 미소가 감돌았다. 화장기 없는 얼굴에는 장밋빛 혈색이 돌고, 한층 매끄러워진 흰 피부는 눈이 부시게 아름다웠다. 마치 성모를 보는 것 같은 느낌이 들어서 신이치는 은근히 주눅이 들기까지 했다.

'호랑이 아내'처럼 행동했던 이유는 임신이라는 특수한 상황에서 정신적 평형이 무너졌기 때문일 거라고 마음을 고쳐먹었다. 오랜만에 리카코의 온화한 표정을 접하자 신이치의 마음까지 가벼워졌다. 아기가 태어났고, 리카코도 특수한 정신 상태에서 벗어난 게 틀림없다.

신이치는 지난밤에 한숨도 못 잤는데도 복잡한 심경 때문에 이리저리 몸을 뒤척였다. 그러다 새벽녘이 되어서야 겨우 잠이 들었다.

눈을 뜨니 해가 높이 떠 있었다. 마음은 차분히 안정되어 있었다.

컴퓨터를 켜고 이메일을 체크하자 친구와 지인들이 보낸 축하 메일이 산처럼 쌓여 있었다. 어제 전화로 마쓰이와 SF 동호회의 지인 몇 명에게 딸이 태어났다고 알렸는데, 그 이야기가 동료들 사이에 퍼진 모양이다. 마쓰이의 메일도 들어와 있었다.

'어제 무신경했던 전화는 사과하지. 내 아내가 출산할 때를 떠올려보니 그런 언동에 화가 나는 건 지극히 당연하다는 생각이 들더군. 올빼미형 인간이라 오전 중에는 머리가 제대로 돌아가질 않아 기시다 씨의 상황을 충분히 배려하지 못하고 큰 실례를 범하고 말았어. 그래서 오늘 다시 한 번 정중하게 부탁하네. 극적인 하루를 담은 에세이를 오늘 중으로 꼭 부탁해. 그동안 사이언스 라이터로서 생물과 의료 관련 기사도 많이 써온 기시다 씨의 눈에 비친 출산 현장을 마음껏 묘사해주기 바라네.'

요컨대 내용은 불쾌했던 어제의 원고 독촉과 다를 게 없었다. 그러나 신이치의 심경은 크게 바뀌어 있었다.

아기가 곧 태어난다. 내 아이다.

신이치는 그렇게 쓰기 시작했다.

진통은 남자들은 쇼크사를 해버릴 정도로 무시무시한 통증이라고 한다.
진통 간격이 길 때는 통증도 약해서 아내와 웃으며 대화를 나눌 수 있었다. 그러나 진통이 시작되는 순간, 얼굴은 일그러지고 라마즈법 강습회에서 배운 호흡법으로 고통을 이겨낼 수밖에 없다. 자칫 잘못하면 통증이 더 심해지므로 이를 악물 수도 없다. 그렇지 않아도 괴로운 상황에 흡사 바늘로 찌르는 것 같은 비명이 뒤섞인다.

아내는 허리를 주물러달라고 호소했다. 옆으로 누운 아내의 허리와 등을 주물러주었다. 통증이 엄습할 때는 그렇게 해주는 게 약이 된다고 한다.

진통 간격이 차츰 짧아지고 통증도 심해졌다. 그때마다 아내의 얼굴은 경직되었다. 그 표정을 되풀이해 지켜보는 사이 왠지 너무 미안한 마음이 들었다. 이것이 여자와 남자의 역할 분담이며, 아내도 산고를 겪어야 한다는 건 알고 있었을 거라고 스스로를 타일러 보지만, 결국 그 고통을 만들어낸 사람은 나 자신이다.

아내에게는 이루 말할 수 없이 힘든 시간이었겠지만 나에게도 무척이나 긴 하루였다.

출산이 가볍게 끝나는 사람도 있지만 초산의 경우는 대부분 시간이 오래 걸린다. 아내도 예외는 아니었다. 첫 진통에서 이미 열두 시간이나 지났는데도 산도는 아직 충분히 열리지 않았다고 했다.

진통 간격은 점점 짧아지고, 통증도 격해져 갔다. 아내는 손을 잡아달라고 애원했다. 조산원이 30분 간격으로 들어와서 배에 마이크를 대고 아기의 심장소리가 나는 위치를 확인했다.

널찍한 창이 있는 환한 방에는 커튼으로 나뉜 침대 두 개, 보호자용 소파와 테이블이 놓여 있었다.

아내는 창가 침대에 누워 고통을 이겨냈다. 통증이 점점 심해졌고, 진통이 올 때마다 시트를 걷어차며 부끄러운 줄도 모르고 네글리제 옷자락을 흐트러뜨렸다. 양수나 출혈이 새는 것을 막기 위해 다리 사이에 기저귀 같은 것을 착용했는데, 망측하게 그것까지 다 드러났다. 본인은 그런 걸 신경 쓸 여유조차 없었다. 진통이 밀려들 때마다 나는 아내의 허리를 주무르고, 옷자락을 덮어주었다. 시트에까지 피가 묻었다.

이런 상황은 인간이 직립한 후로 몇 만 년 동안이나 되풀이되었을 것이다. 의학이 얼마나 진보했는지는 모르지만 여자가 고통을 겪으며 아이를 낳는 과정은 변함이 없다.

다른 침대에는 먼저 온 임산부가 진통을 참아내고 있었는데, 아내만큼 고통스럽게 소리를 지르지는 않았고 이따금씩 걸어다니며 통증을 달랬다. 진통에는 개인차가 있다는 말은 들었지만, 그렇게 차이가 큰 걸까.

허리를 주무르고 목이 마르다는 아내 입에 팩에 든 보리차를 넣어주는 사이, 창으로 비쳐드는 햇살은 붉은 빛으로 변해갔고 마침내 밤이 찾아왔다. 조산원이 여러 차례 들어와서 자궁 문은 충분히 열렸다고 진단했지만, 여전히 아기가 태어날 기미는 보이지 않았다.

진통은 간격을 두고 단속적으로 찾아왔다. 그 간격이 짧아지면 이윽고 출산을 하는 것이다.

진통이 시작된 지 스무 시간째, 아내는 간신히 분만실로 들어갔다. 나도 한 발 늦게 가운으로 갈아입고 분만실로 들어갔다. 아내의 배에는 태아심음을 확인하는 센서가 붙어 있었고, 아기의 심장소리가 전자음으로 표시되었다.

아내는 분만대에 누워 조산원의 지시에 따라 호흡을 조절하며 배에 힘을 주었다. 아내가 배에 힘을 주면 센서 때문인지 태아심음까지 끊어져서 내 심장까지 옭죄어들었다. 안심할 수 있는 상태가 아닌지 산소 호흡을 시작했다

손을 잡아주려고 했지만, 상황이 상황이다 보니 아내의 손은 분만대의 억센 금속 손잡이를 움켜쥔 채 떨어지지 않았다. 내 손은 더 이상 아내의 힘을 받아낼 수 없을 것이다. 아내의 상체와 다리를 차례차례 가죽 벨트로 고정시켰다. 아내 머리 쪽에 서 있던 나에게도 아내가 힘을 줄 때마다 산도 쪽에서 아기 머리 같은 게 들락날락하는 모습이 보였다.

그러나 태어날 기미는 전혀 보이지 않았다.

의사는 아내가 힘을 주는 모습을 지켜보더니 간호사에게 말했다.

"조금만 더 지켜보고, 안 되겠다 싶으면 절개합시다."

다음 진통에도 태어나지 않으면 절개를 당한다는 위기감을 느꼈는지 아내는 죽어라 힘을 주었지만…… 소용없었다. 의사는 주사기를 꺼내더니 무슨 약물을 주사했다. 가위처럼 생긴 것을 꺼내들고, 칼날을 세웠다. 아내는 살짝 미간을 찌푸렸다.

그때 아내가 다시 한 번 안간힘을 쓰자, 핏물이 묻은 갓난아기가 아내의 몸에서 주르륵 빠져 나왔다.

"잠깐 기다려요, 탯줄이 얽혀 있어요. 이것 때문에 못 나왔나 봐요."

조산원의 말은 눈 깜짝할 사이였다. 곧바로 우물거리는 첫 울음소리가 울려 퍼졌다.

"아하, 공주님이군요."

의사가 아기를 내려다보며 말했다.

나는 처음으로 내 아이를 두 눈으로 확인했다. 분만대 위에서 붉고 미끈미끈한 생물이 꿈틀거렸다.

감격스러운 순간이라고들 하는데, 그런 기분은 솟아나지 않았다.

나는 곧바로 분만실에서 쫓겨났다. 흰 가운을 입은 채 어스름한 복도에서 기다리고 있자, 텔레비전 드라마 같은 장면을 연출하려는 듯 간호사실에서 간호사가 모습을 드러냈다. 그녀의 팔에는 거즈와 목욕 수건에 감싸인 물체가 안겨 있었다.

"보세요, 당신의 아기예요."

나는 산모교실에서 배운 대로 머리 쪽부터 팔을 받치고 내 아기를 품에 안았다. 믿기지 않을 만큼 가벼웠다. 믿기지 않을 만큼 무력한 생물이었다. 갓 태어난 딸은 내 품속에서 아직 보이지도 않을 큰 눈을 두리번거렸다.

몇 번이나 되풀이해 말하지만, 아기는 싫다. 갓 태어난 아기는 응애응애 울어댈 뿐 세상 물정도 말도 모른다. 내게 아기가 생길 거라는 상상조차 할 수 없었다.

그러나 갓 태어난 딸을 건네받고, 나는 난생처음 갓난아기가 사랑스럽다고 느꼈다.

글을 쓰고 다시 읽어보니 너무 잘난 체를 했나 싶어 살짝 겸연쩍었다. 메일매거진을 읽는 독자를 의식한 것은 아니다. 현실은 훨씬 복잡하고 까다롭다. 그러나 출산 과정의 갈등, 아내와 태어날 아기에게 품었던 의심 따위는 신이치의 기억에서 사라진 지 오래였다.

원고를 완성해 보내고 나니 어느새 오후가 되어 있었다. 이제 곧 면회시간이다.

신이치는 허겁지겁 병원으로 향했다.

병실 문을 연 순간, 신이치는 '눈앞이 캄캄해진다'는 표현을 실감했다.

리카코의 얼굴이 괴물처럼 변해 있었다.

"어…… 왜, 왜 그래?"

재빨리 아기 쪽을 쳐다봤다. 아무 일도 없었다. 갓난아기는 신이치의 어머니를 쏙 빼닮은 들창코로 부드러운 숨결을 내쉬고 있었다.

리카코가 봇물이 터진 듯 말을 쏟아내기 시작했다.

그날 오전에 장모가 기이 반도에서 도착했다고 했다.

그야말로 현모양처인 장모가 첫 손자를 보고 얼마나 기뻐했을지는 상상이 가고도 남았다. 익숙한 손놀림으로 아기를 품에 안고, 뺨을 비볐을 것이다.

그런데 그것뿐이 아니었던 모양이다. 기저귀 채우는 방법이 잘못되었다고 리카코를 야단치며 당신이 다시 채우고, 딸이 수유하는 모습을 보더니 그런 자세로 젖을 주면 아기가 힘들다고 주의를 줬다고 했다.

"그래서 내가 다시 올 필요 없다고 했어. 입만 열면 우리 때는 이렇게 편하질 않았네, 몇 배나 힘들었지만 사랑스러운 아기를 위해 참고 견뎌냈네, 계속 잔소리만 해대는 거야. 그런 소리를 들을 때마다 화가 치밀어."

"그건 이해하지만, 아무리 그래도……. 시어머니도 아니고 자기 친엄마잖아."

"당신이 모녀 관계에 관해 뭘 안다고 그래!"

리카코가 소리를 질렀다. 갓난아기가 머리를 움직였다.

"이봐…… 당신도 이젠 엄마야."

"아무리 엄마가 됐어도 화나는 건 어쩔 수 없잖아."

리카코의 폭발적인 분노는 결코 임신 때문이 아니었음을 깨닫고 신이치는 다시 절망적인 기분에 사로잡혔다. 그런 엄마의 딸로 태어난 아기가 가엾기도 하고, 자기 자신이 너무나 불행한 남자라는 생각도 들었다. 요즘 들어 감정의 동요가 매우 심해졌다.

신이치는 계속해서 떠들어대는 리카코의 얼굴에서 시선을 돌리고, 폭풍이 가라앉기를 기다리듯 몸을 움츠리며 갓난아기의 얼굴을 내려다보았다. 그래도 어머니를 쏙 빼닮은, 즉 자기 이외에 그 누구도 닮지 않은 잠든 딸의 얼굴을 바라보고 있으니 왠지 신비한 행복감이 밀려들었다.

"신이치를 쏙 빼닮았지?"

화를 내는 것도 지쳤는지 리카코가 그제야 부드러운 목소리로 말했다.

그날 집으로 돌아가자 이메일이 들어와 있었다. 축하 메일은 일단락되고, 이번에는 매거진에 게재한 공개일기에 관한 코멘트였다.

"드디어 태어났군요. 축하합니다. 직장 여성의 한 사람으로서 아내를 생각하는 기시다 씨의 마음에 감동받았습니다. 앞으로도 육아에 많은 협조와 노력을 아끼지 말아주세요. 남녀 공동참여 사회 실현을 위해 함께 걸어가요. 앞으로 육아일기도 기대할게요."

"〈도무지 아이가 좋아지질 않는다〉라는 첫 글부터 계속 읽고 있습니다. 저는 부권父權이라는 말에 심한 저항감을 느낍니다. 본래 아버지란 기시다 씨처럼 아내의 임신과 출산을 옆에서 함께하고, 육아의 시선을 공유함으로써 참다운 아버지가 될 수 있다고 생각합니다."

"현재 하는 일에 매우 만족하고 있어요. 기시다 씨 같은 남성은 저의 이상형이에요. 결혼한다면 기시다 씨 같은 사람, 아니, 세상 남자들이 모두 기시다 씨 같았으면 좋겠어요."

이건 좀 아닌데…….

신이치는 근질근질한 것도 같고, 엉덩이를 찔리는 것도 같은, 뭐라 표현하기 어려운 불편한 심기에 고개를 가로저었다. 자기는 그런 의도가 없었다. 결코 이런 메일을 받을 만한 일은 하지 않았다.

우왕좌왕하는 사이, 장모에게 전화가 왔다. 낮에 딸과 심하게 말다툼을 했다는 말은 입도 뻥긋하지 않고, 한동안 도쿄에 머무를 거라는 말을 꺼냈다. 하치오지에 지금은 과부가 된 장모의 여동생, 즉 리카코의 이모님이 혼자 살고 있다. 리카코가 산후 안정을 되찾을 때까지 한동안 그곳에서 지낼 생각이라고 말했다.

"그래서 말이네만, 그쪽 맨션은 별로 넓지 않으니 리카코와 아기가 얼마간 이쪽에서 지내면 어떻겠나? 여기는 방도 많고 병원도 그리 멀지 않던데."

"아, 네. 그런데……."

고마운 말이긴 했다. 리카코 방에 아기 침대를 넣는 것은 예삿일이 아니었다. 정리를 하루하루 미루다 끝내는 준비도 못한 채 아기를 낳아버렸으니 어질러진 상황은 심각하기 그지없었다. 바닥이 가라앉지 않을까 걱정될 만큼 쌓인 일본어, 영어, 독일어, 프랑스어가 뒤섞인 엄청난 자료 정리부터 시작해야 한다.

그러나 안정될 때까지 한동안 어머니한테 가 있으라고 해도 리카코가 순순히 고개를 끄덕일 것 같진 않았다.

"리카코에게 물어봐야 할 것 같은데요"라고 신이치가 대답했다.

"물어볼 필요도 없네. 그 애는 지는 건 끔찍이 싫어하는 고집쟁이야. 어쩌면 그렇게 아버지랑 똑같은지……. 그래도 이젠 아이까지 낳았으니 부모 마음도 조금은 알았을 테지. 그리고 조금만 있으면 아이 키우는 게 얼마나 힘든 일인지 금방 알게 될 걸세. 아이들은 육아서에 나오는 대로 커주는 것도 아니고, 부모 사정 따위는 나 몰라라 하거든. 경험도 없는 딸이 혼자 아이를 키우긴 힘들어요. 자네도 내 말 잘 듣게, 갓난아기는 절대 내 생각대로 되질 않아. 시어머님이라도 곁에 계시면 모를까."

"아 네……."

"그러니 자네가 잘 타일러보게. 그래도 자네 말은 좀 듣는 것 같으니."

"어…… 그게."

'내가 말해도 자기가 싫으면 절대 안 듣습니다. 뜨거운 차가 든 찻잔을 집어던지는 사람입니다' 라고 말하고 싶은 충동을 애써 참아냈다.

손자 얼굴을 보러 온 친정어머니에게 화를 내는 딸이 어머니와 이모가 사는 집으로 순순히 들어갈 것 같진 않았다.

"그럼, 얘기 좀 잘해주게"라는 말을 남기고 장모가 전화를 끊었다.

다음날 병원을 찾은 신이치가 리카코에게 장모의 말을 전했다.

"싫어!"

그것이 리카코의 대답이었다. 그 이상 아무 말도 하지 않았다. 설득을 하려 들면 또다시 암운이 드리워질 게 뻔하다. 그리고 곧바로 폭풍우가 몰아닥칠 것이다.

리카코는 여전히 허리와 엉덩이와 절개 부위가 아프다고 호소했다. 일어나 앉을 때는 고통스러운 표정이었지만 아기에게 젖을 먹이는 얼굴은 온화했다. 온화한 그 얼굴이 괴물처럼 변해버리면 감당할 방법이 없다.

젖을 다 먹이고 한동안 안고 있으니 아기의 기저귀가 축축해졌다. 신이치가 기저귀를 갈아주었다. 갈아주는 방법은 산모교실에서 배운 방식 그대로였다.

젖을 먹이면 곧바로 변이 나왔다.

"위결장반사胃結腸反射로군."

신이치가 감개무량한 심정으로 중얼거렸다. 아이는 건강해 보였다.

섭식과 배설이 이렇게 빈틈없이 잘 연결되어 있다는 게 흥미로웠다. 신기하게도 옅은 노란색 변은 더럽다는 생각이 전혀 안 들었다. 역시 자기 자식은 다른 모양이다.

손놀림은 서투르기만 했다. 배우자마자 곧바로 능숙해질 수는 없다. 그래도 나름 무척이나 진지했다. 그런데 그런 모습을 보고 잘못되었다고 지적한다면 상대가 친어머니라도 상처를 받을 수 있겠다는 생각이 들었다. 신이치는 리카코가 화를 낸 이유를 조금은 이해할 수 있었다.

아기는 잠들었는데 리카코는 젖이 불어서 탱탱하게 부풀어 올랐다. 착유기로 짜내야 하는데 그러면 아프다고 했다.

"내가 먹으면 좀 나을까?"

신이치가 별 생각 없이 말했다.

"응, 부탁해"라며 리카코가 거리낌도 조심성도 없이 네글리제 앞가슴을 활짝 펼쳤다.

하긴 자기 앞에서 허벅지를 벌리고 아이까지 낳았으니 새삼스레 거리낄 것도 조심할 것도 없는 게 당연했다.

"그런데 왠지 좀……"

신이치가 멋쩍어하자 리카코가 말했다.

"의사선생님이 그렇게 하는 게 착유기보다 유두에 상처도 덜 나고 좋다고 했어."

머뭇머뭇 입술을 가까이 가져갔다. 묘한 기분이었다. 왠지 꺼림칙했다. 눈에 띄게 커진 유방과 검게 변한 유두. 리카코는 여자에서 엄마라는 존재로 변해버렸다.

비릿하고 미적지근한 맛이 입 안에 번졌다. 달지 않았다. 이상한 맛이 났다. 하는 수 없이 삼켰다.

"아, 너무 좋다"라며 리카코가 끈적끈적한 목소리를 흘렸다.

신이치는 속으로 '어허, 지금 뭐하자는 거야'라고 중얼거렸다. 엄마가 되어서까지 그런 기분을 느끼면 곤란하다. 적어도 신이치에게 아기를 낳은 여자는 그런 존재였다.

"지금 허리 아래가 뭉근하게 마비됐어. 아프기만 한 게 아니라, 왠지 전반적으로 부드러워지는 느낌이야. 자기가 그렇게 해주니까 몸이 원래 상태로 쭉쭉 돌아가는 것 같아."

리카코는 그렇게 말하더니 신이치에게 유두를 물린 채 페트병을 들고 맛있게 물을 마셨다.

수유 중에는 목이 마르다. 그런 지식은 알고 있었지만, 신이치는 왠지 기분이 묘해져서 유두에서 입술을 떼었다.

바로 그때 노크하는 소리가 들렸다. 신이치는 튕겨나가듯 리카코에게서 멀어졌다.

대답도 안 했는데 나오코와 나나미가 안으로 들어왔다.

"축하드려요."

"어머, 일부러 여기까지 와주신 거예요?"

리카코가 천천히 가슴을 가리면서 손님들에게 미소를 지어 보였다.

두 여자가 아기 침대 안을 들여다봤다.

"어머나 세상에"라며 동시에 소리를 질렀다.

"기시다 씨랑 똑같잖아."

"글쎄 같죠?"라고 신이치가 겸연쩍은 듯 말했다.

아기는 시끄러워서 놀랐는지 얼굴을 살짝 찡그렸다.

"말도 안 돼. 이마에 주름 잡히는 모양까지 기시다 씨랑 똑같아."

나오코가 말했다.

"유전자라는 게 정말 신기합니다."

신이치는 감개무량한 표정으로 보드라운 아이의 머리를 어루만졌다.

"딸인데……."

그때 나나미가 낮게 중얼거리는 소리가 귀에 들어왔다. 딸인데 미인인 엄마를 안 닮고 못 생긴 아빠를 닮아버렸다는 뜻으로밖에 해석할 수 없는 말이었다.

뒤늦게 자기 실언을 알아차렸는지 나나미가 난데없이 큰 목소리로 정정했다.

"딸이라서 아빠를 닮았나봐."

속으로는 이미 엎질러진 물이라고 생각하면서 "그런가 봅니다"라고 신이치가 대답했다. 리카코가 기분이 상한 기미는 보이지 않았다.

그때 옆에서 나오코가 손을 내밀더니 아기의 뺨을 가볍게 찔렀다.

"너무 부드러워. 아 정말, 깨물고 싶을 만큼 귀엽다."

신이치가 펄쩍 뛰며 소리쳤다.

"아기 만질 거면 손부터 씻고 오세요."

그러자 두 사람은 미안하다며 세면기로 손을 씻으러 달려갔다.

"왜 그렇게 신경질적이야?"라며 리카코가 어이없다는 듯 웃었다. 그러나 산모교실에서 갓난아기는 저항력이 없어서 만질 때는 반드시 손을 씻어야 한다고 배웠다. 게다가 나오코는 긴 손톱에 핑크색 매니큐어까지 발랐다. 그 손톱에 상처라도 생기면…….

두 사람이 돌아와서 "자요, 깨끗이 씻었어요"라며 신이치에게 손을 보여주더니 곧바로 아이를 어루만지기 시작했다. 아이가 없는 여자들이라 그런지 마치 강아지를 다루듯 귀여워했다.

신이치는 조마조마해서 위 언저리에 경련이 일었다. 그러나 리카코는 생글생글 웃으며 보고만 있다.

"안아볼래요?"

리카코가 말했다.

"이봐, 무슨 소리야. 아직 목도 못 가누는데."

신이치가 허둥지둥 말렸다.

"안을 수 있죠, 그렇죠?"라고 물으며 리카코가 나나미에게 미소를 짓더니, "여기에 이렇게 손을 넣으면 괜찮아요"라며 아기를 품에 안았다.

"어어, 그만두라니까."

퍼렇게 질린 신이치는 본 척도 않고 나나미에게 가볍게 아이를 건넸다.

"으윽, 하지 말라니까."

신이치는 안절부절 못하면서도 뺏을 수도 없어서 식은땀만 흘리며 잔뜩 긴장해 있었다.

"아빠 노릇 한번 제대로 하시네요"라고 놀리듯 말하며 나오코가 웃었다.

"나오코 씨도 안아볼래요?"

리카코가 물었다.

"그만해. 이 사람 저 사람 안으면 아기가 피곤하잖아."

신이치가 허겁지겁 팔을 뻗어 아이를 자기 품에 안았다.

"걱정 마세요. 난 약학부 출신이라 토끼나 기니피그를 안고 살다시피 했어요."

남의 아이한테 무슨 망발이냐고 쏘아붙이고 싶었지만, 말이 나오질 않았다. 짓궂은 농담쯤으로 여기고 웃기만 하는 리카코를 이해할 수 없었다.

"아 참, 이름은 뭐라고 지으실 거예요?"

나나미가 물었다.

그러고 보니 아직 리카코와 진지하게 그 문제를 상의한 적이 없었다. 태어나기 전에 아들과 딸 이름 몇 개를 후보에 올린 적은 있지만, 황폐한 정신 상태 속에서, 그리고 자기 자식이 아닐지도 모른다는 의혹 속에서 한가하게 그런 생각을 할 여유는 없었다.

  20분쯤 지난 후, 장모가 왔고 나나미와 나오코는 교대하듯 돌아갔다. 장모는 아기 이름을 짓는 책을 들고 왔다. 그리고 어제 신이치에게 전화로 했던 이야기를 딸에게 직접 제안했다.

  다행스럽게도 때마침 간호사가 들어왔다. 리카코는 다른 사람이 있을 때는 폭발하지 않는다. 그러나 간호사가 나가고 나면 어떻게 될까. 신이치는 잔뜩 긴장하며 장모와 그 팔에 안정감 있게 안긴 딸과 리카코, 3대 여인의 얼굴을 바라보았다.

  간호사가 나갔다.

  "그건 그렇고, 애 이름 말인데."

  장모가 말을 꺼냈다. 리카코는 입술을 굳게 다물고 싸늘한 시선으로 어머니가 들고 온 책을 흘끔 쳐다봤다. 실내 공기가 얼어붙었다.

  "저…… 저, 저는."

  신이치가 안간힘을 내어 입을 열었다.

  "저, 저, 으음, 저도 생각해봤는데요."

  아무 생각도 안 났지만, 자기가 뭔가를 제안하면 우선 급한 대로 모녀의 충돌을 막을 수 있을 것 같았다.

  두 사람의 시선이 신이치에게 모아졌다. 딸은 할머니 품에서 미소를 지었다. 어른들의 애정을 쟁취하기 위한 생리적인 미소였다. 그걸 알지만, 그리고 못생긴 딸이었지만, 그 미소는 너무나 눈부시고 사랑스러웠다.

"미키."

"미키?"

두 사람이 동시에 외쳤다.

"네, 그, 그러니까…… 한자는 未來(미래, 보통명사 발음은 '미라이')라고 쓰고요."

"미라이를 미키라고 읽는다는 거지? 아주 좋은데."

리카코의 얼굴이 환하게 빛났다.

"여자애 이름이 미래未來라고? 아름다울 미美에 세기世紀의 기紀나 귀貴를 쓰면 좋으련만"이라며 장모가 미간을 찌푸렸다. 그러나 아기의 얼굴을 바라보면서 "뭐, 자네가 그렇게 결정했다면 이러쿵저러쿵 말할 생각은 없네만…… 그래도 아이에게는 평생이 걸린 문제야"라고 포기하듯 말했다.

그때 갑자기 병실 스피커에서 트로이메라이가 흘러나왔다. 면회 시간이 끝났음을 알리는 음악이다. 다시 한 번 쐐기를 박듯 면회객에게 돌아가 달라고 재촉하는 여자의 목소리가 이어졌다.

"참 나, 여긴 개인실인데 친정엄마까지 나가라는 거야"라고 투덜거리면서도 장모는 자리에서 일어섰다. 그러더니 딸에게 보란 듯이 신이치를 향해 아주 친근한 어조로 말했다.

"이보게, 자네는 나랑 맛있는 거라도 먹으러 가세. 모처럼의 기회 아닌가. 장어는 어떤가?"

신이치에게는 동료가 아닌, 그것도 연령대가 다른 사람과 단

둘이만 식사를 하는 것은 스트레스일 뿐이었다. 게다가 업무 관계도 아니니 무슨 말을 해야 할지 난감했다. 그러나 늘 그렇듯 그는 상대에게 분명하게 싫다는 의견을 표현하는 방법을 몰랐다.

 "아니, 그게…… 그러니까"라고 더듬거리는 사이 택시에 올라탔고, 유서 깊은 장어 집으로 끌려갔다.

 신이치는 옥돌을 촘촘히 깔아놓은 현관으로 올라가 복도 막다른 곳에 있는 안쪽 방으로 안내를 받았다.

 고색이 짙은 족자에 무슨 글씨가 써 있긴 한데, 신이치는 서로 연결된 그 문자들을 읽을 수가 없었다. 별 생각 없이 도코노마(床の間, 일본 건축에서 객실인 다다미방 정면에 바닥을 한 층 높여 만들어 놓은 곳. 벽에는 족자를 걸고, 바닥에 도자기·꽃병 등을 장식함) 앞에 앉았다가 언젠가 마쓰이에게 그 자리가 상석이라고 주의를 들은 일이 떠올랐다. 화들짝 놀라며 일어서자 장모가 괜찮다고 웃으며 그냥 앉으라고 권했다.

 메뉴판을 받았지만 뭘 어떻게 주문해야 할지 몰랐다. 평소에도 먹는 것에는 별 흥미가 없었고 고급 음식을 찾아다니며 먹는 취미도 없었다. 장어는 장어덮밥과 장어도시락밖에 모른다.

 "장어덮밥"이라고 신이치가 말했다.

 "이런, 그러지 말고 우선 시라야키(양념 없이 불에 구워 양념간장에 찍어 먹음)부터 먹어보는 게 어떻겠나?"

 "아 네…… 제가 잘 몰라서요."

장모는 의아한 표정을 지었다. 조금 전 주방에서 흘러나온 장어구이 냄새가 식욕을 자극했다. 얼른 먹고 장모에게서 도망치고 싶었다.

장모가 알아서 주문을 했다.

장어덮밥은 나오지 않았다.

제일 먼저 스노모노(酢の物, 초무침 또는 초회) 같은 요리가 나왔다. 오팔 반지를 번쩍거리며 젓가락질을 하던 장모가 나지막이 한숨을 내쉬었다.

"정말이지 앞날이 훤하군."

불쑥 입을 열었다.

신이치가 장모와 시선을 마주치지 않으며 "무슨 말씀이신지?"라고 물었다.

"엄마로서, 아니 여자로서 그래선 안 되지."

"아…… 네에."

자기도 그렇게 생각한다는 말은 차마 할 수 없었다.

"나도 물론 리카코가 일하는 것 자체가 나쁘다고 말할 생각은 없어. 그렇지만 아내로서 엄마로서 집안일부터 제대로 한 후에 일을 해야 맞는 거 아닌가. 집안은 먼지투성이에다 오줌이 새어나오게 기저귀를 채우질 않나. 게다가 우는 아이를 남에게 맡기고 일을 하겠다니……. 밖에서 아무리 일을 잘해도 그건 절대 행복한 삶이 아니질 않나. 무엇보다 자기 스스로가 비참한 생각이 들뿐이야. 리카코에게도 늘 얘기했어. 대처 수상을 좀 봐라. 정말로 훌륭한 여성은 남편이 있고, 자녀를 훌륭하게 키워내고, 그 후에 일을 한다. 진짜 커리어우먼이란 바로 그런 분을 말하는 거다."

"네에……."

장모는 봇물이 터진 듯 이야기를 계속했다.

"초등학교 4학년부터였나. 아무리 타일러도 내 말은 통 안 듣더군. 공부를 잘하니까 밖에서는 귀여움을 받았지. 동급생들보다 한층 뛰어났고……. 그렇지만 남들은 표면적인 모습만 보게 마련이지. 진정으로 걱정해주는 사람은 엄마뿐이야. 아무리 얼굴이 예쁘고 공부를 잘해도 여자는 부드러운 심성과 배려가 부족하면, 게다가 칠칠치 못한 인간이라면 아무 가치도 없는 거 아닌가. 난 어떻게든 그걸 고쳐보려고 했네. 세상에 나가고, 또 결혼하면 자기 스스로가 곤란해질 테니 붙들고 앉아 수도 없이 타일렀지. 그런데도 그 애는 주위 사람들이 오냐오냐 하니까 걱정해서 하는 내 말은 들은 척도 않더군."

"그렇지만……."

신이치가 무의식적으로 반론을 꺼냈다.

"그…… 그렇지만…… 완벽한 인간은 없습니다."

장모의 얘기는 하나하나 다 옳은 말이었다. 그러나 그 말을 들으니 리카코가 불쌍해졌다. 자기 자질과는 다른 모습을 가장 가까운 가족에게 끊임없이 요구당하는 것은 분명 고통스러운 일일 것이다.

리카코만 가지고 있는 뛰어난 점들도 있을 텐데 결점만 지적당하고 늘 교정 대상이 되어 살아온 리카코가 애처로웠다.

신이치는 리카코가 분노를 폭발시키는 장면을 떠올려보았다. 그러고 보니 '여자' 운운하는 비판에 유독 알레르기를 일으키며 극단적으로 반응했다는 걸 알아차렸다. 그 말이 리카코의 분노를 산 것이다.

키워드는 '여자'와 '엄마'였다. 아이가 뱃속에 있는 것만이 정신이 불안정해진 이유는 아니었다.

"물론 나도 딸한테 완벽한 인간이 되라는 터무니없는 요구를 하려는 게 아닐세."

장모가 다시 말을 이었다.

"난 딸에게 학교 시험에서 백점을 받아오라고 한 적이 없어. 뭐든 백점을 받으라고 말할 생각도 없네. 다만 뭐랄까…… 인간으로서 좀 더 균형 잡힌 아이로 커주길 바란 것뿐이야. 전부 70점이라도 좋아, 아니, 50점이라도 상관없어. 뭐든 적당히 할 수 있고, 눈에 띄지 않더라도 마음에 여유가 있고, 성격이 비뚤어지지 않은 딸로 커주길 바랐던 거야."

신이치는 고개를 끄덕였다. 핏줄로 이어진 어머니가 딸을 염려하는 말에는 진정성이 넘쳐났다. 장모의 말은 하나같이 옳았다. 신이치는 "네"라는 대답 외에는 할 말이 없어서 내온 장어꼬치구이를 묵묵히 입 안으로 옮겼다. 집 근처 식당에서 1년에 한 번 정도 먹는 장어덮밥의 장어와는 맛도 향도 달랐다. 회,

튀김, 국수 뭐든 다 파는 동네 식당에서 내놓는 양식 장어의 부드러움과 달콤하기만 한 소스가 몹시도 그리웠다.

전화벨 소리에 한밤중에 잠에서 깬 것은 다음날이었다.
리카코였다. 병실에서 휴대전화로 거는 것 같았다.
"외로워"라고 리카코가 새된 목소리로 호소했다.
병원 안에서 휴대전화 사용은 금지되어 있다. 간호사에게 들키면 큰일이다.
"아기가 곁에 있잖아."
'외롭다니 당신은 이제 어엿한 엄마야, 그렇게 어리광만 부리면 어떡해'라고 신이치는 마음속으로 중얼거렸다.
"더는 못 참겠어. 집에 가고 싶어."
"……"
"오늘도 자기가 가버리니까 갑자기 휑한 게 너무 외로웠어. 가슴은 탱탱하게 불어서 아프고…… 정말이지 더는 못 참겠어."

"그렇지만 의사 선생님 말씀을 따라야지, 여쭤봤어?"
"좀 더 입원하는 게 좋지만, 정 가고 싶다면 하는 수 없대."
"안 돼."
신이치가 한숨과 동시에 내뱉듯이 말했다.
아기 침대를 놓을 장소가 없었다. 하루 종일 해가 안 드는 신이치의 방, 식탁과 그밖에 가구들로 꽉 들어찬 거실과 다이닝룸.
남는 건 남향인 리카코의 방뿐이다. 크리스마스에 손님들이 다녀간 지 어언 4개월째, 그곳은 또다시 소돔처럼 변해 있었다.
"자료만 조금 치우면 아기 침대쯤은 충분히 들어가잖아."
전화 너머 목소리는 더 높아졌다.
"먼지투성이 방에 갓난애를 재우면 금방 병날 게 뻔해."
이런 상황에서도 '앞으로는 내가 청소 잘할게'라는 말을 들을 수 없다는 사실이 절망스러웠다. 결과적으로 그렇게 안 하더라도 어쩔 순 없다. 그러나 적어도 그런 말이라도 듣고 싶었다.
"어쨌든 사흘만 기다려."
"싫어! 더 이상 여기 있고 싶지 않아."
"그럼 아기 데려올 준비가 끝날 때까지만 하치오지의 이모님 댁에 가 있어."
"싫어."
리카코는 아무 감정도 깃들지 않은 낮은 목소리로 말했다.
"왜 싫은데? 자기네 친척 집이야. 어머니도 곁에 계시잖아.

그럼 우리 어머니한테 갈래?"

리카코는 대답이 없었다.

"자기 친어머니가 오라고 하잖아. 나도 말릴 생각은 없어. 복에 겨운 상황인데 웬 고집이야?"

"어쨌든 싫다면 싫은 줄 알아. 내일 차 가지고 데리러 와."

언제까지 휴대전화로 말다툼을 할 수는 없었다. 아무튼 내일 가겠다고 말하고 전화를 끊었다.

다음날 아침, 신이치는 리카코의 폭스바겐 골프를 몰고 병원으로 향했다.

하룻밤이 지났으니 리카코의 마음도 어느 정도 가라앉았을 거라는 예상은 너무도 안이한 기대였다.

병원에 도착해 보니 리카코는 이미 네글리제 차림이 아니었다. 짐 정리를 마치고 옅은 화장까지 하고 아기를 안은 채 신이치의 도착을 기다리고 있었다.

"안 돼. 정말로 아기 침대 둘 곳이 없다고. 물리적으로 공간이 없단 말이야. 당신 자료들을 치우기 전에는 불가능해."

신이치가 고개를 저었다.

"내가 치운다고 했잖아."

리카코가 소리쳤다.

"그게 말이 되는 소리야?"

아직 출산 피로도 가시지 않았고, 걸을 때마다 상처와 치질 통증을 호소하는 상태에서 방 청소를 한다는 건 말이 안 된다.

기껏해야 불도저로 밀어내듯 어질러진 것들을 구석으로 밀쳐내고, 빈 공간에 조립식 아기 침대를 놓을 게 뻔하다. 그러고 나면 리카코는 구석으로 밀어둔 잡동사니를 절대 치우지 않을 것이다.

창으로 들이비치는 햇살 사이로 먼지가 둥둥 떠다니는 방, 쓰레기더미 속에서 갓난아기가 잠자는 광경. 신이치는 공포심에 몸이 떨렸다.

"어쨌든 퇴원할 거야. 당신이 안 된다고 해도 내가 가야겠어. 난 병 걸린 게 아니니까 더 이상 입원할 필요 없다고. 집에 갈 거야."

"그래…… 알았어."

신이치가 고개를 끄덕였다.

잠시 후 신이치는 리카코와 함께 진료실로 불려갔고, 의사에게 여러 가지 주의사항을 들은 후 간호사실에 가서 인사를 했다. 신이치는 양손에 짐을 들고 새 가족이 된 미키를 안은 리카코와 함께 주차장으로 향했다.

리카코는 뒷좌석에 앉았다. 아직 베이비 카시트를 못 샀지만 어쩔 수 없었다.

신이치는 조심스럽게 액셀러레이터를 밟았다.

차가 서서히 국도로 나갔다.

"강제 송환이군"이라고 신이치가 중얼거렸다.

곧장 달리면 신이치가 사는 맨션이 나온다. 그러나 조금 더

달리다가 20번 국도에서 오른쪽으로 꺾으면 중앙 자동차 도로 입구가 나온다. 서쪽으로 가면 하치오지다.

방심하게 만들고 뒤통수를 치는 것 같아 미안한 마음도 들었지만 어쩔 수 없었다. 이런 상황에서는 철없는 리카코의 말보다는 딸의 건강을 우선하는 것이 아빠의 의무다.

교차로에서 자동차 깜빡이등을 켰다. 똑딱거리는 소리를 들은 리카코가 룸미러 속에서 미간에 살짝 주름을 잡았다.

"어…… 잠깐 쇼핑할 게 있어서."

"그래?"

리카코는 의심스러운 표정으로 아기에게 다시 시선을 돌렸다.

'중앙 도로 입구'라는 녹색 이정표가 나왔다.

"잠깐!"

리카코가 버럭 소리를 질렀다.

"지금 어디로 가는 거야?"

설마 이렇게 빨리 알아차릴 줄은 몰랐다.

이렇게 된 이상 하치오치 인터체인지까지 논스톱으로 달릴 수밖에 없다. 있는 힘껏 액셀러레이터를 밟았다. 고속도로를 타버리면 리카코도 포기할 것이다.

"어떻게 된 거냐고!"

"……"

"싫어. 난 절대 싫어."

리카코는 폐쇄된 차 안에서 반대쪽 인도까지 들릴 만큼 큰 목소리로 소리쳤다.

"입 다물어. 아기나 잘 안고 있어."

타이어 마찰 소리를 울리며 고속도로로 올라가는 커브를 돌았다.

"속였어, 날 속였어."

"……"

"당장 차 돌려."

"말이 되는 소리야? 이런 데서 어떻게 유턴을 해."

요금소를 통과해 중앙 도로로 합류했다.

"말도 안 돼. 어떻게 이런 치사한 짓을 해!"

리카코가 큰소리로 아우성을 쳤다. 아기가 울기 시작했다.

"아, 난 몰라, 부탁이야. 제발 울지 마."

리카코는 아기에게 애원하면서도 차를 돌리라며 계속 소리쳤다.

"당장 돌려. 당신 원래 이런 사람이었어?"

뒤에서 리카코가 운전석을 붙잡고 흔들었다.

대형 트럭이 추월해갔다. 뒤에서는 레미콘 트럭이 육박해왔다.

"그만두지 못해. 갓난아기한테 에어백 터뜨릴 작정이야!"

신이치가 말했다.

"너무해……."

리카코가 가라앉은 목소리로 울먹였다.

"당신은 지금 이 애를 인질로 삼는 거지?"

미키가 계속 울었다. 리카코가 아이를 달랬다. 아니, 달래려고 할 뿐 "부탁이야, 그만 울어"라고 애원하는 목소리는 거의 비명에 가까웠다.

'구니타치후추 출구 500미터' 라는 이정표가 나타났다.

"저쪽으로 빠져!"

아기 울음을 달래려 애쓰던 리카코가 버럭 소리를 질렀다.

"저기로 나가란 말이야!"

신이치는 그 말을 무시하고 자동차를 몰았다. 등에 쿵쿵거리는 충격이 느껴졌다.

뒤에서 운전석을 발로 찬 것이다.

"미쳤어!"라고 소리치며 핸들을 꽉 움켜쥐며 매달렸다.

아기가 불에 덴 것처럼 울어대기 시작했다.

그 순간, 머리에 충격이 느껴졌다. 두 번, 세 번. 리카코가 운전석 머리받침대를 뽑아서 머리를 내리친 것이다.

놀라움과 공포가 신이치의 전신을 훑고 지나갔다. 아기는 한층 더 격렬하게 울었다.

머릿속에 깨진 변기가 떠올랐다.

이 여자는 지금 제정신이 아니다.

신이치는 차선을 변경했다. 자동차는 출구를 향해 미끄러지듯 달려갔다. 적어도 자신과 갓 태어난 딸의 생명은 소중했기 때문이다.

고속도로를 벗어나 일반도로로 접어든 신이치는 패밀리레스토랑 주차장에 차를 세웠다. 그곳이라면 다른 사람들 눈이 있다. 리카코는 남의 시선을 의식하니 그런 곳에서 폭력을 휘두르진 않을 것이다.

"속여서 미안해."

신이치가 사과했다. 사과하고 싶지 않았고 사과할 필요도 없었지만 리카코는 미키를 안고 있었다. 인질을 잡힌 거나 마찬가지였다.

"그렇지만 어쩔 수 없었어. 제발 하루만 기다려줘. 지금 병원으로 가서 하루만 더 기다려달라고. 부탁이야……."

리카코가 창백한 얼굴로 아기의 엉덩이를 두드리며 달랬다.

"하루만 주면 방을 정리하고 청소도 할게. 아기 침대도 조립해놓을 거야. 내일은 꼭 데리러 갈 테니까 제발 부탁이야."

리카코가 룸미러로 신이치의 얼굴을 뚫어져라 바라보았다. 그리고 입을 열었다.

"미안해."

신이치는 눈을 감고 아기의 울음소리를 들었다. 소리가 차츰 가라앉더니 잠든 숨결로 변해갔다.

"난 부당한 일을 당하면 제정신을 못 차려……."

"응……."

신이치가 다시 병원으로 차를 돌렸다. 다행히 1인용 병실은 비어 있었다. 리카코는 사정이 생겨서 돌아갈 수 없다고 하고 하루 더 입원하기로 했다.

신이치는 그날 오후 늦게야 집에 도착했다. 이루 말할 수 없는 무력감과 피로감이 몰려들어 현관문을 여는 순간 바닥에 털썩 주저앉고 말았다.

아기 침대를 조립해야 한다는 생각이 들었다. 내일은 리카코와 아기가 집으로 돌아온다. 그 전에 리카코의 방을 정리하고, 청소기를 돌리고, 먼지 덩어리로 변한 레이스 커튼을 세탁해야만 한다.

일어서기도 귀찮아서 리카코의 방까지 엉금엉금 기어갔다.

문을 여는 순간, 냄새가 풍겼다. 먼지 냄새 비슷한 게 아니라 먼지 자체에 냄새가 있다는 걸 신이치는 난생처음 깨달았다. 어쩌면 신경이 과민해져서 알아차린 것뿐일지도 모른다. 목구멍이 맵싸한 것 같은, 콧속이 근질근질한 것 같은 공기 냄새였다.

그 자세로 엉금엉금 뒤로 물러나 부엌 의자에 주저앉았다. 그곳은 청결했다. 신이치는 부엌이나 욕실의 물때, 조리대의 기름때를 싫어해서 그런 곳은 강력 세제로 각별히 신경 써서 닦아내기 때문이다.

그러나 리카코의 방은 예외다. 상상을 초월할 정도로 잡다하고 어수선하게 쌓인 정체 모를 물건들을 정리하는 것은 신이치에게도 버거운 일이었다. 신이치는 모든 사물이 논리 정연한 법칙에 따라 정리되어 있어야만 했다.

그러나 리카코는 그런 감각과는 무관했다. 온갖 정보를 이것저것 헤적거리며 탐욕스럽게 집어 삼킨다. 뭐든 소화시키는 막강한 위 같은 두뇌인 셈이다. 머리가 좋은 건 인정하지만, 뒷감당을 하는 쪽으로서는 그 성질을 당해낼 재간이 없다. 게다가 집어 삼킨 후인지 전인지도 알 수 없다. 자칫 손을 잘못 대면 곧바로 폭발한다.

다리 힘이 빠졌다. 몸이 무거워졌다.

신이치는 대체 어떻게 해야 할지 엄두가 안 나서 양손으로 머리를 감싸 안았다. 도망칠 길도 없다. 미키는 틀림없는 자기 아이였다. 리카코는 그 아이를 낳기 위해 지켜보는 사람까지 상태가 안 좋아질 정도의 고통과 통증을 이겨냈다.

'어느 놈 씨인지 알 게 뭐냐'라는 핑계는 더 이상 통하지 않는다.

시선 끝으로 전화기 램프가 깜박이는 모습이 잡혔다. 자동응답 메시지가 들어와 있었다.

재생 버튼을 눌렀다.

"무사히 아이를 낳으셨다니 축하드립니다. 따님이라고 들었습니다. 조만간 보러 갈게요."

"여보세요? 신짱, 나 고리야마의 이모다. 오랜만이지? 축하한다, 딸을 낳았다면서? 이제야 너희 엄마도 마음이 놓이겠구나. 정말 잘 됐다. 축하선물 보내주고 싶은데 뭐가 좋겠니? 집에 들어오면 전화주렴."

축하한다, 축하한다, 축하한다, 친척에게서 친구에게서 오늘도 끊임없이 축하 메시지가 들어와 있었다. 그중 아키야마가 남긴 메시지도 있었다.

아키야마는 축하한다는 전화를 건 지 두 시간 만에 업무 메시지를 남겨놓았다.

'한창 일할 나이에 습격하는 암, 불안한 국민 건강검진' 이라는 테마로 대학병원이나 지자체 등을 취재해 기사를 써달라고 부탁했다.

신이치는 끝까지 듣지 않고 재생 버튼을 껐다. 이 상황에서는 도저히 일할 여유가 없다.

라이터로 일할 기회마저 이렇게 빼앗기는 것이다.

대체 어디서부터 인생의 수레바퀴가 잘못 돌기 시작했을까. 나락으로 빠져드는 느낌이었다.

연수입 200만 엔, 비좁은 아파트에서 생활하던 때가 그리웠다. 가난하고 고독하긴 했지만, 차분하고 질서 잡혔던 생활이 그리웠다. 그 집으로 리카코를 불러들여 '해버린' 게 모든 것의 원인이다. 오카모토도 에일리언 탓도 아니다.

비틀비틀 일어서서 냉장고를 열자, 안쪽에 맥주 캔이 보였다. 야근을 마치고 들어오는 리카코를 위해 신혼 초에 신이치가 사다둔 것이었다.

맥주를 꺼내 뚜껑을 땄다. 목 안으로 삼켜봤다. 쓴맛이 났다.

캔 하나를 비우면 그대로 기절해버릴지 모른다고 생각했는데, 이상하게도 취한 느낌이 없었다. 구토감도 없었다.

될 대로 되라는 기분이 들었다. 그런데 차가운 탄산 때문인지 위가 아프기 시작했다.

바로 그때 전화벨이 울렸다.

흘끗 쳐다만 보고 수화기를 들지 않았다. 축하한다, 축하한다, 축하한다, 축하선물은 뭐가 좋아? 축하선물은 뭐가 좋을까? 다음번에는 아들, 다음번에는 아들, 다음번에는 아들……. 보나마나 그런 전화일 게 뻔했다.

대체 뭘 축하한다는 건가, 선물도 필요 없다, 아이는 두 번 다시 낳고 싶지 않다.

머릿속이 빙글빙글 돌았다. 신호음이 일곱 번 울리다 끊어졌다. 채 1분도 지나지 않아 또다시 전화벨이 울렸다.

느릿느릿 수화기를 집어 들자 아키야마였다.

축하의 인사말에 이어 아키야마가 빠른 말투로 이야기를 시작했다.

"음, 자동응답기에도 메시지 남겨뒀는데, 들었죠? 이번 일은 의료 쪽이라 당신 전공과는 성향이 조금 다를지도 모르지만, 어쨌든 이과 계열이잖아요. ……아니, 요즘 들어 유효성에 의문이 제기되면서 지자체에 따라서는 국민 건강검진을 그만두는 곳도 생겼어요. 그래서 후생성이 내놓은 견해는……."

아키야마가 일방적으로 떠들어댔다.

그 목소리가 큰북 북채처럼 신이치의 고막을 때렸다. 신이치는 대답다운 대답 한마디 하지 못했다. 그러나 평소부터 인사는 고사하고 변변한 대답도 하지 않던 신이치였기 때문에 아키야마는 개의치 않고 계속해서 이야기를 했다.

"우리 삼촌도 매년 시에서 실시하는 검진을 받았어요. 이상이 없다고 해서 마냥 안심하고 있었죠. 그런데 갑자기 몸이 안 좋다는 얘길 꺼낸 거예요."

신이치는 반쯤 잠든 상태로 아키야마의 이야기를 들었다. 아니, 목소리는 들리지만 내용을 이해하는 건 아니었다.

"그래서 일단 대학병원 쪽에는 기시다 씨와 카메라맨, 그리고 나도 함께 갈 예정이에요. 그런데 내과 부장 선생님 시간이 비는 날이…… 아, 시간은 저녁 5시 이후라고 하고요…… 그것보다 미리 간단한 의논을 하고 싶은데, 내일 어때요?"

"네?"

신이치는 그제야 제정신이 돌아왔다.

"그러니까 내 말은……"이라며 아키야마가 같은 말을 반복했다.

"죄송합니다."

신이치가 말했다.

"안 됩니다. 지금은 일하기 힘들어요."

"왜요? 아니 잠깐, 그보다 이미 당신이 하는 걸로 얘기 다 끝내뒀고, 의학적인 접근을 할 계획이라 제대로 된 과학기사를 쓸 만한 사람이 아니면 곤란해요."

"지금은 안 됩니다."

"잠깐, 혹시 어디 아파요?"

그제야 신이치가 이상하다는 걸 눈치 챈 아키야마가 의아한 말투로 물었다.

"아니, 그게…… 으음, 아내가 내일 병원에서 퇴원합니다."

"아하, 그래서 데리러 가야 하는구나. 그럼 오늘밤이라도 만나면 되겠네."

"아니, 그게…… 그래서 청소도 해야 하고."

"청소 끝나고 만나도 괜찮아요."

"아마 오늘 중으로는 안 끝날 것 같아서…… 대체 어디서부터 손을 대야 할지 모르겠어요. 잘못 건드리면 화내거든요. 그렇지만 아기가 병에 걸릴 게 뻔하니까."

"어라? 기시다 씨, 지금 취했어요? 원래 술 안 마시잖아요."

"맥주 마셨어요."

"세상에, 대체 무슨 일이에요?"

"아…… 저어……."

말이 나오지 않았다.

"아무튼 무슨 뜻이죠? 다시 말해 부인이 내일 퇴원하는데 방 청소가 안 돼 있어서 나올 수 없다, 그 말인가요?"

"아마 일하기 힘들 겁니다. 자신 없어요. 이런 상황에서는."

"당신 완전히 산후 우울증이로군요."

신이치의 말을 가로막듯 아키야마가 말하더니 나지막이 혀를 찼다.

"요즘에는 남편들이 걸리죠. 출산 현장을 보고 난 후 발기 불능이 되거나 태어난 아기로 인해 정체성이 붕괴된다거나. 출산 현장에 함께하는 게 다 좋은 건 아닌 모양이에요."

'전 그런 게 아닙니다'라고 말하려 해도 말이 목구멍에 걸려 나오지 않았다.

"어쨌든 부인과 아기가 돌아오기 전에 방 정리만 끝내면 되죠? 안 해두면 부인이 화를 낼 테니까. 이해해요, 보나마나 부인이 입원해 있는 동안 남자 혼자 엉망으로 살았겠지, 뭐."

"아니, 그게 아니라……."

"하는 수 없군. 으음, 일단 내가 그쪽으로 갈게요. 청소 정도는 도와줄 수 있으니까."

"아니, 됐습니다. 저희 가정 일인데요."

"저도 곤란해요. 과학기사 라이터는 대신할 사람이 없어요. 적당히 문학계 라이터를 시켰다간 나중에 병원에서 클레임을 당할지도 몰라요."

"아니, 저……."

전화가 끊겼다.

신이치는 수화기를 내려놓고 멍하니 식탁 밑 마룻바닥에 웅크려 앉았다.

인터폰이 울리는 걸 알아차린 것은 그로부터 한 시간이나 지난 후였다.

느릿느릿 현관으로 나가 문을 열었다. 아키야마가 서 있었다.

"아기가 돌아오기 전에 청소만 끝내면 되는 거죠?"

아키야마는 아무 거리낌도 없이 안으로 들어왔다.

"깨끗한데 왜 그래요?"

아키야마가 반짝이는 개수대와 조리대를 보고 말했다.

신이치는 말없이 리카코의 방 문을 열었다. 아키야마가 잠시 눈을 깜박이더니 입을 떡 벌린 채 신이치를 바라보았다.

"지저분한 것들은 몽땅 이 방에 처박아둔 거예요?"

"아니, 그게 아니라……."

"그럼 이게 대체 어떻게 된 일이죠?"

"아내 방입니다. 내가 손을 대면 화내요."

"아무리 그렇다고 해도……."

"말하자면 이것이 그녀의 실생활입니다."

신이치가 띄엄띄엄 이야기를 시작했다. 언젠가 미네무라에게 털어놓았던 이야기와 거의 같은 내용이었고, 거기에 아내의 임신과 출산 과정의 아수라장과 그 후에 불어 닥친 폭풍에 관한 이야기도 덧붙였다.

신이치에게는 수치스러운 일이었다.

그래서 자기 가족에게도 친구에게도 말하지 않았다. 지금 신이치와 리카코의 결혼생활의 실태를 아는 사람은 미네무라와 아키야마 두 사람뿐이다.

그러나 아키야마는 미네무라와는 달리 '헤어져라' '따끔한 맛을 보여줘라' 라는 말은 하지 않았다. 불평을 쏟아놓는 신이치를 남자답지 않다고 몰아세우지도 않았다.

"응"이라며 고개를 끄덕이더니 말없이 리카코의 방으로 들어가 바닥에 쌓인 옷과 책부터 구분하기 시작했다.

"손대면 화내요"라고 신이치가 머뭇머뭇 말했다.

"됐으니까, 나가서 플라스틱 수납함이나 사가지고 와요."

아키야마가 1천 엔짜리 지폐 세 장을 건네주었다.

신이치는 시키는 대로 근처 홈 센터로 달려갔다.

수납함 네 개를 사들고 돌아오자, 아키야마는 어느새 분류를 끝낸 상태였다.

아키야마는 차곡차곡 쌓아둔 책과 서류들을 능숙한 손놀림으로 수납함 안에 담았다.

"빨래통!"이라고 아키야마가 소리를 쳤다. 신이치가 세탁기 위에 있던 바구니를 들고 오자, 아키야마는 바닥에 쌓아둔 옷을 점검해서 그 안에 던져 넣었다.

이윽고 바닥이 드러나기 시작했을 때, 리카코의 슬립 밑에서 납작하게 눌린 바퀴베이트가 나왔다. 바퀴벌레 여러 마리가 붙어 있었다. 신이치의 입에서 나지막한 신음소리가 흘러나왔다.

아키야마는 말없이 쓰레기봉지에 집어던졌다.

그리고 신이치는 리카코의 옷장을 열었다. 선물로 받은 수건을 그곳에 넣어둔 기억이 났다. 아기가 오면 곧바로 써야 하니 꺼내둬야 했다.

그러나 문을 여는 동시에 블라우스와 바지가 뒤엉킨 의류 덩어리가 눈사태처럼 쏟아졌다. 세탁을 했는지 안 했는지도 알 수 없는 것들이 둥글게 말린 채 굴러 나왔다.

아키야마는 여전히 입을 다문 채 옷에 얼룩이 있는지 없는지 점검해서 빨래통과 플라스틱 수납함에 나눠 담았다.

겨드랑이 밑이 땀으로 누렇게 변색되어 냄새를 풍기는 블라우스가 눈앞에서 빨래통으로 들어가는 모습을 본 순간, 신이치는 수치심과 끓어오르는 화를 주체할 길이 없었다.

"출산휴가 시작한 후로 한 달 가까이 시간이 있었어요."

신이치가 말했다. 봇물이 터진 듯이 말이 흘러나왔다.

"전 이제 한계예요. 평생 이런 일이 계속된다고 생각하면 끔찍합니다. 그녀는 아이를 낳지 말았어야 했어요. 저는 결혼 후 줄곧 아내의 히스테리를 참아왔습니다. 그리고 병원에 붙어 있는 동안에도 제게 화풀이를 해대고 모욕을 주었습니다. 신뢰 관계 같은 건 애초부터 없었어요. 회사에 나가고 아이를 낳는 것뿐이라면 얼마나 편하겠습니까. 아픔만 참아내면 끝이잖습니까. 제가 많은 걸 기대하는 것도 아닙니다. 적어도 더러워진 옷은 빨래통에 넣고, 자기 팬티 정도는 자기가 빠는 조심성이 있길 바랄 뿐입니다. 아니, 그것마저 안 된다면 그런 마음가짐과 부끄러움과 감사하는 마음이라도 있어야죠. 아무것도 안 한다고 잔소리한 적도 없습니다. 남자에게, 남편에게 그런 일을 시키는 걸 미안해하는 마음이라도 있다면 저는 참을 수 있습니다. 그런데……."

"그만해요."

아키야마가 낮은 목소리로 말을 잘랐다.

신이치는 놀라서 말문이 막혔다.

"그만하라고요. 당신은 남편으로서 가장 부적합한 스타일이에요."

신이치는 입이 떡 벌어졌다. 이 방을 보면 누구나 남편인 신이치의 입장을 이해하고도 남을텐데 이런 반응이라니…….

"출산하는 데 같이 있어줬다는 정도로 잘난 체하지 마요. 정작 고통을 겪은 사람이 누군지 알기나 해요?"

신이치는 말없이 아키야마를 바라보았다. 리카코의 영혼이 아키야마의 몸에 깃들어 그 자리에 나타난 것 같았다.

"그거야…… 엄마가 되기 위한 시련이랄까…… 그래야 사랑스러운 아기를 안을 수 있는 거니까."

아키야마는 한마디도 하지 않았다. 무거운 침묵이었다. 그리고 몇 분이 지난 후 봇물이 터진 듯 떠들어대기 시작했다.

"열 달 동안 뱃속에 넣어두는 것만 해도 얼마나 힘든지 알기나 해요? 속이 울렁거려 참을 수가 없어요. 입 안이 쓰고, 바짝바짝 말라요. 그래서 단 게 당겨서 먹으면, 남편이란 작자는 당신은 입덧도 안 하고 건강하다는 태평한 말이나 해대죠. 난 그때 남편을 죽이고 싶었어요. 정말로 죽이고 싶었어요. 중반에 들어서면 안정된다고? 바보 같은 소리 집어치워요. 출산휴가를 쓰기 위해 다른 사람보다 몇 배나 더 일해야 하는지 알아요? 8개월이 지나면 잠도 제대로 못 자요. 배가 무거워서 옆으로 누워도 괴롭다고요. 게다가 낳자마자 몸은 천근만근인데 익숙지 않은 육아가 계속되죠. 그런데 뭐라고요? 남편에게 부끄러움과 감사하는 마음을 가지라고요?"

아키야마는 더러운 옷을 빨래통에 다 넣고 그것을 신이치 앞에 내려놓았다.

"아내가 퇴원하기 전까지 시간 여유가 며칠이나 있었죠?"

"아……."

"이 정도는 빨아둘 수 있잖아요?"

"그렇지만 아내가 화를 내니까."

"왜 화를 내는지 알아요?"

아키야마가 빨래통을 신이치 앞으로 쑥 내밀었다.

"생각해본 적 없어요? 정말?"

신이치는 뒷걸음질을 하면서 고개를 옆으로 흔들었다.

"당신이 묘하게 거슬리게 하니까 그런 거예요. 잘난 체하는 표정을 지으니까 그런 거라고요. 팬티가 뭐가 어때서요? 나도, 우리 어머니도, 할머니도 남편과 아버지와 할아버지의 팬티를 빨면서 살아왔어요. 세탁기도 없는 시대부터 그렇게 해왔다고요. 당신들은 지금까지 아무렇지도 않게 여자들에게 옷을 벗어던지고 빨게 해온 거 아닌가요? 당신, 지금 누구 덕분에 자기 맘대로 살죠? 아내가 벌어온 돈 덕분에 좋아하는 일을 계속 할 수 있는 거 아닌가요?"

"아니에요. 작년에도 200만 엔 수입은 있었으니 나 혼자도 충분히 먹고살 수 있단 말입니다."

신이치가 작은 목소리로 반론했다.

"그래요? 책값은요?"

낮은 목소리로 아키야마가 물었다.

신이치는 말문이 막혔다.

"청소기!"

아키야마가 짧게 소리쳤다. 신이치는 허둥지둥 안쪽 방에서 청소기를 들고 와서 옷과 책과 액자와 손톱깎이 등이 사라진 다다미 위를 밀었다. 신이치는 새삼스레 그 방이 상당히 넓다는 걸 깨닫고 놀랐다.

아키야마의 도움을 받아 아기 침대를 조립했다.

조립이 끝난 침대에 작은 이불을 펼쳐 보았다.

방 한가운데 아기 침대가 놓였다. 그 위에는 토끼가 그려진 자그마한 이불이 있었다.

그곳에 미키라는 이름이 붙은 어린 딸이 오는 것이다. 그곳에서 자기를 쏙 빼닮은 딸이 잠드는 것이다.

신기한 기분이 들었다.

먼지 냄새는 사라졌다.

"일과 가사의 양립뿐이 아니에요. 여자들은 세 개, 네 개가 겹쳐진 상황을 당연하다는 듯 해왔어요. 가끔 일이 있는 당신이 그 정도 집안일을 한다고 뭘 그리 투덜대느냐는 말이죠. 게다가 자기 배 아파 낳은 것도 아니면서."

맞는 말이라는 건 안다. 그러나 당연한 말을 들으면서도 저항이 느껴졌다.

"당신 싸움 잘해요?"

아키야마가 당돌하게 물었다.

신이치는 고개를 저었다. 싸움은 싫었다. 일단 무서웠다. 싸움에는 자연스레 폭력이 따라붙는다. 철이 들 무렵에는 나이 어린 애한테 맞아서 울기도 했다.

어머니는 한심하다며 근심스러운 표정을 지었다. 아버지는 "남자는 울면 안 돼, 기백이 있어야지"라며 화를 냈다. 형은 누가 때리면 되받아치라고 말했다. 그러나 강해지진 못했다. 무리해서 들어간 운동부에서도 연습을 따라갈 수 없었다. 상급생에게 맞는 게 두려웠다.

유치원부터 고등학교를 졸업할 때까지 신이치를 위협한 것은 따돌림이 아니었다. 그런 거라면 그나마 나았다. 물리적인 폭력이나 힘을 배경으로 한 위협이 두려웠다.

아무리 노력해도 강해지지 못하는 인간도 있다.

신이치는 리카코와 처음 만났을 때 행복하고 편안했던 기분을 떠올렸다. 리카코가 그에게 강한 힘을 요구한 적은 없었다.

아니, 모자란 육체적 힘을 보충하려 발버둥치는 남자의 기백조차 요구하지 않았다.

"내 입으로 말하긴 뭣하지만, 난 어릴 때부터 뭐든 잘하는 아이였어요."

먼지가 뒤덮인 형광등을 닦으면서 아키야마가 불쑥 입을 열었다.

"그런데 고등학교 3학년 때 갑자기 과식증에 걸렸죠. 여러 가지 이유가 있었지만, 원인을 끝까지 파고들면 여자였기 때문이에요. 여자이길 요구당하는 걸 자기 자신도 깨닫게 됐다고 할까요. 요컨대 사랑이었죠. 2학년 여름방학 때 처음으로 남자친구가 생겼는데, 그때까지는 누구보다 머리도 좋고 뭐든 잘할 수 있다고 믿었던 내가 여자로서 얼마나 불완전한지 깨닫게 된 거예요. 고작해야 가슴이 작고, 애교가 부족하고, 여자다운 말씨를 못 쓴다는 정도였죠. 그런데 그 정도로 마치 인간 실격인 것처럼 말하는 거예요. 말할 수 없는 열등감을 느꼈고, 자신의 불완전함을 깨닫게 되었죠. 그리고 한편으론 왜 그런 걸 요구당해야 하는지 반발감도 생겼어요. 그렇지만 부조리함에 대한 분노는 좋아하는 남자애 앞에만 서면 순식간에 사라져버렸고, 결국 남는 건 지금까지 한 번도 경험하지 못한 좌절감뿐이었어요. 자신의 완벽함에 흠집을 낸 스스로를 용서할 수 없었어요. 엄마여야 하고 여자여야 한다는 주문. 아무리 부정하려 해도 자신을 칭칭 옭아매는 의식. 당신도 마찬가지 아닌가요? 자기 안의 남자를 지키기 위해 쓸데없는 자존심과 열등감을 품고 있는 거 아닌가요?"

신이치는 반론할 수도 없었고, 그렇다고 동의하기에는 감정적인 저항이 있어서 말없이 아키야마의 얼굴만 쳐다보았다.

"전 싸움은 잘 못했습니다. 돈도 없고요. 그렇지만 남자에게 필요한 건 돈이나 힘이 아니라, 자기가 남자라는 자존심이라고 생각합니다."

"현실적으로는 그것 때문에 당신 스스로가 부자유스러운 거 아닌가요? 그런 의식에서 해방될 때, 남자와 여자는 보다 나은 자립적인 관계를 쌓아갈 수 있을 거예요."

"아키야마 씨 댁은요? 그런 생각을 남편께서 이해하십니까?"

신이치가 슬며시 물었다.

"아무것도 못하는 남자였는데 교육시켰어요. 18년 걸려서 가사도 분담시켰죠. 여간 힘든 일이 아니었지만."

남자는 일, 여자는 가정이라는 성별 역할 분담을 없애고, 남녀 공동참여 사회를 실현시키자는 슬로건이 떠올랐다.

내키지 않았다. 이유도 없이 그런 게 싫었다. 아무리 논리적으로 설명해도 그의 의식 깊은 곳에서 부정하는 목소리가 솟구쳐 올랐다.

그러는 사이 방은 깨끗해졌다. 아키야마 덕분에 불과 두 시간 만에 당장이라도 리카코와 갓난아기와 들어올 수 있는 상태가 되었다.

"고맙습니다"라며 신이치가 고개를 숙였다. 그것이 신이치가 감사의 마음을 표현하는 방법이었다.

그러고 나서 부엌으로 들어가 감사의 마음을 가득 담아 아키야마에게 대접할 밀크티를 끓였다.

모든 게 안정된 상황에서 아키야마는 신이치와 업무 절차에 관한 이야기를 나눴다. 방이 깨끗해지고 나니 신기하게도 그 정도 일쯤은 간단히 해치울 수 있을 것 같았다.

그날 밤, 신이치는 깨끗하게 정리된 리카코의 방에 이불을 펴고 잤다. 내일은 이 방에 아기가 온다. 두 사람이었던 가족이 세 사람이 된다. 부모와 자식 셋이서 사는 삶……. 실감이 나지 않았다.

눈을 감으려는 순간, 전화벨이 울렸다. 디지털시계가 어둠 속에서 12시를 나타내고 있었다.

수화기를 들자마자 흐느끼는 소리가 들렸다.

리카코였다. 낮에 있었던 일 때문에 자기혐오에 빠졌을 거라 생각했다. 그래서 사과하려고 전화를 걸었다고 생각했다.

그러나 전화기에서 들려온 것은 외롭다는 말이었다.

"당장 집에 돌아가고 싶어. 자기가 옆에 없으니까 잠이 안 와."

'당신은 엄마야, 그런 말을 하면 어떡해' 라는 말은 왜 그런지 입에서 나오지 않았다.

하는 수 없다는 생각이 들었다. 신이치는 리카코의 코맹맹이 소리를 듣는 순간, 자기가 아이를 둘이나 품에 안아버렸다는 사실을 깨달았다.

나이도 먹을 만큼 먹고, 덩치까지 큰 이 여자의 모든 걸 받아들여야만 하는가? 그럴 자신이 없다. 그러나 그럴 수밖에 없다.

어째서 그렇게까지 해야만 하느냐는 질문에는 '해버렸기 때문' 이라고 대답할 수밖에 없다.

리카코는 완벽한 여자라는 갑옷을 입고 살아왔다. 적어도 자기가 '해버리기' 전까지는.

'해버린' 것으로 인해 자기가 '완벽한 여자' 의 갑옷을 깨뜨린 것이다.

완벽하지 못하다는 생각을 마음 깊은 곳으로 밀어 넣고, 자기의 어머니를 거부하고, 완벽한 여자를 연기해온 리카코가 마침내 껍질을 깨고 나왔다. 그녀가 불완전한 모습을 다 드러내고 부딪칠 수 있는 유일한 인간이 자기였다는 걸 신이치는 이제야 이해할 수 있었다.

괴물 같은 얼굴을 받아들일 수 있는 사람은 오로지 자기뿐이다.

이유는 '해버렸기 때문'이다.

"남자라면"이라고 신이치가 중얼거렸다. 자기 팔이 부러지는 한이 있더라도 폭발하는 그 여자를 받아줘야 한다.

경제력만이 장점인 다 큰 아이와 자기의 유전자를 고스란히 이어받은 작은 아이를 이 두 팔에 끌어안아야 한다.

"괜찮아."

신이치가 전화기에 대고 말했다.

"내가 여기 있잖아. 아기 침대도 조립했어. 당신 자료와 책들은 플라스틱 수납함에 넣어뒀어. 안 버렸으니까 안심해. 이제 언제든 올 수 있어. 안심해도 돼."

리카코는 의외로 온순하게 "응"이라고 대답했다. 그러더니 "전화 끊지 마, 외로워. 내가 끊을 때까지 끊지 마"라고 몇 번이나 되풀이해 말했다.

신이치는 알았다고 대답했다.

"당신이 잘 때까지 기다릴게."

리카코는 이런저런 이야기를 했다. 우리 딸의 모습, 그날 병원에서 생긴 일……. 결혼 이후로 그렇게 많은 얘기를 나눈 적이 없다는 생각이 들 정도로 신변의 온갖 이야기를 했다. 대부분 별 내용도 없는 얘기들이었다. 신이치는 말없이 그런 얘기를 들어주었다. 리카코의 목소리가 차츰 차분해지고 졸린듯 느릿하게 변했다.

바로 그때, 뒤에서 아기 우는 소리가 들렸다. 리카코는 그 소리를 듣자마자 놀라울 정도로 야무진 목소리로 말했다.

"아, 미안. 미짱한테 젖 먹여야 해. 그만 끊을게. 그럼, 내일 봐. 잘 자."

어이없이 전화가 끊겼다. 신이치는 깊고 긴 한숨을 내쉬었다.

비뚤어진 여자와 아무리 노력해도 강해질 수 없었던 남자. 그래서 결혼이 성립했다.

신이치는 속으로 '자립한 남녀의 결합? 남녀 공동참여 사회? 웃기는 소리 작작하시지'라고 중얼거렸다.

주변머리 없는 남자와 혼자 힘으로는 자기 신변조차 정리하지 못하는 여자, 둘 다 혼자서는 살아가기 힘든 인간이다. 그런 사람들이 서로의 필요에 의해 맺어졌다고 해서 뭐가 나쁜가. 그래서 결혼하는 거 아닌가.

리카코는 내일 아기를 데리고 돌아온다. 가족 세 사람의 생활이 시작된다. 신이치는 결코 평범하지 않을 도정을 상상하면서도 왠지 모르게 온화한 기분에 젖어 가족의 미래를 떠올리며 눈을 감았다.

15분도 지나지 않아 다시 전화가 울렸다. 젖을 먹이고 나서 다시 건 것이다. 이쯤 되니 화도 나지 않았다. 어린 아기를 큰 아이가 보살피고, 큰 아이는 자기가 보살피는 것이다.

그것뿐이다.

"네"라며 수화기를 들었다.

"아까는 미안했어요. 밤늦게 죄송해요"라는 목소리는 리카코가 아니었다. 아키야마였다.

시계는 1시를 지나 있었다. 흔히 있는 일이다. 인쇄소나 교열부 일이 끝나기를 기다리며 한밤중까지 대기하는 것은 잡지 편집부에서는 일상적인 일이었다.

용건은 사흘 후 취재에 관련된 상세한 사항들이었다.

"오후 4시 45분에 오차노미즈, 히지리바시 출구예요. 알았죠?"라고 명령조로 말한 후, 아키야마가 돌연 목소리 톤을 바꿨다.

"으음, 혹시 책 내고 싶은 생각 없어요?"

"전에 말한 SF 평론집을 받아주시는 건가요?"

신이치는 수화기에 달려들 기세로 물었다. 심장이 마구 두근거렸다.

"무슨 소리예요. 그딴 걸 어떻게 내요."

아키야마가 쌀쌀맞게 말했다. '그딴 걸'이라는 말에 신이치는 속으로 몹시 분개했고, 상처를 입었다.

"남자의 육아예요."

"네……?"

"전부터 생각해둔 기획이에요. 테마는 맨즈 리브."

"그게 뭡니까?"

"말하자면 남성다움으로부터의 해방. 가부장제 하에서 폭력

장치로 기능해온 남자라는 개념에서 남자 스스로가 자유로워지는 것."

"네에?"

"어쨌든 당신이 남자의 육아일기를 써줬으면 해요."

"그런 건…… 싫습니다."

일시적인 유행을 노린다는 생각이 들었다. 여자가 해야 할 일을 수입이 적고 강해지지 못한 남자가 대신한다. 그런 가정사를 다 드러내서 출세하거나 돈을 벌어들인다는 게 몹시 비열한 행위처럼 여겨졌다. 아무리 형편이 안 좋아도 자신은 사이언스 라이터이며 SF 평론가다.

"출산일기를 읽어봤는데 재미있었어요. 물론 그런 이야기가 그동안 많긴 했지만, 솔직히 계몽적인 의도가 엿보여서 보통 사람들은 처음부터 거부하고 안 읽었죠. 그런데 당신 글은 그렇지 않아서 좋았으니까 육아일기도 그런 느낌으로 써주면 좋겠어요."

"저는…… 그게 너무 개인적인 영역이랄까……."

"글쎄, 그 개인적인 부분을 원한다는 말이에요. 현실에서 경험한 생생한 이야기에 사이언스 라이터인 당신의 지성을 곁들여주길 바란다는 거예요. 최근에 부성이라는 말이 자주 거론되는데, 부성이니 모성이니 하는 건 신화 같은 거죠. 본래 인간이 가지고 있는 것은 보편적인 친성親性이라고 불러야 옳잖아요. 다시 말해 성별 역할을 초월한 형태로 드러난 친성을 이데올로

기나 슬로건이 아니라 당신이 경험한 일상의 일기 형태로 써달라는 말이에요. 그것을 통해서 좀 더 발전적인 남자와 여자의 관계를 독자와 함께 찾아보자는 의도죠."

"잠깐, 저는…… 으음."

"출판부장도 마음에 들어 했어요."

"아니……."

"책이 나오는 거예요. 이봐요, 자기 이름으로 책이 나온다는 게 뭘 의미하는지 알아요? 난 적어도 1만 부는 나갈 거라고 예상해요. 당신이 쓴 글이 1만 부나 나간다는 말이에요."

자기 가정 상황을 1만 명이나 되는 사람이 엿본다는 것인가.

"내일 아침 일찍 기획회의가 있는데, 내가 제안하면 일단은 통과할 거예요."

"잠깐만요…… 으음…… 그러니까."

"출판은 1년 후, 요컨대 딸아이 첫돌에 아빠가 보내는 선물. 서점에 깔리는 시기는 조금 어긋날지도 모르지만, 발행 연월일은 따님 생일로 하죠."

"아…… 저어……."

마음이 움직였다. 딸의 생일에 아빠가 쓴 책이 나온다. 자기 이름이 인쇄된 책이 딸 첫돌 선물이 되는 것이다.

"그럼, 부탁해요. 시작은 공개일기에 썼던 분만실 장면부터 시작하세요."

아키야마는 재빨리 그 말만 하고 전화를 끊어버렸다.

이 얼마나 오만하고 제멋대로고 몰염치한 행동이란 말인가. 그러나 딸의 첫돌에 선물을 할 수 있다.

꼭 아키야마의 의도대로 쓸 필요는 없다. 남녀 공동참여 사회니 공생 사회니 하는 말은 자기와는 관계없다.

자신은 글을 쓰는 사람이지 선동가가 아니다. 가정 사정을 들춰내 인세를 받는 일이라면 보통 사람도 할 수 있다.

뛰어난 에세이 작가라면 파토스(pathos, 격정, 정열 등 마음의 감정적인 측면)나 은근한 뉘앙스를 감지하게 만드는 글을 써내겠지만, 사이언스 라이터는 사이언스 라이터에게 맞는 방식이 있다.

아내와의 갈등이나 자신의 경제력 따위의 핑계 같은 건 쓸 필요가 없다. 인문계 출신의 작문처럼 심정을 자세하고 지루하게 쓰는 건 좀스럽고 여자 같다.

자신은 SF 평론을 써왔다. 과학기사를 써왔다. 육아일기도 그 연장선상에서 쓰면 되지 않을까. 아이를 키운다. 그리고 그 기록을 과장없이 써가는 것뿐이다.

아키야마가 시키는 대로 쓸 수는 없다. 이것은 내 육아일기이지 '남자의 육아일기'라고 부를 만한 건 아니기 때문이다.

아이가 태어난 지 한 달이 지나자 어깨 위의 짐을 조금은 덜어낸 느낌이 들었다.

갓난아기는 믿기지 않을 만큼 무력했다. 갓 태어났을 때는 눈도 코도 제대로 기능하지 못한다. 모유를 먹이려고 엄마가 젖을 들이대도 뭐가 뭔지 모른다. 모유가 흘러나오는 유두를 입에 넣어준 후에야 비로소 음식이라는 걸 인식한다.

운동 능력은 전혀 없다. 애벌레도 기는 재주가 있건만 신생아는 울어대는 것 외에는 아무것도 할 수 없다. 옛날에는 갓난아기가 쥐에게 물려가는 일이 실제로 있었다고 하는데, 나는 까마귀가 두렵다. 열린 창으로 날아든 까마귀가 딸을 채가면 아기를 구해낼 방법이 없다. 까마귀뿐인가, 참새가 신생아를 노리는 것도 그리 힘든 일은 아닐 것이다. 부모는 무력한 그 생물을 살아남게 하기 위해 최선의 노력을 다한다. 보통 힘든 일이 아니지만, 그런 와중에도 여유가 조금 생긴 것은 사실이다.

갓 태어났을 때는 살짝 건드리기만 해도 상처가 날 것 같았던 갓난아기의 팔다리도 튼튼하게 모양새를 갖췄다. 새끼손가락으로 찌르기만 해도 다칠까봐 공포감을 느꼈는데 이제는 아무렇지 않게 안을 수 있다. 실제로 1개월 검진 결과, 체중이 4.5킬로그램이었다. 태어날 때 3.39킬로그램이었으니 대단한 성장이다. 이런 성장률이 1년간 계속된다면 멋들어진 고질라(1954년 일본에서 제작한 영화에 등장하는 괴수)가 탄생할 것이다.

머리도 단단해졌다. 신생아 시기에는 달걀 같아서 조금만 힘을 줘도 두개골이 함몰해 뇌척수액이 분출될까 불안했는데, 이제는 골격이 느껴진다. 입도 커졌다. 태어난 날에는 아내가 젖을 물리려 해도 비대한 아내의 유두가 입 안에 들어가지 않을 정도였는데 지금은 쉽게 젖을 문다. 태어난 날에는 유두의 위치조차 몰랐던 아기가 킁킁 콧소리를 내며 유두를 찾아 입에 문다.

고개도 가누게 되었다. 전에는 엎어놓으면 얼굴도 못 들고 버둥거렸는데 이제는 얼굴을 쳐든다. 딸을 배 위에 엎어놓으면 고개를 들고 두리번두리번 이쪽을 바라본다.

눈도 사물의 형태를 인식하게 된 것 같다. 아기 침대에 누워서 우리 얼굴을 물끄러미 쳐다봐서 오른쪽 왼쪽으로 고개를 흔들면 딸의 눈동자가 얼굴이 움직이는 방향으로 따라온다.

변화는 딸에게만 있는 건 아니다. 나도 아주 능숙하게 기저귀를 갈 수 있게 되었다. 한 손으로 아기를 받치고, 다른 한 손으로 기저귀를 둥글게 말면서 빼낸다. 준비해둔 비닐봉지에 넣으면 끝이다.

우유 타는 법도 배웠다. 젖병을 열탕하고, 끓인 물에 분유를 풀고 찬물과 더운물을 섞어 필요한 양으로 나눈다. 그리곤 팔꿈치 안쪽에 한 방울을 떨어뜨려 온도를 확인한다.

목욕도 익숙해졌다. 처음에는 갓난아기가 물속에 빠져도 안전하게 받쳐주는 네트를 깔았는데, 차츰 네트가 번거롭게 느껴졌다. 게다가 딸이 성장해서 네트가 있으면 욕조에 들어갈 수 없는 크기가 되었다.

날씨가 좋은 날에는 아기띠를 두르고 바깥 공기를 쐬러 셋이 산책을 나간다. 거의 한 달 동안 비좁은 집 안에만 갇혀 있던 아내에게나 딸에게나 햇볕은 기분 좋게 느껴질 것이다.

밖으로 나갈 수 있게 되자 아내도 많이 차분해졌다. 사람이 붐비는 곳에 데리고 나가는 건 가엾다고 하면서도 인적이 드문 시간대를 골라 슈퍼나 근처 편의점으로 물건을 사러 나가게 되었다.

나는 이 시기에 다양한 시도를 했다. 그중 하나는 딸과 함께 성인용 욕조에 들어가는 것. 또 하나는 딸을 내가 맡고 아내를 외출시킨 일이다.

도쿄 포럼에서 마스터 트러스트 관련 세미나가 있다고 했다. 그래서 거기 가보라고 했다.

나는 아내가 외출했기 때문에 딸의 기저귀를 갈아주고 우유를 먹인 후, 등에 업고 편집자를 만나기 위해 역 앞 찻집으로 향했다. 기저귀는 청결하고 쾌적했다. 배가 부른 딸은 깊이 잠들어 있었다. 잠든 아기는 손이 가지 않는다. 찻집 금연석에서 손가락을 동그랗게 말고 잠든 딸의 얼굴을 들여다보더니 편집자의 뺨도 부드럽게 풀어졌다.

미팅은 순조롭게 끝났다. 일단락지은 업무를 정리한 후 다음 기획 건으로 화제를 바꾸려는 순간, 휴대전화가 울렸다. 딸이 태어난 직후 구입한 것이다.

아내였다. 아내는 이미 집에 돌아와 있었다.

어쨌든 빨리, 가능한 한 빨리 집으로 돌아와 달라고 비명처럼 호소했다. 젖이 불어서 견딜 수가 없다고 했다. 마침 새 기획에 관련된 의견이 좁혀지고 있을 무렵이었다. 조금만 더 얘기를 나누면 새로운 일로 연결될 것 같았다. 그러나 아내 목소리는 10분도 허락할 수 없다는 절박감이 느껴졌다.

게다가 딸까지 울기 시작했다. 그때까지 곤하게 잠들어 있던 아기가 이제는 어떻게 손을 써야 좋을지 모를 지경이었다. '우는 아이와 마름에게는 못 당한다' '잠든 아기 깨우는 짓(긁어 부스럼이라는 뜻의 일본 속담)'이라는 속담이 있듯이 도저히 손쓸 방법이 없었다. 찻집 안이라 조금 난처한 분위기가 감돌았다.

편집자에게 결례를 사과하고, 딸아이를 업고 집으로 향했다.

걷기 시작해도 아이는 울음을 멈추지 않았다. 계속해서 동물적인 작은 울음소리를 냈다. 나는 몸을 흔들면서 걸었다. 딸은 그렇게 흔들어주는 걸 좋아했다. 동물적인 울음소리를 낼 때도 흔들어주면 금세 생글거리는 얼굴로 변했다.

그러나 딸의 울음소리는 조금도 줄어들지 않았다. 아이에게 무슨 심상찮은 사태가 발생한 건 아닌지 걱정되어 돌아봤지만, 머리 뒤까지 시선이 닿을 리가 없었다.

장중적증腸重積症이라는 말이 머릿속에 떠올랐다. '신생아에게 발생하는 가장 무서운 병'이라고 육아서에 빈번히 나왔던 말이다. '장중적증이 조기에 발견되면 그 아이의 생명은 구한 거나 다름없다'고 여겨질 정도라고 한다.

허둥지둥 뛰기 시작했다. 달려가는 사이 불에 덴 것처럼 울어대던 딸의 울음소리가 그쳤다. 안정이 된 거라면 다행이지만, 내 마음속에는 또 다른 불온한 예감이 스며들었다. 토한 우유가 기도에 걸려 질식해버린 건 아닐까. 어쩌면 장중적증 증상의 하나로 장 연동에 따라 울었다 그치기를 되풀이하는 것일지도 모른다.

대체 무슨 일일까 시퍼렇게 질려 있는데, 또다시 맹렬하게 울어대기 시작했다.

울지 않아도 걱정되고, 울면 우는 대로 퍼렇게 질렸다. 기껏해야 몇 분밖에 안 되는 짧은 시간이었을 테지만 도무지 제정신을 차릴 수 없었다.

아기를 업고 집으로 뛰어 들어가자, 안에서는 아내가 튀어나왔다. 나에게 뛰어오는 게 아니다. 딸을 향해 달려드는 것이다. 유두를 소독하고 작은 입에 젖을 물리고 난 후에야 남편의 존재를 알아차린 듯했다. 젖이 불어서 몹시 고통스러웠던 모양이다.

 내가 아무리 젖병을 물리려 해도 본 척도 안 하던 딸이 아내의 젖을 물고 울음을 그쳤다. 마법 같았다.

 출산 후, 아내의 첫 외출은 그렇게 끝났다. 약간의 착오도 있었고 식은땀도 흘렸지만 무사히 끝났다. 몇 가지 문제는 있지만, 세상 사람들 모두 해결해온 문제이니 우리도 어떻게든 헤쳐 나갈 수 있을 것 같다.

 신이치는 입력을 마친 원고를 이메일로 마쓰이에게 보냈다. 깊은 숨을 내쉬며 시계를 보니 새벽 1시가 지나 있었다. 미키를 재우고 나서 일을 시작하면, 일기풍 에세이 하나 완성하는 데도 이렇게 늦은 시각이 되어버린다.

 부엌으로 가서 커피 메이커에 남은 커피에 얼음과 시럽과 우유를 넣어 마셨다. 하루 중 유일하게 여유로운 시간이다.

 그때 리카코가 홀연히 방에서 나왔다. 열린 잠옷 자락 사이로 눈부시게 탐스러운 젖가슴 계곡을 드러내며 한 손으로 눈을 비볐다.

 "왜 나와?"

 "잠이 안 와"라며 냉장고를 열더니 알콜 도수가 낮은 셰리주를 꺼내 작은 잔에 따랐다.

 "이제 겨우 한 달 좀 넘었네, 그치……."

 리카코가 불쑥 나지막이 입을 열었다.

 "출산휴가 시작한 지 2개월밖에 안 된 거지."

"응."

"이렇게 세상에서 떨어져 있는 동안에도 세상은 점점 변해 가겠지?"

"고작해야 2개월이잖아."

신이치는 식탁 위에 올린 리카코의 손 위에 자기 손을 얹으며 조용히 말했다.

출산 후 처음으로 혼자 외출한 그날, 집으로 돌아온 리카코의 크고 옅은 눈동자에는 생기가 감돌았고, 화장기도 거의 없는 볼은 복숭아 빛으로 발갛게 물들어 있었다. 오랜만에 보는 의욕적인 매력이 넘쳐나는 미소 띤 얼굴이었다. 아기를 어르는 목소리에서도 힘과 탄력이 느껴졌다.

잠깐 맡아본 바깥 공기, 비즈니스 공기가 한 달 남짓 집과 그 주변에 갇혀 지낸 리카코에게 생기를 불어넣어준 것 같았다. 그러나 그 생기가 우울함과 짜증으로 변하는 속도 역시 빨랐다.

리카코는 도쿄 포럼에서 학창시절 친구를 만났다고 했다. 졸업할 때 그녀보다 성적이 나빠서 은행 취업을 포기하고 중견 증권회사에 들어간 여자친구라고 했다. 그녀는 독신인데 1년 전 외국계 증권회사에 스카우트되어 국제인수·합병 담당자로 활약하고 있다고 했다.

또한 그 친구의 소식에 따르면, 리카코와 같은 세미나에 있었던, 학생 신분으로 결혼한 다른 여성은 도청에 취직했는데 취직 1년 만에 출산을 했는데도 5년 후 관리직 시험에 합격해서 서른네 살인 현재 미나토 구로 발령받아 세무과장을 하고 있다고 했다. 2, 3년 후에는 본청으로 돌아가 40대 부장이 되고, 나중에는 세무국장, 아니 어쩌면 부지사까지 올라갈지도 모른다는 소문이 돌고 있는 모양이다.

그래서 리카코는 자기만 뒤처지는 느낌을 받았던 것 같다.

"자기한테는 고작 2개월일지 몰라도 나한테 2개월 공백은 너무 커."

리카코가 셰리주 잔을 다 비우더니 병으로 다시 손을 뻗었다.

"수유 중이니까 그 정도만 해"라고 신이치가 말렸다. 뜻밖에 순순히 말을 따랐다.

"국제금융 세계의 흐름은 아주 빨라."

"응……."

"나는 2개월 사이에 완전히 다른 세상 사람이 되어버렸어. 1년 후에는 과연 어떻게 될까?"

신이치는 잔에 얼음을 담아 리카코 앞에 내려놓았다.

"당신 친구도 아기 낳으면서 도청에서 경력을 쌓았다며."

리카코가 한숨을 내쉬었다.

"나도 젊을 때 낳았어야 했어. 책임질 일도 별로 없는 20대 초반에 얼른 낳아버렸으면 이렇게 중요한 시기에 곤란하진 않았을 거야"라며 울먹이는 표정으로 고개를 흔들었다.

신이치가 나지막이 한숨을 내쉬었다.

"7, 80년 인생 중에 기껏해야 1년이야. 나중에 돌이켜보면 일생에 다시없는 가장 행복한 시기일지도 몰라."

무의식적으로 아기 침대 쪽으로 시선을 던졌다. 신이치는 육아가 일보다 몇 배는 더 힘들다는 것을 한 달 남짓 만에 뼈저리게 실감했다. 그러나 그 고생보다 훨씬 큰 행복을 미키가 선사해준 것은 틀림없는 사실이다.

"이러다 사회에서 완전히 벗어나게 될까봐 두려워."

"기업사회만 사회라는 말이야?"

"당신이 약속이 있어서 나가면 하루 종일 아기랑 나랑 둘뿐이야. 정신을 차려보면 아기 말투로 혼잣말을 할 때도 있어. 인간관계는 당신뿐이라고. 친구들과 전화 통화를 해도 그들이 말하는 게 점점 먼 세상일처럼 느껴져. 두 번 다시 어른들 세계로 못 돌아갈 것 같아."

"병원에서 사귄 친구도 있잖아."

1인용 병실이긴 했지만 입원과 통원을 하는 사이, 리카코는 비슷한 시기에 출산한 산모와 친하게 얘기를 나누게 되었다. 얼마 전 1개월 검진 때도 그녀들과 만나 동창회라도 되는 양 떠들어댔다. 그런 사람들이라면 얼마든지 화제를 공유할 수 있다.

"다들 근처에 사니까 그 사람들을 불러서 정보 교환이라도 하면 어떨까? 내가 방해되면 나가 있을게."

리카코는 머뭇거림도 없이 곧바로 말을 받아쳤다.

"그래봐야 보통 아줌마들일 뿐이야. 아이와 남편, 다른 사람 소문 이야기밖에 안 하는 사람들이랑 무슨 정보 교환을 해?"

차가운 말투였다.

"아아…… 응."

리카코가 보통 엄마들과 아무런 합일점도 없다는 건 익히 알고 있다. 그래도 출산의 고통을 함께 이겨낸 전우로서 라이프 스타일이나 인생관의 차이를 넘어 친교를 맺을 수 있으리란 기대는 남자만의 허황된 생각이라는 걸 깨닫고, 신이치는 말할 수 없이 싸늘한 기분을 맛보았다.

한동안 머뭇거린 후, 신이치가 말했다.

"직장 복귀하면 어떨까?"

순간 리카코가 눈을 휘둥그레 뜨며 복잡한 표정을 지었지만, 말없이 고개를 저었다.

"한번뿐인 1년이니까 아기한테도 나한테도 가장 소중한 시간일 거야."

조금 전과는 모순된 이야기를 했다. 자기의 몸과 마음이 몇 가지 모순을 안고 있다는 사실은 리카코 자신도 이미 알고 있다. 그래서 짜증이 나는 것이다. 짜증을 내면서도 '저 여자는 육아는 나 몰라라 한다'는 세상의 비난을 태연하게 받아넘길 배짱도 없다. 신이치는 한동안 말없이 리카코를 바라보았다.

16

 계절은 장마철로 들어섰다. 매일 산더미처럼 나오는 미키의 빨랫감이 거실에 친 빨랫줄에 만국기처럼 널려 있었다. 리카코는 집 안에서 빨래를 말리는 걸 싫어했지만, 날씨가 이러니 어쩔 수 없는 일이었다. 맨션 구조상 건조기를 들여놓을 수도 없기 때문이다.

 동방신탁에서 전화가 걸려온 것은 때마침 리카코가 샤워를 할 때였다.

 "지금은 전화를 받을 수 없습니다. 나중에 연락드리라고 할 테니 전화번호와 성함을 말씀해주십시오"라고 신이치가 억양 없는 어조로 말했다.

 최근 2, 3주간 회사에서 빈번하게 전화가 걸려왔다.

 신이치가 전에 "죄송합니다. 지금 수유 중입니다"라고 정직하게 대답을 했다가 리카코에게 엄청 야단을 맞고 이 대사를 외워야 했다.

 상대는 리카코의 상사였다.

 "LC의 애뉴얼 리뷰를 어느 파일에 정리해뒀는지 확인하려고 전화드렸습니다. 나중에 시간이 되면 연락 부탁한다고 전해주십시오."

 신이치는 메모를 하고, 리카코가 목욕탕에서 나오길 기다렸다. 그런 전화투성이였다.

 1년에 한 번 정도 보는 자료가 어디에 있는지 모르겠다. 계약서를 확인해야 하는데, 자기로서는 판단하기 어려운 부분이 있다. 상대편 담당자가 꼭 리카코와 얘기를 나누고 싶어 한다.

 집에서는 이리저리 뒹굴며 젖이나 생산하는 암소 같은 아내였다. 그러나 직장에서는 리카코가 더할 수 없이 소중한 인재인 모양이다. 적어도 임신이나 출산을 구실로 퇴직을 권유받는 평범한 여직원과는 한 획을 긋는 역량이 있는 듯했다. 신이치는 새삼스레 아내를 다시 봤다.

 리카코는 한참동안 상사와 대화를 주고받더니 수화기를 내려놓고 언짢은 말투로 말했다.

 "인수인계할 때 분명히 지시해둔 내용이야. 그런데 매번 전화를 하면 어떡해. 한 번 말해줬으면 알아들어야 할 거 아냐."

 "누구나 당신처럼 머리가 좋진 않아……."

 신이치가 한숨을 내쉬며 대답했다.

 "고작해야 직원 하나 자리 비웠다고 이 모양이면 조직으로서는 실격이야."

 치켜뜬 눈, 그러나 그 말의 이면에는 자긍심이 번득이고 있다는 걸 신이치는 놓치지 않았다.

 그 후, 며칠도 지나지 않아 또다시 전화가 왔다. 이번에는 질문으로 끝나는 게 아니었다. 완곡하고 조심스러운 출근 요청인 듯했다.

"내가 없으면 수억 달러짜리 거래가 틀어질지도 모른대. 대체 무슨 말을 하고 싶은 거야? 육아휴가를 쓰라고 권한 건 그쪽이야. 휴가를 쓰라고 했다가 다시 나오라니, 대체 사람을 뭘로 보는 거냐고."

말은 그렇게 하지만 싫은 눈치는 아니라는 것은 생기로 넘쳐나는 그 말투에서도 충분히 짐작할 수 있었다.

아내는 1년간 육아휴가를 쓸 예정이었지만, 이런저런 사정이 생겨서 직장 복귀를 할 가능성이 높아졌다.

그로 인해 큰 문제가 발생했다. 아이를 돌볼 곳을 찾아야 했다.

"흐음, 만만치 않을 텐데."

《전략 2000》의 동료 마쓰이 씨에게 상담했다. 두 아이의 아빠이며 부인은 지방공무원이다. 당연히 일은 계속한다.

"한 살도 안된 아기를 맡아주는 유아원은 적은 데다, 받아준다고 해도 제약도 많고 수용 인원도 적어서 새 학년이 시작되는 4월이 아니면 좀처럼 자리가 안 나."

다른 무엇보다 한두 살짜리 아기를 받아주는 곳은 압도적으로 적었다. 손이 많이 가기 때문이다. 한 살짜리 아기는 우유는 물론 기저귀 교환도 빈번하게 해줘야 한다. 전문 경험을 쌓은 보모라도 혼자서 아이 둘을 보는 게 한계라고 한다. 두 살짜리 아기는 그렇게까지 손은 안 가지만 제멋대로 돌아다니기 때문에 한시도 눈을 뗄 수가 없다. 서너 살보다는 훨씬 손이 많이 간다.

그렇잖아도 받아주는 곳이 적은 데다 4월이 되기 전에는 빈자리도 나지 않는다. 아마 유치원과 초등학교 입학과 연관이 있을지도 모른다. 그밖에도 다른 인위적인 이유가 더 있을지도 모른다. 유아원에 넣기 위해 임신 시기까지 조절하는 부모가 있다는 말도 들었다.

유아원 문제를 어떻게 해결해야 할지 눈앞이 캄캄했다. 혼자 막막해 있는데 아내가 실마리를 던져주었다.

"시청에 가서 유아원 자료 좀 받아다줄래?"

시 아동복지과에 전화를 걸어서 문의를 한 모양이다. 전화를 걸거나 서류를 조사하는 작업은 아내가 훨씬 나았고, 아기에게 얽매여 있는 그녀가 할 수 있는 일도 그 정도뿐이었다. 발품을 파는 일은 내 몫이다.

어찌되었든 걸어서 15분 거리의 지자체 센터에 찾아간 것만으로도 시내의 공영·인가·무인가 유아원, 가정복지사 일람을 손에 넣을 수 있었다.

그리고 동시에 동료에게 들었던 '만만치 않을 텐데'라는 말의 의미를 절감했다.

시에 문의한 결과, 6월에 신생아를 받아줄 여유는 없을 거라는 말이 명백하게 증명되었다.

유아원은 취학 이전 아동을 보살필 수 없는 부모를 위해 공적·사적인 기관이 대행해서 보육을 맡아주는 곳이다. 사립은 어떨지 몰라도 공립은 많은 제약이 따른다.

맨 처음 맞닥뜨린 고민은 부모 양쪽의 재직증명이었다. 어느 쪽이든 부모 중 한 사람이 양육 능력이 있는 경우는 유아원 입학 규정이 까다로워진다. 사실상, 받아주지 않는다. 일한다는 사실을 증명해야만 한다.

아내의 재직증명은 문제될 게 없다. 회사에서 나온다. 그러나 내가 일한다는 사실은 누가 증명해줄 것인가? 글 쓰는 일은 개인영업이다. 자기가 자기의 재직증명을 내줘야 하나? 그야말로 막다른 골목에 들어선 꼴이다. 최후 수단으로 취직하기로 결정했다. 물론 실제로 일하는 건 아니다. 근무하는 걸로 해두고 서류만 받아오는 것이다. 대학 수험 때, 고등학교 일반 추천 범위가 좁다며 한 친구가 써먹은 방법이기도 했다. 근로 학생 영역에는 여유가 있었기 때문에 그는 부모의 지인이 하는 건축사무소에 근무하는 것처럼 꾸며서 시험을 치렀다.

합법적인 수단은 아니지만 발등에 불이 떨어졌으니 어쩔 수 없었다. 변변찮은 액수이긴 하지만, 내 수입이 사라지는 것이다. 아내도 휴가를 쓴 만큼 수입이 줄었다. 가족이 거리로 나앉는 상황은 아니지만 상당한 고통을 감수해야 했다.

그러나 일시적으로라도 취직을 하려면 또 다른 문제가 생긴다. 어디에 취직을 한단 말인가? 전에는 삼촌이 설계사무실을 운영했지만 은퇴한 지 오래다. 대학과 고등학교 시절 친구는 엔지니어들뿐이라 자기 사업을 하는 친구는 없다. 업무상 대인관계라고 해봐야 책에 관련된 사람들뿐이다. 개인영업이긴 해도 나와 똑같은 입장이 거의 대부분이고, 회사라는 조직을 소유한 사람은 없었다. 《전략 2000》의 특별계약 기자라는 형식으로 재직증명을 떼는 방법도 생각해봤지만, 제대로 된 회사에서 합법적이지 않은 일을 해줄 리 만무했다.

글 쓰는 동료 리스트를 훑어보고, 아이가 있는 사람들에게 빠짐없이 전화를 걸었다. 나와 같은 문제를 안고 있을 게 분명했다. 한 사람은 잘 모르겠다고 하고, 한 사람은 아이가 태어날 때까지는 회사에 근무했다.

그래도 그중 한 사람이 '확정신고 서류를 제출하면 된다'고 알려주었다. 그제야 한숨 돌린 기분이었지만, 아직 확실한 건 알 수 없었다. 그렇게 가르쳐준 사람의 아내는 전업주부였다. 다시 말해 그런 지식은 있지만 자기가 직접 유아원을 이용한 건 아니다.

문제는 또 있었다. 수입이다. 공립 유아원은 약자 구제 차원에서 연수입이 적은 가정을 우선시한다. 행인지 불행인지, 우리는 맞벌이라 수입이 나쁜 편은 아니다. 딸이 태어났을 때, 도都와 시에 보조금을 신청했다가 각하당했을 정도였다. 유아원 입학을 거부당할 가능성도 있다. 그렇게 되면 내가 아기를 보살펴야 하는 상황에 처하므로 수입은 현저히 줄어든다. 그렇게 되면 결과적으로는 내년 이맘때쯤에 유아원 입학 자격을 얻을 테지만, 그건 너무 비참한 상황이다.

신이치가 츠쿠바의 통신기기 업체 연구소에서 돌아왔을 때, 하지가 얼마 남지 않은 저녁하늘은 아직 밝았지만, 시계를 보니 어느새 7시가 지나 있었다.

〈2001년 휴대전화가 크게 변화한다〉라는 제휴 기사를 작성하기 위해 카메라맨과 둘이 도쿄를 출발한 것이 오전 중이었는데, 뜻밖에 업체 기술자와 대화가 잘 풀려서 어쩌다 보니 긴 인터뷰가 되고 말았다. 비즈니스지에 실을 기사이므로 고속 데이터 통신 시스템에 관련된 전문적인 내용은 거의 대부분 버려야 하는 게 안타까웠지만, 신이치는 오랜만에 경험한 충실한 취재에 다소 고양감을 느끼며 전차에서 내렸다.

그러나 그 고양감은 현관문을 여는 순간, 순식간에 사라져버렸다.

"더는 못해먹겠어."

"어서 오세요"라는 말 대신 들려온 것은 리카코의 날카로운 목소리였다.

"무슨 일이야?"

퍼렇게 질린 낯빛에 짙은 다크서클을 드리운 리카코의 눈에 눈물이 그렁거렸다.

"미키가 응아했어."

리카코의 바지 여기저기에 점점이 튄 것은 달콤새콤한 독특한 냄새가 나는 아기의 변이었다.

"아기가 응아를 하는 건 당연하지."

안으로 들어가자, 미키는 다다미 위에 기저귀를 펼친 채 천장을 보고 누워 있었다.

기저귀를 갈아주는 순간, 공교롭게도 무른 변이 튀었던 모양이다. 변은 리카코의 바지뿐 아니라 바닥에도 여기저기 튀어 있었다.

"이크크."

신이치는 재빨리 화장지로 닦아내고 새 기저귀를 채웠다. 아무리 자기 자식의 변이라고는 하지만 더럽다는 생각이 전혀 안 든다는 게 너무 신기했다.

무심코 뒤를 돌아보니 리카코는 더러워진 바지를 벗은 채 속옷 바람으로 멍하니 앉아 있었다.

아기 침대 밑으로 시선을 돌리자, 세탁할 옷인지 깨끗한 옷인지 알 수 없는 옷가지들, 장난감, 화장품 등이 잡다하게 처박혀 있었다.

이 사람은 정말 엄마 자격이 없는 걸까 생각하며 잔뜩 짜증이 난 리카코의 얼굴로 시선을 돌렸다.

리카코의 커다란 눈에서 눈물이 주르르 흘러내렸다.

"이, 이봐, 왜 그래?"

아기는 하나로도 충분하다. 솔직히 그렇게 큰 아기는 필요 없다.

"미쳐버릴 것 같아."

리카코가 양손으로 얼굴을 감싸며 고개를 흔들었다.

"이런 데서 아기랑 단 둘이 갇혀 있어. 하루 종일 누구와도 대화할 수 없다고. 무엇 하나 완결되는 일이 없어. 그저 울어대기만 하는 아기뿐이야. 생각조차 제대로 할 수 없어. 나 자신이 뭔지 모르겠어. 대체 뭘 하고 있는지도 모르겠어……."

눈치라도 챘는지 미키가 불에 덴 듯 울어대기 시작했다.

리카코가 깜짝 놀라 아기 옆으로 달려가 품에 안았다. 비장한 표정으로 아이를 달랬다.

"배고파서 그런가?"

"방금 젖 먹였어."

"제발 울지 마"라고 달래는 목소리가 높아졌다.

"아, 그래그래, 미키짱, 재미있는 거 보여줄게."

신이치가 재빨리 옆에 있는 비디오 스위치를 눌렀다.

"그만둬."

리카코가 날카로운 목소리로 소리쳤다.

"비디오로 울음을 그치게 하면 안 돼. 울 때는 사람이 응해 줘야 한단 말이야."

너처럼 히스테릭한 목소리로 응해주는 것보다는 낫다고 속으로 중얼거리면서 리카코의 말을 무시하고 채널을 맞췄다.

비디오가 돌아가기 전에 CNN 뉴스 화면이 나왔다.

깜짝 놀랐다.

여객기가 저공으로 날아가는 영상이었다. 뭔가 이상했다. 엔진에서 불이 뿜어져 나왔다. 리카코가 미키를 안은 채 빨려들듯 옆으로 다가왔다. 관제탑이 보였다. 공항이다. 비행기는 엔진에서 불을 뿜으며 착륙했다. 한동안 활주하다 멈춰 섰다.

"다행이다!"라며 리카코가 손뼉을 쳤다.

"잠깐!"이라며 신이치가 화면을 응시한 채 말을 막았다. 무사히 끝났다는 보장은 아직 없다.

다음 순간, 기체에서 불꽃이 일었다. 불덩이 속에서 온갖 파편들이 튀어 올랐다.

화면이 바뀌었다. 리포터가 항공전문가와 인터뷰를 했다. 리포터가 사고를 일으킨 항공기의 기체 번호를 밝힌 순간, 리카코가 비명을 질렀다.

"왜 그래? 무슨 일이야?"

"저, 저건…… 최신예 여객기."

"그럼 리콜이겠군. 문제가 커지겠는데."

"그런 건 아무래도 상관없어. 저건 우리 항공기 파이낸스에서 프랑스 항공회사에 리스해준 비행기란 말이야."

말이 끝나기도 전에 부르르 몸을 떨었다.

전화기가 울린 것은 바로 그 순간이었다. 리카코가 튕겨나가듯 벌떡 일어서더니 수화기를 들었다.

"네…… 네…… 네. 지금 나가겠습니다."

전화를 끊은 리카코는 정신없이 티셔츠를 벗어던지고 바지 정장으로 갈아입었다.

"잠깐 나갔다올게."

허둥지둥 구두를 신었다.

"어디?"

"회사."

그날로 리카코의 육아휴가는 끝났다.

한 살짜리 아기를 받아주는 곳이 적다는 건 알지만, 무슨 수를 써서라도 아기를 유아원에 넣어야만 한다.

찌뿌드드한 장마철 하늘 아래에서 나는 아기띠로 딸을 가슴에 안고, 아기에게 비가 들이치지 않게 우산을 앞쪽으로 기울이며 시청 아동복지과를 방문했다.

시청 2층이었는데 호적이나 출납을 담당하는 1층과는 달리 왠지 모를 적막감이 감도는 장소였다.

여기가 맞나? 불안한 마음에 위에 매달린 아동복지과 간판을 확인했다.

"실례합니다."

접수처에서 말을 건네도 누구 한 사람 이쪽에 주의를 기울이지 않았다.

"실례합니다만, 유아원 관련 문의를 하고 싶은데요."

큰소리로 외치자, 그제야 한 사람이 느릿느릿 책상에서 일어섰다. 나이는 스물대여섯 살이나 됐을까. 넥타이는 맸는데 단추는 떨어져 있고, 짙은 남색 점퍼는 앞을 풀어헤친 채 걸치고 있었다. 대충 꿰어 신은 슬리퍼에 손은 바지 주머니에 찔러 넣고, 우울한 표정으로 카운터 너머에 서 있었다.

나는 약간 불안을 느끼면서도 사정을 설명하고, 당장 내일부터라도 딸을 유아원에 넣고 싶다고 말했다.

"으음, 어느 쪽을 희망하시죠?"

어느 쪽이냐는 질문이 당혹스러웠다. 직원이 성가시다는 듯 팸플릿을 건네주었다. 시내 공영 유아원 안내였다. 팸플릿에는 사립 유아원, 무인가 유아원, 가정복지사 리스트도 있었다.

전에 받은 것과 똑같은 안내문이었다. 가능성이 조금이라도 있는 곳은 모두 표시해두었다.

시키는 대로 신청서 두 장을 써서 제출했다.

"저, 언제부터 들어갈 수 있나요?"

"글쎄요, 신청서를 내보지 않은 상황에서는 뭐라 말씀드리기가 힘들어서요."

차라리 안 된다고 하면 나름대로 다른 대책을 생각해볼 테지만, 해보지 않으면 알 수 없다는 대답은 곤란했다. 울고 싶은 심정이었지만, 창구는 단순한 창구일 뿐 실무 작업을 하는 곳은 아니다. 현장 사정을 알 리가 없다.

"그럼, 언제쯤 알 수 있을까요?"

"흐음……."

담당 직원은 한동안 신음한 후 말했다.

"정식 답변은 아니겠지만, 내일 오시면 좀 더 확실한 답을 드릴 수 있을 것 같습니다."

매달리는 심정으로 다음날 아침 일찍 시청을 다시 방문했다.

"아, 오셨군요. 으음, 그런데 유아원 건은 아무래도 힘들 것 같습니다."

"네에?"

"미나미와 니시초 유아원. 두 곳 모두 한 살짜리 아이를 받을 여유가 없다고 합니다."

"없다니……."

"정원이 한정되어 있어서 그 이상은 아이를 받을 수는 없으니까요."

"그럼 전 어떻게 하죠?"

담당 직원이 어깨를 움츠렸다.

"저희도 이런 말씀을 드리는 게 송구스럽습니다만, 자리가 날 때까지는 댁에서 대기해달라고 부탁드릴 수밖에 없는 실정입니다."

말씨는 훌륭했지만, 패기나 성의는 조금도 느껴지지 않았다.

"전출 등으로 빈자리가 생기는 경우도 더러 있긴 합니다만, 대개는 4월까지 기다리십니다."

시청은 도움이 되지 않았다.

집으로 돌아와 딸에게 이유식을 먹이면서 팸플릿에 실린 사립 유아원에 전화를 걸기 시작했다. 시청처럼 알아보는 데 하루가 걸린다는 말은 안 했지만, 대답은 모두 부정적이었다. 대부분의 유아원은 손이 많이 가는 한 살짜리 아기는 받지 않았다. 물론 받는 곳도 있긴 하지만, 모두 만원이었다.

물에 빠진 사람 지푸라기라도 붙잡는 심정이었다.

베이비시터에게 부탁하는 방법이 남아 있었다. 팸플릿은 구해왔다. 그러나 비용이 엄청났다. 회사에 따라 차이는 있지만, 하루 5천 엔에서 1만 엔 정도. 상당히 큰 액수다. 하루 5천 엔 하는 사람에게 한 달 28일간 도움을 받으면 매달 14만 엔이 지출된다. 파트타임으로 부탁하면 어떨지 몰라도 장기적으로는 현실적인 방법이 못 된다.

이어서 집에서 제일 가까운 무인가 유아원을 찾아가봤다.

인가 유아원은 유아원의 면적·급식 설비 등 까다로운 조건이 많이 붙어서 쉽게 열 수 없고 숫자도 적다. 그에 비해 무인가 유아원은 규제가 완화되어 숫자가 많다.

상가 빌딩 반지하에 있는 방 하나짜리 유아원이었다. 창이 북향이니 맑은 날에도 해가 들지 않을 것이다. 아이들이 뛰어놀 만한 곳으로 외출을 한다면, 자동차가 쉴 새 없이 달리는 도로를 건너 길 모퉁이에 있는 어린이 공원에 가는 게 고작일 것이다.

단지 '민들레 유아원'이라는 간판만 화려했다. 노란 바탕에 빨간 글씨가 적혀 있고, 그 옆에는 기린과 코끼리가 웃고 있었다.

"실례합니다."

나는 인기척을 내며 유아원 문을 열었다.

"안녕하세요? 오서 오세요."

앞치마를 두른 젊은 여성이 명랑한 미소를 머금고 돌아보았다. 보나마나 단기대학을 갓 졸업한 연령 정도일 것이다. 물론 보모 자격은 단기대학 졸업으로도 딸 수 있다.

나는 그녀에게 사정을 설명했다.

여자는 동정 어린 표정으로 그 유아원이 어떤 시스템으로 운영되는지 상냥하게 설명해주었다.

"24시간 영업이며 밤 10시를 넘기는 경우에는 미리 연락을 주셔야 합니다. 일주일에 며칠만 맡길 수도 있습니다. 주말과 공휴일에도 엽니다. 공영과 비교하면 상대적으로 비싸지만, 시에서 보조를 받을 수 있습니다. 입학은 언제든 가능합니다……."

실내는 밝았다. 마룻바닥은 청결해서 한 살짜리 아기가 기어 다녀도 안전할 것 같았고, 두 살짜리 아이가 짚고 일어서도 쓰러지지 않게 책장 종류는 모두 붙박이로 되어 있었다.

그러나 보모 뒤에는 다섯 살쯤 된 여자아이 하나만 피곤에 지친 표정을 한 아줌마 보모와 놀고 있을 뿐이었다. 외로워 보이는 옆모습이었다.

집으로 돌아와 이유식을 만들면서 텔레비전을 켜자 뉴스가 나왔다. 요코하마 무인가 유아원에서 벌어진 아동학대 사건에 관한 내용이었다.

나는 조금 전 이야기를 나눈 보모의 밝은 표정을 떠올렸다. 그런 사람이라면 저런 짓은 하지 않겠지.

뉴스 보도는 보다 상세하게 사건을 전달했다.

"……용의자는 부모들에게 밝고 명랑하게 행동하며 인간성 면에서 신뢰를 얻어냈다고 합니다. 또한 관계자는 다음과 같이 말했습니다."

이어서 화면과 음성을 변조한 인터뷰가 이어졌다. 또 그 뉴스에서 처음으로 보모 자격이 없어도 유아원을 열 수 있다는 이야기를 들었다.

결국 유아원 문제를 해결하지 못한 채, 아내의 직장 복귀 날짜가 다가왔다.

싸늘한 비가 아침부터 계속 내렸다. 7월에 접어들었는데도 얇은 재킷 하나로는 쌀쌀했다. 다행히 출근 시간대가 아니라 전차는 한가했다. 미키는 등에서 얌전히 잠들어 있었다. 신주쿠에서 지하철을 갈아타고 10분 남짓 가면 《전략 2000》 편집부에 도착한다.

특집기사 회의에 아기를 데리고 가는 것은 처음 있는 일이었다. 마땅히 맡길 데가 없어서 이바라키 어머니를 부를까 했는데, 공교롭게 이웃 장례식이 겹쳐서 올 수 없다고 했다. 조금 비싸긴 해도 절박한 상황이라 베이비시터 파견회사에 전화를 걸어봤는데, 사전에 예약을 안 하면 사람을 보내줄 수 없다는 불친절한 대답만 돌아왔다.

그렇다면 자기 힘으로 보살피겠다는 각오로 노트북과 자료, 그리고 우유와 기저귀까지 끌어안고 처음으로 장거리 외출을 하게 되었다.

지하철역에서 출판사 빌딩까지는 지상으로 나가 걸어야 하기 때문에 꽤 많이 젖었다. 미키도 칭얼대기 시작했다. 기저귀가 젖었을지도 모른다. 다행히 회의 시각까지는 여유가 조금 있었다. 서둘러 빌딩으로 들어가 아기 기저귀를 갈아주려고 했지만 곤란한 일이 발생했다. 그럴 만한 장소가 없었다. 아키야마에게 회의실을 일찍 열어달라고 부탁하러 편집부가 있는 사무실로 들어갔지만, 하필 부원들이 모두 자리를 비우고 없었다. 책상 사이를 어슬렁어슬렁 걸어가자 다른 부서 직원들이 인사도 제대로 안 하는 신이치와 등에 업힌 아이를 힐끔 쳐다보더니 급히 시선을 피해버렸다.

우물쭈물하는 사이, 미키가 불에 덴 것처럼 울어대기 시작했다. 신이치는 허겁지겁 복도로 나왔다.

"아이고 세상에, 이게 웬일이래?"

청소를 하던 아주머니가 급히 뛰어오더니 미키의 얼굴을 들여다보았다.

"아…… 저어, 기저귀."

신이치는 그렇게만 말했다.

나이 지긋한 청소부 아주머니가 그 자리에 고무장갑과 걸레를 내려놓고 "이쪽이에요, 이쪽"이라며 손짓을 했다. 복도 막다른 곳에 관리인 실이 있었는데, 다다미가 깔려 있었다.

아주머니가 옷장을 열더니 이불을 꺼냈다. 그리고 신이치 등에 업힌 미키를 가볍게 안으며 달랬다.

"좋으시겠어요. 이맘때가 제일 예쁘죠. 우리 손자도 요만한 때가 있었는데."

부드러운 말투와 미소에 미키의 울음이 뚝 그쳤다.

신이치는 롬퍼스(위아래가 붙은 아기옷)를 벗기고, 젖은 기저귀를 빼냈다. 미키가 살짝 웃는 것 같았다.

"어이구, 그래그래, 착하기도 하지. 엄마는 어디 있니?"

아주머니가 미키에게 말을 건넸다. 신이치는 어떻게 대답해야 좋을지 몰랐다.

'엄마는 일하러 갔지, 미키짱'이라고 아기에게 말을 건네는 식으로 대답하는 고도의 대화 기술을 신이치가 알 리 없었다.

히죽히죽 웃으며 말없이 딸의 얼굴을 바라보고 있자, 아주머니가 밖으로 나갔다. 잠시 후 돌아온 그녀는 신이치에게 주스

팩을 건네며 애절한 목소리로 말했다.

"인생은…… 나쁜 일만 있는 게 아니에요."

"네?"

상대가 무슨 말을 하는지 파악하지 못한 채 "고맙습니다"라고 고개를 숙이며 주스를 받아들었다.

약속시간 조금 전에 회의실로 들어가자, 이미 아키야마, 히라오카, 나오코가 와 있었다.

"어머머, 미키짱!"

나오코가 만면에 미소를 머금고 달려왔다.

"어어 그래, 우리 미키짱이 기분이 꽤 좋으시네"라며 아키야마가 익숙한 손놀림으로 미키를 안으며, "어머, 그건 뭐죠?"라고 신이치의 손에 들린 비닐봉지로 시선을 던졌다.

"기저귀예요."

"이리 줘요. 내가 치울게"라고 아키야마가 말했다.

"아니, 괜찮습니다."

"그걸 들고 전차에 탈 순 없잖아요."

"죄송합니다"라고 고개를 숙이며 건네주었다.

조금 늦게 들어온 나나미가 "아, 어떡해, 너무 귀여워!"라며 달려들었다.

마쓰이와 야마자키도 가까이 다가왔다. 맨 마지막에 들어온 사람은 기누타 데쓰코였는데, 소란을 떠는 모습을 흘끔 쳐다볼 뿐 관심도 흥미도 보이지 않고 조금 떨어진 곳에 자리를 잡고 앉았다.

이윽고 아키야마가 천천히 입을 열었다. 《전략 2000》은 매출 상승을 목표로 올 가을에 리뉴얼을 할 예정이라고 했다. 타깃을 30대 젊은 비즈니스맨·우먼으로 좁힐 계획인 듯했다. 그래서 리뉴얼 창간호 편집 준비를 위해 그들이 모인 것이다.

특집을 어떻게 편성할 것인가, 창간호에 적합한 테마는 무엇일까, 토론이 뜨겁게 달아오를 즈음 미키가 칭얼거리기 시작했다. 신이치가 어르자, 나나미가 "배고픈가, 아니면 기저귀?"라며 옆으로 다가와 웅크리고 앉았다. 나오코도 다가와서 달랬다. 그러나 울음을 그치지 않았다. "졸려서 그래"라며 마쓰이가 옆에서 손을 쓱 뻗어 아기를 품에 안더니 가볍게 흔들며 회의실을 한 바퀴 돌았다. 그러자 미키가 조용해졌다. 아키야마가 응접 코너의 소파를 끌어다 자기 옆에 재우고 회의를 계속했다. 회의할 때면 끊임없이 담배를 피워대는 야마자키 신이치도 그날만은 금연했다.

아기 울음소리에 눈썹을 찡그린 사람은 기누타 데쓰코 한 사람뿐이었다. 마흔이 넘은 독신의 말라깽이 몸에다 무슨 브랜드인가 하는 검은 옷을 걸친 그녀의 살벌한 내면을 상상하자, 왠지 측은한 생각이 들었다.

회의는 오래지 않아 끝났고, 다함께 식사를 하러 가기로 했다.

"전 아기가 있어서 이만"이라며 먼저 가려고 하자, "방으로 가면 되잖아"라며 마쓰이가 가까운 빌딩 지하에 있는 선술집으로 안내했다.

"난 이런 가게는 별론데"라고 말한 사람은 기누타 데쓰코 한 사람뿐이었다.

자리를 잡고 앉아 다같이 건배를 했다. 술을 안 마시는 신이치는 그레이프프루트 주스로도 살짝 취한 기분이 들었다. 미키가 칭얼대기 시작했지만 아키야마가 능숙한 솜씨로 기저귀를 갈아주었다. 신이치가 야마자키 신이치가 들고 온 자료를 훑어보는 동안에도 갓난아기는 나오코가 봐주었다. 아키야마도 나오코도 술을 마시거나 음식을 먹는 것보다 아기에게 더 열중해 있는 것 같았다. 신이치는 오랜만에 아이를 잊고 마쓰이와 야마자키 신이치와 많은 얘기를 나눴다. 이윽고 나오코가 미키를 안고 옆으로 다가왔다.

"자요"라며 신이치에게 건네주더니 시원스럽게 맥주잔을 비웠다. 신이치는 흘끔 나나미를 쳐다보았다.

"안아볼 기회를 드리지"라고 미소 지으며 그녀에게 아이를 건네주었다. 나나미가 "으음……"이라며 머뭇거리는 표정을 지었다. 신이치는 그 모습을 보고 나나미가 가장 젊고 아기에게 익숙하지 않은 탓일 거라고 해석했다. 기누타 데쓰코는 여전히 아기는 본 척도 안 하고 아키야마와 야마자키와 얘기만 나눴다.

"어쨌든 멋진 부부예요"라고 미키를 안은 나나미가 입을 열었다.

"기시다 씨가 가사와 육아를 맡아주고, 부인은 열심히 일하는 커리어우먼이라니."

"나도 좋아서 하는 건 아닙니다"라고 말한 것은 본심이었다.

"아이는 엄마가 키우는 게 정상이지."

"그런가요."

기분 탓인지 몰라도 나나미의 목소리가 냉랭하게 들렸다.

"어느 날 정신을 차려보니 가사도 육아도 나 혼자 도맡아버렸다니까. 이렇게 될 줄 알았으면 나나미짱이랑 결혼할걸."

나나미는 아무 대답도 하지 않았다. 미혼인 아가씨가 '어머, 기분 좋은 말이네요'라고 나설 수도 없으니 그저 부끄러워서 말이 없는 거라고 신이치는 생각했다. 그때 나오코가 입을 삐죽 내밀며 신이치를 쳐다봤다.

"아, 물론 히라오카 씨도 좋지."

나오코가 코웃음을 치며 시선을 피해버렸다.

"에이, 왜 그래. 히라오카 씨도 나랑 결혼하는 건 싫을지 몰라도 이 애 엄마는 되어 보고 싶을 텐데?"

아무도 대답이 없었다.

그때 마쓰이가 살짝 손짓을 하며 신이치를 불렀다. 신이치는 아기를 나오코와 나나미에게 맡긴 채 그쪽으로 다가갔다.

"기시다 씨"라고 부르며 마쓰이가 앉음새를 고쳤다. 그 옆에는 아키야마가 있었다.

"아기 봐줄 사람이 없나?"

"으음 그게…… 유아원에는 자리가 없고, 어머니도 멀리 살아서."

"하긴 베이비시터는 한 시간에 2000엔이나 하지"라고 마쓰이가 혼잣말처럼 중얼거리더니, "잠시 의논할 일이 있는데"라며 어조를 가다듬고 말을 이었다.

"오늘 같은 내부 회의는 어떨지 몰라도 밖에 나가 취재하는 업무는 당분간 힘들 것 같군."

신이치는 살짝 방어 태세를 취했다. 오늘 아이를 데리고 회의에 참석한 것을 책망해 《전략 2000》 일에서 제외할 모양이라고 생각했다.

"앵커를 맡아보면 어떻겠어?"

마쓰이가 말했다.

"네? 제가요?"

다른 라이터나 기자들의 데이터 원고를 최종적으로 정리하는 앵커 일은 지금까지 마쓰이가 맡아왔다. 그 일을 아기 때문에 자유롭게 활동하기 어려운 신이치에게 양보해준다는 말이었다.

아키야마가 옆에서 고개를 끄덕였다.

"죄송합니다."

고맙습니다. 세심한 배려에 감사드립니다. 꼭 그 일을 하고 싶습니다. 그런 말은 입에서 나오지 않았다. 그저 "죄송합니다"라는 한마디에 만감을 담아 고개를 숙일 뿐이었다.

이유식은 손이 많이 간다. 육아잡지를 읽어보면 사과를 갈거나 시금치를 삶아서 체에 거르거나 한다. 도저히 자신이 없어서 부식용 베이비푸드 팩을 열었다. 그러나 팩으로만 끝낼 수는 없다. 죽 정도는 직접 만들어야 한다. 생쌀을 끓여서 죽을 만들려면 20분은 족히 걸린다. 딸이 울기 시작하면 20분은 너무 긴 시간이다. 보통은 밥을 적당량 나눠 랩에 싸서 냉동시켜둔다. 시간이 있으면 그것을 해동시켜 죽을 만든다.

타이밍이 안 맞으면 이런 작업은 세상에 종말이 온 것처럼 울어대는 딸의 울음소리를 참아내며 진행하는 작업이 된다.

배불리 먹여서 아기 침대에 눕혀놓고, 조금이라도 여유를 가질라 치면 또다시 울어댄다. 울면서 침대 살을 붙잡고 흔든다. 놀아달라는 것이다. 하는 수 없이 침대에서 꺼내준다.

그러면 잽싸게 어딘가로 기어가버린다. 어디가 목적지인지 짐작조차 할 수 없다. 방구석에 굴러다니는 먼지 덩어리를 집어서 놀거나 방 한쪽에 놓아둔 종이상자를 핥는다.

배가 차면 위결장반사로 대변을 눈다. 바닥에 목욕수건을 깔고 딸을 눕힌 후, 롬퍼스를 벗기면 저항한다. '난 놀고 싶어'라고 외치듯 팔다리를 파닥파닥 흔들어댄다. 엉덩이는 대변으로 엉망이 되었는데 그런 건 신경도 안 쓴다. 자칫하면 팔다리가 대변에 빠질 수도 있다.

결국 변은 이리저리 튀고 딸은 그 속에서 기어 다닌다. 수건을 까는 목적은 이런 오물이 튀는 것을 방지하기 위해서이기도 하다. 변이 등에까지 묻었을 때는 목욕탕으로 데리고 가서 샤워를 시켜야만 한다.

딸은 이런 소동을 되풀이하다 적당히 피곤해지면 그제야 잠이 든다.

잠든 사이에 가까스로 청소를 한다. 바닥에 묻은 때를 지우는 것은 여간 힘든 일이 아니다. 대변을 닦아내고 오염된 부분들을 알코올로 소독한다. 아무리 추운 날이라도 악취가 심하기 때문에 반드시 환기시켜야 한다.

대변을 치우는 건 특별한 예라 하더라도, 아이는 밥을 먹는 행위에 익숙하지 않다.

음식을 손으로 움켜쥐고 이리저리 뿌려댄다. 내가 숟가락으로 떠먹여줘도 뭐가 마음에 안 드는지 금세 뱉어내고 주위에 문질러댄다. 질척질척 휘젓는 게 즐거운 모양이다.

온 방에 밥풀, 다진 고기, 빵가루가 튀어 끈적거린다.

청소기를 돌리고 젖은 걸레로 방바닥을 깨끗이 닦아내고, 밥풀이 말라붙은 곳을 찾아내 다시 한 번 청소기를 돌린다. 식사 때마다 되풀이되는 작업이다. 가끔 꾀를 부릴 때도 있지만, 방치했다간 말라붙은 밥풀에 발바닥이 찔린다. 적어도 하루에 한 번은 빈틈없이 꼼꼼하게 청소를 해야 한다.

그리고 산책을 나간다. 유모차에 태워 근처 공원을 돌아다니거나 아기띠로 매고 걷는다. 최소 세 시간이 기준인 것 같다.

오전 중이라고는 해도 아이에게 밥을 먹이고, 세탁기를 돌리고, 빨래를 널고, 방 청소를 하고 나면 어느덧 오후에 가까운 시간이다. 딸을 아기띠로 매고 공원을 한 바퀴 돈다. 산책을 마치고 나면 이번에는 내 배가 고파진다. 산책을 나간 김에 시장을 봐온다. 어른이 배가 고픈 건 뒷전이다. 그러나 딸을 배고프게 할 순 없다. 대량으로 마셔대는 작게 포장된 주스, 베이비푸드, 저녁 반찬거리를 산다.

돌아오면 딸에게 점심을 먹이고 다시 청소를 한다. 마른 빨래는 걷어서 분류해서 개어둔다.

딸이 잠이라도 자주면 감지덕지한 일이다.

작업 중에 짬을 내어 점심을 먹는다. 운이 좋으면 면도도 할 수 있다.

그리고 오후 산책.

틈을 봐서 원고를 쓴다.

이러다 저러다 보면 저녁 준비할 시간이 된다. 딸을 먹여야 하므로 밥은 대개 해둔 게 있다. 그러나 밥만 있다고 끝나는 게 아니다. 요리를 하고 있으면 딸이 잠에서 깨서 또다시 세상에 종말이 온 것처럼 울어댄다.

딸은 한밤중에도 배가 고프다. 그래서 분유나 주스를 먹인다. 아침까지 조용히 자면 더할 나위 없이 좋겠지만, 적어도 한 번, 때로는 두세 번 세상의 종말을 고하듯 울어댄다.

그러나 차츰 나아지는 건 분명하다.

내가 육아에 익숙해진 이유도 있고, 성장에 따라 밥도 조금은 얌전하게 먹고, 기저귀 가는 간격도 벌어졌다. 이유식이 진행됨에 따라 죽 만드는 시간도 단축되었다. 처음에는 쌀알 형태가 완전히 없어질 때까지 푹 끓여야 했지만 이제는 뜨거운 물에 끓인 정도의 죽도 소화시킬 수 있다.

컴퓨터를 끄고 시계를 보니 밤 9시가 넘어 있었다.

리카코에게서는 아직 연락이 없었다. 육아휴가를 중단하고 직장 복귀는 했지만, 협정상으로는 시간 단축 근무가 인정되어 오후 4시에는 일을 마칠 계획이었다. 그러나 그렇게 일찍 돌아온 적은 없다. 출근한 이상, 조직의 일원이니 아기가 있다고 해서 자기 혼자만 빠져나올 수는 없는 모양이다.

아이가 보채기 시작했다. 신이치는 부엌으로 들어가 우유를 타기 시작했다. 소독, 계량, 매번 성가시다. 신이치는 젖이 나오면 편할 텐데 하는 생각을 하며 빈약한 자기 가슴을 슬쩍 움켜쥐었다.

화들짝 놀라 제정신을 차리고, 말도 안 되는 망상에 고개를 절레절레 흔들었다.

인터폰이 울렸다. 드디어 아내가 돌아왔다.

문을 열자 언짢은 표정을 한 리카코가 다녀왔다는 인사말도 없이 우뚝 서 있었다. 회사에서 무슨 안 좋은 일이라도 있었던 걸까, 아니면 단순히 너무 바빠서 그런 걸까······.

그때까지 칭얼거리던 미키가 엄마 얼굴을 보자마자 활짝 웃었다. 조건반사처럼 언짢았던 리카코의 얼굴에 부드러운 미소가 번졌다.

"미키짱, 엄마 왔다. 착하게 잘 있었니?"

아이를 품에 안고 뺨을 비볐다.

신이치는 리카코에게 딸을 맡기고 부엌에서 우유를 탔다. 미키가 다시 칭얼대기 시작했다.

리카코가 얼렀지만 울음을 그치지 않았다.

"신짱, 어떻게 좀 해봐."

"배고파서 그래."

"혹시 기저귀 아닌가? 아하, 역시 젖었군."

리카코가 미키 엉덩이에 손을 대보고 말했다.
"으음, 기저귀가 어디 있지?"
"옷장 맨 아래 서랍……."
"못 찾겠어. 뭐든 안에 집어넣어버리니까 그렇잖아."
당신처럼 뭐든 다 꺼내서 어질러놓는 것보단 낫다고 혀를 차면서 우유병을 내려놓고 아기 침대 옆 옷장에서 기저귀를 꺼냈다. 내친 김에 직접 갈아주었다.

그 사이에 리카코는 바지 정장을 벗고 잠옷으로 갈아입었다.
"아, 배고파."
아기에게 우유를 먹이는데 리카코가 말했다.
"조금만 기다려. 지금 뭐하는지 몰라서 그래?"
리카코는 마치 여동생이 태어난 어린애처럼 몸을 흔들었다.
"글쎄, 막 집에 오려는데 전화가 오지 뭐야. 빨리 마치려고 저녁도 안 먹고 일했는데 난데없이 계약서를 확인하라잖아, 그것도 8년 전 계약서를. 그런 건 원래 담당 부서에서……."
"알았어. 알았다고."
신이치가 손가락으로 부엌을 가리켰다.
"냉장고 안에 반찬 넣어뒀어. 그리고 된장국은 레인지 위 냄비에 있고."
리카코는 고개를 끄덕이더니 냉장고 문을 열었다.
화낼 기력조차 없었다. 신이치는 온몸에서 힘이 빠졌다.

새삼스레 느끼는 점이 많다.

그중 하나는 갓난아기가 사회의 보호를 받는다는 실감이다.

나는 서른한 살의 남성이므로 어떤 기준에서 보더라도 보호를 받을 만한 대상이 아니다. 그런 만큼 갭을 크게 느끼는지도 모른다.

갓난아기를 안고 오전에 시장을 보러 나가거나 때로는 회의가 있어서 출판사 사무실에도 간다.

시장을 보러 가면, 물건을 각자 알아서 담는 슈퍼에서도 계산대 아주머니가 "내가 넣어드릴게요"라며 도와준다. 급속하게 성장하는 거대한 혹이 몸 앞에 붙어 있는 상태이므로—게다가 그것은 자주 이쪽 의사와는 상관없이 손을 뻗기도 한다—그것은 상당히 도움이 된다.

편집부나 업무 동료들과의 회의에 참석하면 남성들까지도 표정이 온화해진다. 여성인 경우는 뺨 가득 미소가 번진다. 기분 좋은 일이다.

길을 걸어갈 때도 건너편에서 오던 사람이 먼저 길을 비켜준다. 그래서 혼잡한 인파 속에서도 별로 힘들이지 않고 걸을 수 있다. 반대 예도 없는 건 아니다. 여고생 무리와 마주치면 "와아, 너무 귀여워"라고 괴성을 지르며 달려든다. 평소에는 수상쩍은 시선이나 아저씨인 내가 인기 많은 사람이라고 착각할 정도다.

전차에 타면 앉아 있던 사람들이 자리를 양보해준다. 심지어는 나이든 할머니까지 자리를 내주며 일어선다. 그것만은 사절했다.

아기만 안고 있으면 은행 강도를 해도 청원경찰까지 하하 웃으며 못 본 척해줄 게 틀림없다.

18

 정신을 차려보니 어느덧 장마가 끝나고, 유난히 무더웠던 여름도 지나 있었다. 8월말 결혼기념일에는 리카코가 뉴욕 출장 일정이 잡혀 집을 비웠다. 아니, 실은 기념일조차 잊고 있었다. 아이를 키우며 100매가 넘는 데이터 원고와 씨름하고, 기사를 써가는 사이 계절은 가을이 되어 있었다.

 온종일 다른 사람과 한마디도 안 하는 날도 있었다. 다행히 《전략 2000》 리뉴얼 시기가 다가와서 빈번하게 회의가 있었다. 그 자리에 나가 잠시라도 성인들과 대화를 나누는 게 현재의 신이치에게는 유일하게 숨을 돌리는 기회였다.

 그날도 신이치는 등에 미키를 동여매고 편집부로 향했다.

 신이치가 리뉴얼 창간 특집기사 중 하나로 제출한 〈로봇, 어디까지 진화할 것인가〉라는 기획이 처음으로 통과되었다. 때마침 국내 자동차 업체가 개발한 삼각三脚 보행 로봇이 화제로 떠올라서 제출한 기획에 관련해 상세한 설명을 할 예정이었다.

 미키는 아직 신이치의 무릎 위에 있었다. 졸린 것 같진 않았지만 이럴 때 눕히면 울기 시작한다.

 신이치는 일어서서 끝에 앉아 있는 나오코에게 다가가 미키를 그녀의 무릎 위에 앉혔다.

"어?" 하며 나오코가 의아한 표정을 지었다.

"안아볼 기회를 드리죠."

미키는 나오코의 무릎에서 신이 난 듯 소리를 내며 웃었다. 그나마 낯을 안 가리는 게 천만다행이다. 그 순간 "아기들은 지저분하네요"라는 목소리가 들렸다.

"침 흘리지, 뭘 먹이면 질질 흘리지."

귀를 의심했다. 나나미의 목소리였다.

"아니, 그렇긴 하지만…… 지저분하긴 해도…… 귀엽잖아요."

너무 당혹스러워서 그 말만 하고 나오코의 얼굴을 쳐다봤다.

"적당히 하세요!"

그 순간 나오코가 날카로운 목소리로 쏘아붙였다.

마쓰이와 야마자키가 깜짝 놀란 얼굴로 이쪽을 쳐다봤다.

"지금 뭐하자는 거예요?"

나오코가 자리에서 일어나 미키의 몸을 떠밀며 건넸다.

미키가 웃음을 그치고 칭얼대기 시작했다.

"일하는 곳에 데리고 와서 울리질 않나, 다른 사람한테 떠맡기질 않나."

"그만해, 히라오카 씨"라며 마쓰이가 타일렀다.

"방해되잖아요."

나나미가 작지만 또렷한 목소리로 나오코에게 동조했다.

신이치는 망연히 미키를 안은 채 우두커니 서 있었다. 도저히 기획안을 설명할 기분이 아니었다.

그때 누군가가 옆에서 팔을 뻗더니 미키를 받아주었다. 아키야마도 마쓰이도 아니었다. 비쩍 마른 가늘고 긴 팔, 기누타 데쓰코였다.

"어……."

"됐으니까 얼른 설명이나 해요. 다들 바빠요."

아기에게 유난히 차가운 시선을 보냈던 기누타에게 미키를 맡기는 게 불안했다. 그러나 다른 방법이 없었다. 신이치는 더듬거리며 설명을 시작했다.

신경이 쓰여서 아기 쪽으로 힐끔 시선을 돌렸다. 익숙하지 않은 손놀림으로 미키를 안고 있는 기누타의 자세가 어색했다. 평소와 달리 온화한 표정으로 아이를 어르는 모습이 이해가 되지 않았다. 정신이 이상해지기라도 한 건가.

신이치의 설명이 끝난 후, 마쓰이와 아키야마가 몇 가지 질문을 했고 회의는 곧바로 끝났다. 다른 사람들은 회의실을 떠났지만, 신이치는 남아서 자료를 모으고 정리하고 수정하는 중이었다.

"지금은 곱게 잠이나 자니까 괜찮지. 곧 기어 다니기 시작하면 정신을 못 차릴 거라고."

그때 복도 쪽에서 목소리가 들렸다.

"기시다 씨는 무신경하니까 회의실에 방목하는 거야. 눈에 거슬린다기보다 위험하잖아. 온갖 물건들이 쌓여 있는데 붙잡고 일어서다 깔리기라도 하면 어쩌려고 그러는지 모르겠어."

나오코의 목소리였다. 동물도 아닌데 남의 아이한테 방목이라니, 신이치는 무례한 그 말에 몹시 분개했다.

"그런 부모일수록 다치기라도 하면 남의 탓으로 돌리지."

차가운 어조로 말한 사람은 야마자키 신이치였다.

"맞아요, 그런 사람들 자주 있잖아요. 자기가 가정교육을 잘못 시켜놓고 지자체 탓이니, 사회가 나쁘다느니 떠들어대죠."

"누가 아니래, 재판까지 하잖아."

한 방 맞은 기분이었다. 미키를 그렇게 귀여워해주던 나오코와 동료들이 갑자기 배척하는 까닭을 알 수 없었다. 야마자키는 그렇다 치더라도 여자라면 누구나 아기를 귀여워하는 게 당연하지 않은가. 어떻게 저런 심한 말을 할 수 있을까.

그제야 불현듯 제정신이 들었다. 회의실 구석에 기누타 데쓰코가 남아 있었다. 미키를 안고 있었다. 허둥지둥 달려갔다. 평소에도 아이를 싫어하던 기누타였다. 무슨 말을 할지 짐작이 갔다. 보나마나 몹시 불쾌한 말을 쏟아낼 게 뻔했다.

"괜찮아요. 천천히 정리해요."

기누타는 창백한 얼굴에 미소를 머금고 있었다. 뭔가에 빠져든 미소였다.

"그렇지만…… 아이가."

"괜찮아요. 봐요, 잠들었잖아."

미키는 정말로 기누타의 품에서 고른 숨소리를 내며 잠들어 있었다.
　"사실 기시다 씨 생각이 좀 짧긴 했지."
　"무슨 말씀인지……."
　"자기 아이가 다른 사람들에게 어떤 존재일까 생각해본 적 없죠?"
　"아니, 그래도 여자들은 다 아이를 좋아하니까."
　"여자니 남자니, 그게 무슨 상관이에요!"
　기누타가 차가운 말투로 말을 잘랐다.
　"남의 아이가 귀여울 리가 없잖아요."
　"서, 설마……."
　"그래서 생각이 짧다는 거예요. 한두 번이면 귀여워하겠죠. 잠깐 귀여워하는 것뿐이라면 상관없어요. 그렇지만 회의가 있을 때마다 여자들이 아이를 봐야 한다면 얘기가 다르지 않을까?"
　"아……."
　"맡긴다고 표현하는 건 뭣하겠지만, 그래도 '안아볼 기회를 준다'는 말은 좀 심하지 않나? '죄송합니다, 잠깐 좀 돌봐주시겠습니까' 라면서 고개를 숙이는 게 올바른 행동이겠죠."
　신이치는 침묵을 지켰다. 남의 아이를 귀여워할 리가 없다는 말은 납득할 수 없었다. 기누타 같은 아줌마라면 어떨지 몰라도 여자들이 다 그렇다는 건 믿기 어려웠다. 그러나 확실히 그녀의 말대로 일하러 오는 나오코나 다른 사람들에게 방해가 될 거라는 생각은 전혀 못했다.

기누타 데쓰코가 아기 얼굴을 들여다보고 있었다. 입가에 깊이 파인 주름, 미간에 잡힌 주름, 툭 튀어나온 광대뼈, 성깔 있어 보이는 얼굴 생김새가 오늘은 묘하게 온화했다.

"뭘 봐요? 빨리 정리나 해요. 나한테 계속 맡겨둘 거야?"

"아니, 그게 아니라……."

"자기 자식이 귀여운 거야 당연하죠. 그렇지만 자기 아이밖에 안 보인다고 할까, 남들도 분명 자기 아이를 귀여워할 거라고 믿고 아무렇지도 않게 뻔뻔스러운 행동을 하는 엄마들이 이 세상엔 많잖아요. 난 그런 사람은 되고 싶지 않아."

기누타가 한숨을 섞으며 말했다. 몹시 나른한 말투였다.

아무 생각 없이 흘려듣던 신이치는 화들짝 놀랐다.

"저어, 난 그런 사람이 되고 싶지 않다는 말은 엄마가 되고 싶지 않다는 뜻인가요? 아니면 아이가 있어도 그런 엄마는 되고 싶지 않다는 뜻인가요?"

기누타는 대답하지 않았다.

"그런데 기누타 씨, 벌써 마흔이 넘었잖아요."

"마흔 넘은 사람은 아이 낳으면 안 돼요?"

기누타가 아이라인을 굵게 그린 눈을 신이치에게 돌렸다.

"결혼…… 하셨던가요?"

"결혼 안 하고 아이 만들면 안 되나?"

"저…… 그 말은 가능성에 관련된 문제인가요, 아니면……."

"3개월이에요, 지금."

막힘없이 말했다.

"설마 임신……."

기누타는 대답 없이 미키를 향해 미소를 지어 보였다.

"다들 알고 있나요?"

"굳이 알릴 필요가 있나?"

"아빠는 누굽니까?"

신이치는 이럴 때 완곡하게 묻는 방법을 모른다.

"글쎄."

"일시적인 관계였나요?"

기누타가 후훗 웃었다.

"그럴싸한 사연이 있는 관계는 아니에요. 일하다 만난 동료, 전에 《전략 2000》에서 일했던 카메라맨. 작년 가을에 그만뒀죠."

"설마…… 그, 그, 그."

전에 《전략 2000》에서 일했고, 작년 가을에 그만뒀다면 한 사람뿐이다.

"설마 미네무라 씨?"

기누타는 한쪽 입술만 올리며 살짝 미소를 지었다.

"그 분, 아내와 아이가 있죠. 이혼했나요?"

"알 게 뭐예요."

기누타가 차가운 어조로 말했다.

"저어……."

신이치가 물었다.

"계속 좋아하셨어요? 미네무라 씨를?"

"풋내 나긴."

움푹 파인 기누타의 눈 꼬리에 주름이 잡혔다.

"섹스와 임신은 연결되지만, 좋아하는 거랑 섹스는 연결되는 게 아니에요."

움찔했다. 자기와 리카코의 관계를 떠올려 보았다.

"장마가 한창일 때였어요. 매일같이 눅눅하고 우중충해서 괜스레 기분까지 썩어버릴 것 같은 날이었죠. 일을 마치고 돌아오는 길에 이케부쿠로를 지나다가 우연히 만났어요. 그렇게 자존심 강하던 남자가 웬일인지 깃털 빠진 새처럼 초라하고 참담한 표정으로 걷고 있더군요. 그래서 간단히 한잔 하자고 했죠. 그런데 어쩌다 보니 아키야마 씨 홍보는 얘기로 묘하게 의기투합하게 됐어요. 결국 취해서 지저분한 싸구려 러브호텔에 들어갔고, 일을 저지르고 말았죠. 나이가 있으니 괜찮을 거라 생각했는데 명중해버린 거지. 한심하게……."

기누타가 목 안 깊숙이 울리는 낮은 웃음소리를 내며 웃었다. 그러더니 갑자기 손등으로 눈물을 훔쳐냈다.

"왜……."

신이치는 간신히 그렇게만 물었다. 뭐가 뭔지 통 이해할 수 없었다.

"왜 낳느냐는 뜻? 물론 지우려고 했죠. 그렇지만 내 나이가 있잖아. 이번이 아이를 낳을 수 있는 마지막 기회다, 그런 생각이 드니까 갑자기 마음이 바뀌더라고. 그래서 마취 직전에 수술실에서 도망쳐 나왔죠."

"미네무라 씨는?"

"모르죠."

기누타가 차가운 목소리로 대답했다.

"그 후로는 만난 적도 없어요. 생계가 막혀서 부랴부랴 통신사 일을 구한 것까진 좋았는데, 그게 체첸 보도라는군요. 여름쯤 현지로 들어간 모양이에요. 그 사람 친구인 카메라맨 말로는 연락 끊긴 지 한 달째래요. 폭격 맞아 죽었다 해도 나한테까지 연락이 올 리도 없으니까."

기누타는 신이치의 등 뒤로 돌아가 잠든 미키를 조심스레 업혀주었다. 등에 축축한 아기의 온기가 스며들었다.

"저…… 저기…… 그래도."

아이가 그렇게 태어나면 호적은 어떻게…… 그런 질문을 할 용기는 없었다.

"일본의 장래가 어떠니 차세대가 어떠니, 정재계 관료들부터 여성행정 관련자들까지 제멋대로 떠들어대는데, 사실 아이를 만드는 것도 낳는 것도 그렇게 요란을 떨 일은 아닌데……."

신이치는 조용히 전보다 더 야윈 기누타의 얼굴을 바라볼 수밖에 없었다.

기누타는 곧바로 등을 휙 돌리더니 회의실에서 나가버렸다.

"저…… 저…… 저기……."

신이치가 그 뒤를 쫓으며 말했다.

"아기 낳으면 말씀해주세요. 침대 돌려드릴게요."

딸이 기는 속도는 놀라울 만큼 빨라졌고, 물건을 잡고 일어서기도 했다. 그리고 금세 뭔가를 잡고 몇 발자국을 떼기도 했다. 아직 말은 못 하지만, 옹알거리는 소리를 내며 손으로 음식을 쥐고 먹을 수 있게 되었다. '아부아부아부'는 뭔가를 요구할 때 내는 소리다. 뭘 요구하는 건지는 아직 모른다. 하긴 딸이 요구하는 것은 대개 음식이나 주스다.

'닷따카타'라고 비교적 명료한 발음을 낼 때도 있다. 의미는 알 수 없지만, 인간이 성대와 혀를 사용해 내는 소리다. 태어나서 얼마 안 지났을 때는 '큐우' 하는 동물 울음 같은 소리였는데 상당한 발전이다.

갓 태어난 아기는 애벌레보다 열등한 운동 능력밖에 없지만, 몸을 뒤집고 기어 다니게 되면 고양이 새끼나 강아지 정도의 능력을 발휘한다. 공이나 끈으로 장난을 치고, 안아 올리면 팔다리를 파닥파닥 흔들며 좋아한다.

뭔가를 잡고 일어서는 수준이 되면 원숭이가 된다. 신체를 바로 세우게 되자마자, 발을 옆으로 움직이는 것보다 위아래로 움직이는 게 더 재미있는지 닥치는 대로 올라가려 든다. 아기용 의자 위에 올라가고, 어른용 의자에도 올라간다. 떨어질까 봐 눈을 뗄 수가 없다. 방 한쪽에 쌓아둔 플라스틱 박스에 올라가고, 텔레비전에도 올라간다.

놀라운 것은 원숭이 수준의 지능을 증명하듯 한 번이라도 떨어졌던 장소에는 두 번 다시 가까이 가지 않는다. 학습하는 것이다. 어른용 의자나 아기 침대에서 기어 내려올 때도 다리가 바닥에 닿지 않는 곳에서는 절대로 손을 떼지 않는다. 한 번 떨어져서 따끔한 맛을 본 경험을 잊지 않는 것이다.

다행히 딸은 지금까지 크게 앓은 일은 없다.

비교적 장기적으로 계속되는 열은 돌발성발진이다. 젖먹이는 예외 없이 걸리는 병이기도 하다.

아침부터 왠지 딸의 상태가 심상치 않았다. 보통 때 같으면 활발하게 움직일 텐데 한 군데 앉은 채 손가락만 물고 있었다. 오후가 되자 축 늘어져서 아무것도 안 먹었다. 품에 안으니 따뜻했다. 체온계로 재보니 38도가 넘었다.

그쯤 되자 녹초가 되었고, 아기 침대에 눕더니 꼼짝도 하지 않았다. 다시 체온을 재보니 체온은 점점 더 올라갔다.

"어떡해?"

아내는 놀라서 허둥거리기만 했다.

열이 난 적은 있지만, 그렇게 고열이 나는 건 처음이었다. 병원 진료시간은 이미 끝난 후였다. 지푸라기라도 붙잡는 심정으로 평소에 예방주사와 정기검진을 받는 시내 병원으로 전화를 걸었다.

답변은 매정했다. '담당의사가 소아과가 아니므로 진찰할 수 없다.' 나중에 알았는데 어른과 아이는 별종 동물 정도로 차이가 많다. 일반 내과의는 젖먹이에게 주사도 놓을 수 없다. 육아서를 보면 '아이의 발열은 바이러스성 질환이 거의 대부분이다. 열이 난다고 추운 날씨에 무작정 병원으로 가는 것보다는 집에서 차분히 기다리는 게 좋다'고 나와 있다. 그러나 자기 딸이 고열을 내며 고통스러워하는 모습을 태연하게 바라볼 수만은 없었다.

생각다 못해 119로 전화를 걸었다.

"화재입니까, 구급입니까?"

신호음이 몇 번 울리기도 전에 수화기를 들더니 냉정한 목소리로 대응했다. 나는 먼저 미안하다고 양해를 구한 후, 딸이 열이 심하다는 얘기를 했다. 생사가 걸린 긴급사태는 아니었지만 대응해줄 만한 다른 공공기관을 몰랐기 때문이다. 소방대원은 여전히 냉정한 목소리로 24시간 의료기관 안내 번호를 가르쳐주었다. 다시 전화를 걸었다.

저녁 8시가 넘어서 환자를 받아주는 병원은 적다. 이쪽 주소지를 밝히자, 도쿄 도내에 있는 종합병원 세 개 정도를 알려주었다. 또다시 전화기를 들고 도립 후추 병원으로 전화를 걸었다. 이곳 역시 냉정한 목소리로 병원 옆에 긴급 접수처가 있으니 그쪽으로 오라고 했다.

차를 몰고 후추 병원으로 달려갔다. 실수로 암병동에 도착했는데, 야간 창구는 바로 옆에 있었다. 이미 한밤중이 다 된 시각인데도 대합실은 사람들로 가득했다. 구급차는 줄기차게 사이렌을 울리며 몰려들었다.

그러나 다행히 소아과 응급환자는 많지 않은 듯했다. 곧바로 이름이 불리어 진찰실로 들어갔다.

흰 가운 가슴에 케로케로케로피(개구리 모양을 한 일본의 캐릭터) 바펜(블레이저코트나 점퍼의 가슴·팔 등에 장식으로 다는 수놓은 휘장)을 붙인 젊은 의사가 딸의 입 안을 들여다보고 가슴에 청진기를 댔다.

"이 아기, 돌발성발진은 앓았나요?"

앓지 않았다고 대답했다. 돌발성발진이라는 병명은 익히 알고 있었다. 그러나 나에게는 진단 능력이 없다.

"제가 보기에는 거의 확실하게 그 증상인 것 같습니다. 약을 드릴 테니 일단 먹여보십시오. 열이 너무 높아져서 힘들어하면 약을 나누지 말고 먹이세요. 아기들은 아주 심한 열이 아닌 이상, 너무 걱정할 필요는 없습니다. 지금 상황에서는 병명에 관해 확실한 답변을 드릴 수 없으니 내일 다시 와주십시오."

다음날 가까운 병원으로 갔다. 진단은 후추 병원의 의사와 마찬가지였다. 열은 많이 내려가지 않았지만, 딸은 다시 왕성한 식욕을 보이기 시작했다. 의사가 권하는 대로 크게 신경 쓰지 않고 지냈더니 닷새째에 붉은 반점이 나타났다. 38도를 넘는 열이 사나흘 계속되고 온몸에 붉은 반점이 생겼다. 젖먹이에게 특징적으로 나타나는 질병 중 하나로, 열은 오르지만 후유증은 없다. 반점은 차츰 가라앉는 것 같았다.

다음날 열이 내리자, 또다시 빨래를 뒤집어놓고 책상 위에 물건을 잡아끌며 난장판을 만들기 시작했다.

그 정도 상황으로 마무리되고, 큰일은 일어나지 않았다. 열이 조금 오르거나 콧물을 흘리는 정도로 겨울을 넘겼다.

한편 우리는 거의 녹초가 되고 말았다. 그 결과 나는 올 겨울에만 세 번이나 감기로 앓아누웠다. 원래 겨울마다 몸 상태가 나빠지는 체질이라 정신을 바짝 차렸지만 소용없었다.

연말 무렵에 나는 닷새나 앓아누웠다. 정말 단순한 감기인지 의심스러울 정도로 격렬한 증상이었다.

새해 직전에 가까스로 회복하자 딸이 열을 내기 시작했고, 그 감기는 아내에게 전염되었다. 아내가 다 나았다 싶었는데, 또다시 나에게 옮겨왔다.

밤에 아기 침대에 잠들어 있던 딸이 칭얼거려서 밖으로 꺼내 옆에 재웠다. 눕힐 때는 얌전했는데, 젖먹이는 잠버릇이 험했다. 게다가 어른보다 체온이 높아서 이불을 자꾸 걷어찼다. 자기 이불만 걷어차면 될 텐데 부모 이불까지 걷어찼다.

결국 나는 12월에서 3월까지 네 달 동안 무려 세 번이나 몸져누웠다.

갑자기 키보드를 두드리던 손동작이 멈췄다.

2, 3개월 전 일인데도 딸과 관련된 일은 또렷하게 떠올랐다. 기어오르다가 의자째 뒤집혀서 울었던 일, 열이 나서 축 늘어진 표정.

그러나 그 동안 세상에 무슨 일이 일어났는지, 아니, 딸과 자기 이외의 사람들에게 무슨 일이 있었는지 모든 게 몽롱했다.

그날, 회사에서 돌아온 리카코와 마주앉아 식사를 하면서 신이치가 얘기를 하는데 리카코가 갑자기 말을 잘랐다.

"있지, 신짱. 비생산적인 얘기는 그만하자."

순간 머리꼭대기까지 피가 솟구쳤다.

그러나 자기가 무슨 얘기를 하려던 건지 곰곰이 되새겨 봐도 이렇다 할 내용이 없었다.

슈퍼마켓에서 대구를 싸게 팔았다. 미키에게 우유죽을 만들어줬더니 한 번에 다 먹어버렸다.

옆집에서 몰래 고양이를 키우는데, 고양이 화장실을 베란다에 만들어서 냄새가 지독해 참을 수가 없다. 그것보다 벼룩이라도 옮겨와서 미키를 물면 어떡하느냐.

텔레비전 프로에서 어깨 결림을 예방하는 손쉬운 방법을 알려주었다.

라이터 동료인 기누타 데쓰코가 곧 아기를 낳는데, 그 아이의 아빠가 바로……

리카코도 처음에는 맞장구를 치며 들어주었다. 그러나 차츰 맞장구치는 간격이 뜸해졌다. 시선은 텔레비전 화면을 쫓았다. 신이치는 자기 얘기를 들어주길 바라며 더욱 열을 내며 얘기했다. 그러면 시끄럽다는 듯 이쪽을 힐끔 쳐다봤다.

원래 신이치는 말이 많은 편이 아니다. 말을 하려고 해도 목에 걸려서 잘 안 나왔다. 그래도 긴장감이 없는 인간관계에서는 대화를 나눌 수 있다. 그런데 최근 몇 달간, 리카코의 얼굴만 보면 뭔가를 토해내듯 말을 쏟아내지 않고는 배길 수가 없었다.

《전략 2000》의 리뉴얼 창간호가 무사히 출간된 후, 프로젝트 팀은 해산되었다. 회의나 모임 횟수는 줄어들었고, 아이를 돌보는 틈틈이 다른 사람들의 원고를 정리하는 일만 하는 신이치에게는 외출할 기회가 거의 없었다.

도서관이나 연구 기관에 가서 자료를 찾고, 예전처럼 과학 기사를 쓰고 싶었지만, 아이가 있으니 그것도 뜻대로 할 수 없었다.

아이를 보살피면서 다른 사람이 쓴 원고를 바탕으로 기사를 쓰는 일을 하고 있으면 온종일 다른 사람과 말할 기회가 없다. 전화를 싫어하는 신이치에게는 인터넷에 접속된 14인치 컴퓨터 화면만이 사회와 연결된 유일한 창이었다. 물론 정보는 들어온다. 그러나 살아 있는 인간과의 교류가 끊기자, 머릿속 어딘가가 마비된 것처럼 현실감이 몽롱해져 갔다.

신이치는 최근 주관지를 떠들썩하게 했던 모자母子 캡슐이라는 말이 떠올라 움찔했다. 이 상태라면 부자 캡슐이 될지도 모른다.

자녀와 아버지의 폐쇄된 인간관계. 자신의 정신 건강에도 바람직하지 않을 뿐 아니라 딸에게도 결코 바람직한 환경일 리 없다.

당장 걱정스러운 일은 너덧 살이 되어 유치원에 다니기 시작했을 때, 친구가 안 생기면 어쩌나 하는 점이었다.

며칠 후, 신이치는 일찍 피는 벚꽃이 꽃망울을 터뜨릴 즈음 공원으로 나가 주위를 둘러보았다. 비슷한 또래 아이가 보였다. 그러나 아빠 모습은 없었다. 엄마 몇 사람이 무리를 지어 모여 있었다.

미키에게 바람을 쏘여주러 자주 나가는 공원이었다. 거기 나오는 엄마들 얼굴도 낯이 익었다. 상대도 분명 자기 얼굴을 알고 있을 것이다. 처음 나왔다고 인사하고 공원 데뷔 비슷한 의식도 필요하겠지만, 전부터 얼굴을 봐왔으니 대화 정도는 나눌 수 있을 것 같았다.

　신이치는 그렇게 생각하고, 용기를 내어 그네 근처에 모여 있는 주부들에게 다가갔다.

　모래밭 옆에 모여 있는 일행은 니트 정장에 하이힐, 긴 목걸이를 한 엄마들이었다. 기분 탓인지 몰라도 미인이 많은 느낌이었지만, 그만큼 주눅이 들었다. 그런 집단은 자기들끼리 똘똘 뭉쳐서 타인을 배제한다는 얘기를 들은 기억이 나서 두려웠다.

　그런데 그네 가까이 있는 엄마들은 운동복이나 청바지를 입고 있어서 친밀감이 느껴졌다. 끼어달라고 하면 안 된다고 거절하진 않을 것 같았다.

　미키를 유모차에 태우고 머뭇머뭇 다가가 "실례합니다"라고 말을 건넸다.

　주부들은 하던 이야기를 멈추지 않았다. 한 사람이 흘끔 이쪽을 쳐다봤다. 미소가 사라지고 눈썹을 살짝 찡그린 경계하는 표정으로 변했다.

　"저어……."

　말문이 막혔다.

　"저, 저, 저어……."

주부들은 말없이 신이치를 쳐다보았다. 친절함은 눈곱만큼도 찾아볼 수 없는 표정이었다.

'이상한 사람이 아닙니다, 보세요, 당신 아이들과 같은 또래의 딸이 있습니다' 라고 말하듯 신이치가 미키를 태운 유모차를 앞으로 쑥 내밀었다.

"안녕하세요?"라며 고개를 꾸벅 숙였다. 목 안이 바짝바짝 말랐다. 주부들은 말없이 인사를 받아주었다.

'어머, 늘 아빠가 아기를 데리고 나와서 어쩐 일인가 했는데, 무슨 사정이라도 있으세요?' 라며 말을 건네줄 거라 예상했지만, 아무도 입을 열지 않았다.

하는 수 없이 "실례합니다만, 몇 개월인가요?"라며 허둥지둥 아이 하나를 손가락으로 가리켰다.

"14개월째 들어갔는데요."

아이 엄마가 당혹스러운 듯 대답했다.

"귀여운 따님이시네요"라고 익숙지 않은 인사말을 건넸다.

순간 아이 엄마가 실망한 표정을 지었다.

"우리 애는 아들이에요."

"앗, 죄송합니다. 으음……."

엄마들은 살짝 기분이 상했는지 슬슬 뒷걸음질을 치며 좀 더 놀고 싶어 하는 아이들을 끌고 다른 데로 가버렸다.

모래밭에 있는 엄마들도 그 모습을 처음부터 지켜봤을 게 틀림없다. 신이치가 뒤로 흘끔 시선을 돌리자, 엄마들은 일제히 시선을 피했다.

 아이를 데리고 있으니 수상한 사람으로 오해하지는 않았을 것이다. 항상 데리고 다니는 아이니까 유괴범으로 의심받진 않았을 것이다. 그러나 평일 대낮에 아기를 데리고 공원에 나타나는 남자는 그녀들에게는 명백한 이방인이었다.

 보통 엄마들도 어렵다는 공원 데뷔는 처절한 실패로 끝났고, 다시 도전해볼 용기마저 산산이 흩어져버렸다.

 한편 마쓰이가 원고를 정리하는 일을 양보해줘서 다행이긴 했지만 거의 시간을 낼 수 없는 상황이라 들어오는 다른 일은 거절할 수밖에 없었다. 일을 받아놓고 못 하는 것보다는 낫지만, 그래도 모처럼 들어온 일을 거절하는 것은 프리랜서에게는 치명적인 일이다. 일단 거절하면 엄청 잘 나가는 사람이 아닌 이상 두 번 다시 일을 의뢰하지 않는다. 뿐만 아니라, 그 사람은 바빠서 부탁해도 일을 받아주지 않는다는 소문이 업계 내에 퍼진다.

 옴짝달싹도 못한 채, 초조함과 답답함에 부대끼는 동안에도 그나마 한 줄기 빛은 남아 있었다. 이제 곧 4월이 된다.

 4월, 유아원에 빈자리가 생긴다. 이번에는 꼭 들어갈 수 있기를.

 신이치는 잠든 미키의 얼굴을 들여다보며 기도하듯 중얼거렸다.

 그와 동시에 이제 갓 한 살이 된 아이를 남에게 맡겨야 하나

하는 생각도 들었다.

늘 다니는 공원에서도 미키가 제일 귀엽다. 부모의 일방적인 판단은 결코 아니다. 모래밭 근처의 상류사회 집단에서 본, 고작해야 한두 살짜리 아이인데 스커트를 입힌 여자애보다, 신이치가 딸이라고 착각한 오카마(남색, 남창을 일컫는 일본어) 예비군 아들보다 미키가 훨씬 잘 생겼다. 살며시 기울기 시작한 햇살을 받아 황금빛 갈색으로 빛나는 머리칼이 미키의 이마에 드리워져 있었다. 아빠 얼굴만 뚫어져라 바라보는 검은 눈동자, 무슨 뜻인지 알 수 없는 소리로 끊임없이 말을 건네는 촉촉한 입술.

신이치는 갑자기 너무나 애절한 기분이 들어 미키를 힘껏 껴안았다. 눈 깜짝할 사이에 스쳐 지나가는 인생의 행복, 너무나도 허망한 행복의 순간이 바로 눈앞에 있는 기분이 들었다. 세계도 사회도 관념적인 것에 지나지 않는다. 사랑이라 부를 만한 대상은 지금 자기 품안에 들어 있었다.

신이치는 "아빠, 아빠"라고 말하며 자기 자신을 손가락으로 가리켰다. 실은 '아버지'라고 부르게 하고 싶었지만 조금 어렵다. 미키가 내뱉는 소리에는 아직 어떤 의미도 들어 있지 않았다.

조사원은 사무적으로 질문 사항을 정리해 용지에 적어 넣었다.
"현재 보육 상황은 어떤가요? 누가 돌보고 있습니까?"
"거의 저 혼자 돌보고 있습니다. 아내요? 토요일, 일요일뿐입니다."

나는 솔직하게 대답했다.

생활이 얼마나 힘든지, 시간단축 근무로 아내의 수입이 얼마나 줄었는지, 생활비 때문에 저축을 얼마나 깼는지……

유아원 입학은 생활이 어려운 순서대로 배정받는다.

지금 상태로는 들어가지 못할지도 모른다는 과도한 불안감에 필사적으로 궁핍을 호소했지만, 그 자리에서 결론이 나올 리가 없었다. 조사원은 자료를 들고 돌아갈 뿐이다. 조사원의 의견이 판단에 영향을 끼친다 하더라고 시청에 돌아간 후부터다.

"그건 그렇고 우리 아이가 들어갈 수 있을까요? 현재 대기 상황은 어떻습니까?"

조사원이 돌아가기 전에 그 질문을 잊지 않았다.

"으음, 기시다 씨가 희망하는 미나미 유아원의 경우는 수용인원 네 명에 열네 명이 대기하고 있습니다."

경쟁률 3.5 대 1.

눈앞이 캄캄해졌다.

하는 수 없이 사립 유아원을 찾아보았다.

우리는 유아원을 고를 때 첫번째 후보로 공립을 선택하고, 들어가지 못할 경우를 대비해 사립을 염두에 두었다. 어느 집이나 마찬가지일 것이다. 공립 입학 여부가 결정 난 후, 사립 유아원에는 신청서가 쇄도한다. 전에 조사해둔 사립 유아원 자료를 꺼내 전화번호를 체크했다. 공립에 들어가지 못할 경우, 신청서를 내기 위해서다.

유아원을 못 찾는 최악의 사태가 벌어지면, 내가 딸을 1년 더 보살펴야 한다. 내년 4월이 되면 유아원에 빈자리가 생길 가능성이 높아진다. 두 살짜리보다는 세 살짜리 아이 수용인원이 많기 때문이다.

3월 24일 저녁, 딸에게 밥을 먹이고 있는데 초인종이 울렸다.

"다녀왔습니다."

아내가 피곤에 지친 목소리로 인사하며 들어왔다. 어서 오라는 말은 건넸지만, 딸에게서 손을 뗄 수 있는 상황이 아니었다. 미키가 숟가락에 담긴 고기 케첩볶음에 손을 뻗치려 하기 때문이다.

"우편물이 많이 왔던데."

아내가 식탁 위에 우편물 뭉치를 던졌다. 일찍 배달 온 석간신문, 아내 앞으로 온 업계 신문, 내 앞으로 온 대학동창회 우편물. 핑크색 전단지. 특별한 건 없었다. 친구가 보낸 편지라도 있었다면 아내는 당장 그것부터 뜯어서 읽었을 것이다. 그런 우편물 사이에 시 마크가 찍힌 얇은 갈색봉투가 보였다.

딸에게 이유식을 먹이면서도 나의 심장은 크게 요동쳤다. 지금 시에서 오는 우편물의 내용은 안 봐도 뻔하다.

유아원 입학 불가다.

"뭐해, 얼굴 닦아줘야지."

내가 주의를 딴 데로 돌린 사이, 옷을 갈아입고 나온 아내가 딸의 입을 닦아주며 말했다. 뺨이 케첩 범벅이 되어 있었다.

"그게 뭐야?"

"열어봐야 알지."

스스로 생각하기에도 냉담한 대답이었지만, 아직 어느 쪽인지는 알 수 없다. 이제 와서 버둥거려본들 변하는 건 아무것도 없다. 봉투에 손가락을 넣고 서류를 꺼냈다.

첫 줄에 '미나미 유아원, 입학 내정 통지서'라고 쓰여 있었다.

'됐어!'

입 밖으로 소리를 내진 않았지만, 온몸이 가벼워졌다. 나는 혹시 잘못 읽은 게 아닌가 싶어 몇 번이나 통지서를 다시 읽었다. 아무리 읽어봐도 '내정되었다'는 내용이었다. 게다가 제1지망이었던 미나미 유아원이었다.

정말이지 큰 짐을 덜어낸 기분이었다. 길고 긴 전업주부의 생활이 일단락되는 것이다.

곧바로 정식 결정 통지서가 도착하고 갑자기 분주해졌다. 유아원이 지정해준 의류, 낮잠용 이불, 천 기저귀 등을 단기간에 그러모았다.

4월 2일, 유아원 입학식 날. 아내는 회사에 휴가를 냈다. 와카야마에서 장모님도 오셨다. 놀랍게도 기모노 차림이었다.

돌아오는 길에 넷이 공원 연못에서 보트를 탔다. 연못가에 심은 벚꽃은 70퍼센트 가량 꽃망울을 터뜨려서 꿈나라 같았다.

다음날부터 길들이기 보육이 시작되었다. 맨 처음에는 세 시간 정도로 시작해서 보육 시간을 차츰 늘려가는 것인데, 우리 딸에게는 길들이기 보육이 거의 필요 없었다. 칭얼대는 아이가 많았지만, 미키는 바닥에 내려놓자마자 부모는 본 척도 안 하고 쏜살같이 장난감 쪽으로 다가갔다.

아내가 아침에 아이를 유아원에 맡기고 저녁에 내가 찾아오는 생활이 시작되었다.

아내와 딸이 나가고 나면 거실 바닥을 닦는다. 식사 때마다 딸이 흩어놓은 밥풀과 물방울이 장난이 아니기 때문이다.

그러고 나서 청소기를 돌린다. 빨래가 끝나면 베란다에 널고 시장을 보러 나간다. 딸이 좋아하는 두부와 저민 고기와 어른용 저녁 반찬거리를 사들고 돌아와 점심을 먹으면, 오후 시간 내내 일할 수 있다.

지금까지 딸의 식사나 기저귀 갈아주기, 산책에 소비했던 시간을 자기 일에 쓸 수 있는 생활로 돌아왔다. 나는 지금 거실 테이블에 노트북을 올리고 이 글을 쓴다.

글을 쓰다가도 왠지 허전해서 이따금씩 고개를 든다. 시선은 늘 딸이 잠들어 있던 아기 침대로 빨려들어 간다.

아무도 없는 아기 침대가 조금은 쓸쓸해 보인다.

"자, 사인해줘요."

아키야마가 책 한 권을 신이치 앞으로 내밀었다. 아주 얇은 소프트 커버에는 『나는 아빠가 되었다』라는 제목이 찍혀 있었다.

"내가 만든 책에 사인을 받는 게 편집자 인생의 보람이에요"라며 아키야마가 웃었다.

실상을 아는 사람에게는 짓궂은 농담으로밖에 안 보이는 띠지 문구 메인카피 '한 살배기와 맞서기—남녀 역할 분담을 초월한 공생 시대의 발걸음'은 아키야마가 붙인 것이다.

어찌되었든 신이치가 쓴 에세이는 미키의 생일보다 한 달 늦게 한 권의 책으로 정리되었다.

발매일인 그날, 마쓰이가 나서서 연락을 해서 《전략 2000》 라이터 동료들이 조후의 한 식당 2층에 모였다.

"저도 사인해주세요"라며 나오코와 나나미도 신이치에게 책을 내밀었다.

턱만 살짝 끄덕이며 인사를 대신하는 신이치 옆에서 미키를 무릎에 앉힌 리카코가 "정말 감사합니다. 여러분 덕분에 책이 나왔는데, 이런 자리까지 마련해주시니 뭐라 감사를 드려야 할지 모르겠습니다"라며 정중하게 고개를 숙였다.

"별말씀을"이라며 나오코와 나나미가 합창하듯 말했다.

그 자리에 기누타 데쓰코의 모습은 보이지 않았다. 제왕절개로 아이를 낳은 지 얼마 안 돼서 외출할 수 없기 때문이다. 문병을 갔던 나나미 말에 따르면 누구를 닮았는지 모르지만 늠름하게 잘 생긴 아들이라고 했다.

"난 지금 키우는 골든리트리버면 충분해. 아기보다 귀엽고 남자보다 사랑스럽거든"이라고 나오코가 말했다.

미키는 나나미에게 안겨 있었다.

'아기는 지저분하네요'라는 말을 한 여자와 동일인물이라 여겨지지 않을 만큼 미소 가득한 얼굴로 "미키짱"이라고 부르며 뺨을 비볐다.

리카코는 타이밍을 보다가 천천히 손을 뻗어 나나미에게 아이를 받아들고, 우유병에 담아온 야채 주스를 먹였다.

"미키짱은 좋겠네. 언니가 안아줘서. 그치, 기분 좋지?"

완벽한 엄마라기보다는 성모의 미소를 머금은 리카코가 자기 아기에게 말을 건넸다.

 신이치는 사인을 하면서 미키 쪽을 쳐다봤다. 눈이 마주쳤다. 미키가 리카코의 품속에서 몸을 비틀었다.

 "어머, 왜 그래?"라며 리카코가 팔을 풀어주었다. 옆에 있던 나오코의 무릎과 나나미의 어깨를 움켜쥐며 불안한 발걸음으로 이쪽으로 다가왔다.

 신이치는 엉거주춤한 자세로 일어나 앉아 팔을 뻗었다.

 미키가 신이치를 올려다보며 입술을 움직였다. 그리고 작게, 그러나 분명한 발음으로 소리를 냈다.

 "아빠."

 그 자리에 있던 누구도 미키가 처음으로 한 말을 알아채지 못했다. 그러나 신이치에게는 또렷하게 들렸다.

 "그래, 그래, 아빠야, 아빠."

 신이치는 사인하던 펜도 책도 내팽개치고 미키를 번쩍 안아 올렸다.

 "그래, 내가 아빠란다."

저자 후기

시노다 세쓰코

'육아를 하지 않는 남자는 아빠라고 부르지 않는다.' '부성의 복권復權' '남자도 육아휴가를 내자.'

1997년 소자고령화에 대한 위기가 한창일 때, 세상에서는 남자의 육아를 둘러싼 갖가지 논의가 들끓었다.

그리고 내가 동료 작가 여섯 명과 빌린 작업실에도 곧 아빠가 될 사람이 한 사람 있었다. 이 책에서 육아일기 부분을 담당한 아오야마 도모키다. 그는 딸아이가 태어난 지 얼마 지나지 않아 어머니가 돌아가셔서 육아를 도와줄 가족도 유아원도 구하지 못한 채, 이따금 우리가 원고를 쓰는 작업실로 아기를 데리고 출근했다.

그래서 직접 접하게 된 젊은 아빠의 사랑과 노고와 낭패의 나날들은 옆에서 보기엔 나름대로 좋아 보이기도 하고, 낯설기도 하고, 때로는 성가시기도 했다. 또 그 이상으로, 다양한 기관에서 호언장담하는 슬로건이나 정치가와 평론가들의 되잖은 이론을 무력화시킬 정도로 생생한 박력이 넘쳐났다.

그러던 어느 날, 출판사에서 서평을 부탁한다며 나에게 책

여러 권을 보내왔다. 육아휴가를 낸 노동조합 간부나 기업 관리직 남성들이 쓴 육아일기였다. 다 좋은 내용이었다. 육아휴가를 낸 남성들은 모두 훌륭하고 대단했다. 그런데 나는 그들의 훌륭함과 멋진 모습에 위화감을 느꼈다.

같은 작업실에서 등에 아이를 업고 치열하게 일하는 아오야마 씨에게 그 책을 보여주며 어떻게 생각하느냐고 묻자, 그의 감상은 그야말로 엔터테인먼트 작가다웠다.

"프로 작가가 쓰면 같은 육아일기라도 훨씬 재미있지 않을까요?"

"그럼, 당신이 써보면 어때요?"

그 자리에서 논픽션 소설 '신이치 군의 육아일기' 구상이 굳혀졌다.

아오야마 씨가 담당한 '신이치 군의 육아일기'를 중심으로 하고, 내가 주인공 신이치의 주변에서 일어나는 다양한 일들을 짧은 스토리로 만들어서 덧붙이기로 했다. 각 방면의 이해가 얽힌 주장이나 슬로건으로는 담아낼 수 없는 갖가지 사정을 이야기함으로써 독자들 사이에도 본심을 드러내는 토론의 토대가 마련되길 바라는 마음이 있었다.

그런데 '신이치 군의 육아일기' 앞에 이야기를 붙이기로 하고 내가 그 부분을 전면적으로 담당하게 되면서 당초 의도했던 것과는 분위기가 많이 변해버렸다. 다른 무엇보다 SF 패닉호러 전문인 나는 아기자기하고 끈적끈적한 연애·가정극은 아주 싫어했다. 특히 몬스터가 특기이므로(그럴 의도이긴 했으나) 등장인물까지도 몬스터로 만들지 않으면 마음이 편치 않았다.

논픽션 소설 '신이치 군의 육아일기'의 길고 긴 전사는 결과적으로 『오타쿠에게 완벽한 여자는 없다』로 독립하여 장편 엔터테인먼트 소설이 되었다.

언젠가는 '신이치 군의 육아일기'도 햇빛을 볼 날이 오겠지만, 그 무렵에는 육아에 관련된 여러 가지 환경이 지금보다 나아져 있기를 간절히 기원하는 바이다.

해설

시게마쓰 기요시
나오키상 수상 작가 대표작은 『비타민 F』

조마조마.

두근두근.

나도 모르게 "어쿠쿠" 신음소리가 새어 나오고, 무심코 눈을 질끈 감고, 고개를 돌리게 된다. 그러나 시선은 곧바로 다시 책으로 빨려들고, 조마조마, 두근두근, 어쿠쿠를 되풀이하며 끝내는 숨을 죽인 채 하늘을 올려다본다.

단행본 띠지는 대체로 허세투성이기 마련인데, 이 책은 다르다. 띠지에 적힌 '남자 접근 금지'는 거짓이 아니었다. 껄끄럽고 고통스러운 마음에 책장을 넘기기가 두려워지는 소설은 최근 몇 년간 접해본 기억이 없다.

그러나 이 책은 호러 소설도 좁은 의미의 서스펜스 소설도 아니다. 굳이 장르를 구분한다면, 오히려 띠지 문구를 인용한다면 '야단법석 결혼 이야기'를 다룬 코미디다.

만화처럼 캐릭터가 선명한 등장인물들, 풍부한 디테일, 그러면서도 막힘없는 이야기 전개, 속도감 있는 대화, 빈정거리는 것 같으면서도 깔끔함이 감도는 단호한 말투……. 코미디의 조건을 충분히 갖추었고, 키득거리며 읽기에는 더할 나위 없이 좋은 작품인데, 왜 이렇게 마음이 안정되지 않을까.

주인공은 프리랜서 라이터 신이치 군. '군'을 붙이면 너무 무람없다고 야단을 칠지 모르지만, 그런데도 그는 나도 모르게 '군'이라고 부르고 싶어지는 인물이다. 신이치 군의 본업은 해외 SF 번역가지만, 그것만으로는 생계를 이어갈 수 없어서 라이터 일로 간신히 끼니를 연명한다. 3고는커녕 '3저'—키 작고, 수입이 적고, 출신대학 수준도 낮은 남자다.

그런 신이치 군이 대타로 나간 인터뷰에서 운명의 여인과 마주친다.

상대 여성인 리카코 씨의 프로필은 아래와 같다.

'도쿄대 이학부 수학과 대학원을 수료하고 동방신탁은행에 입사, 연금신탁 부서에서 2년간 수리계산과 시스템 설계를 담당한 후, 사내 유학으로 미국에서 MBA를 취득해 돌아왔다. 현재는 어학 실력과 국제 감각을 살려 국제영업개발부에서 일하고 있다.

경력으로 본 바로는 성별을 따질 수 없는 인재라는 생각이 들었다. 이과와 문과를 넘나들며 활약하는 기가 막힐 정도로 우수하고 유능한 인재라는 사실이 능히 짐작이 갔다. 게다가 실제로 만나보니 흠잡을 데 없는 완벽한 용모까지 지니고 있었다.'

덧붙이자면, 리카코 씨는 서른세 살, 연수입 800만 엔. 신이치 군은 서른 살, 연수입 200만 엔.

아무리 봐도 어울리지 않는(……이런 발상을 하는 나 자신이 싫지만) 두 사람이 어떻게 결혼했을까.

그런 궁금증을 품었는데, 그때 나는 큰 발견을 했다. 스토리 개요 작성에 참고하려고 다시 한 번 단행본 띠지를 읽어보고 엄청난 사실을 깨달은 것이다.

우선 띠지 문구를 인용한다.

'리카코는 33세의 엘리트 은행원. 재색을 겸비한 그녀가 어느 날 연수입 200만 엔인 오타쿠 풍의 라이터 신이치와 어쩐 일인지 사랑에 빠지는데……. 결혼, 출산, 육아. 소자고령화 시

대의 남녀가 펼쳐 보이는 야단법석 결혼 이야기!'

'잠깐, 이것 보세요'라고 띠지 문구를 쓴 사람에게 딴죽을 걸고 싶어진다.

여기에는 중대한 사실의 오인이 있다. 혹은 자의적인 고쳐 읽기가 있다.

앞부분이다. 이 문장을 평범하게 읽으면, 누가 보더라도 이야기의 주인공은 리카코라고 생각하지 않을까. 그러나 3인칭으로 서술된 이 이야기의 시점은 어디까지나 신이치에게 고정되어 있다. 따라서 주인공은 신이치다. 그렇다면 띠지 문구의 주어도 신이치가 되어야 하므로, 첫 문장을 예로 들면 '신이치는 30세의 오타쿠 풍 라이터. 무슨 일을 시켜도 시원찮았던 그가 어느 날 연수입 800만 엔의 재색을 겸비한 리카코와 어쩐 일인지 사랑에 빠지는데……' 라고 써야 마땅할 것이다.

미리 밝혀두지만, 나는 띠지 문구를 쓴 사람을 탓하는 게 아니다. 아마추어 눈에도 명백하게 드러나는 실수를 왈가왈부할 생각도 없다. 오히려 반대로 이 첫 문장이야말로 결혼이라는 제도를 한눈에 꿰뚫어보고 있다는 느낌을 떨쳐낼 수 없다.

띠지의 문구가 사실을 전도시킨 몇 가지 이유를 추측해보자. 지나치게 뻔한 얘기겠지만, 그렇기 때문에 설득력이 있다. '사랑에 빠지는' 이라는 부분은 그렇다 치더라도, '결혼, 출산, 육아'를 읽으면 '이건 여성 드라마로군' 이라고 결정짓고 경원시하는 남성 독자가 많아질 것이다. 그렇다면 아예 처음부터 여성 독자로 타깃을 좁히는 게 좋다는 〈전술 1〉.

사랑에 빠질 때도 '어쩐 일인지'의 정도가 신이치보다 강한 리카코를 주역으로 하는 게 독자의 흥미를 끌 수 있기 때문이다. 과연 일리 있는 판단이다. 요컨대 의외성의 문제다. '왜 그 사람을 동반자로 선택했나?' 라는 질문은 분명 신이치보다 리카코가 훨씬 많이 받을 테니 타산적으로 따지면 신이치는 분에 넘치는 득을 본 것이며, 구태여 하강 지향을 한 리카코는 손해 보는 길을 선택한 것이다. 따라서 '어쩐 일인지'의 강도의 차이가 바로 〈전술 2〉.

또는 이렇게 생각해볼 수도 있다. 그런 약삭빠른 의도는 없었고, 지극히 자연스럽게 무의식중에 주인공을 바꿔버렸다고.

'어이, 그건 말이 안 되잖아' 라고 따지고 싶은 반면, 그 마음은 충분히 이해가 간다. 결혼 이야기의 주인공은 신이치이긴 하지만, 장면 하나하나를 지배하는 사람은 리카코다.

'여자란 말이지, 일단 해버리면 내 손에 들어오는 법이야' 라는 남의 말을 자기 말처럼 떠들어대며 허풍을 떨었던 신이치는 한 가정의 가장으로서 거드름을 피우기는커녕 리카코에게 농락당하며 하루하루 생활의 주도권을 빼앗길 뿐이다. 다시 말해 아내에게 꽉 잡혀 기를 못 펴고, 끝내는 독자 마음속의 주인공 자리까지 내주고 만다. 이런 부부는 틀림없이 많을 것이며, 남편들이 '이건 아닌데' 라고 한탄하는 소리가 여기저기서 들려오는 듯하다. 자, 그렇다면 남자와 여자는 대체 무엇을 기대하고 결혼하는 걸까 하는 것이 〈전술 3〉.

결혼을 둘러싼 경직된 제도들을 때로는 경쾌하고 통렬하게 비난하고, 때로는 희화적이고 노골적으로 드러내고, 때로는 웃음으로 부드럽게 완화시키면서 이야기를 진행시켜 나간다.

그리고 의도하지 않았더라도 신이치 군 편에 서서 이야기를 읽어나간 독자는 내가 그랬던 것처럼 조마조마, 두근두근, 어쿠쿠…… 제발 부탁이에요, 시노다 세쓰코 씨, 더 이상 신이치 군을 괴롭히지 말아요, 라고 호소하게 된다.

사실 신이치 군은 잘못한 게 없다. 리카코 씨나 장모에게 필사적으로 신경을 쓰고, 하고 싶은 말도 꾹 참으며 '남편'으로 존재하기 위해 열심히 노력한다.

그러나 작가는 무자비하게도 그런 신이치 군에게 이루 말할 수 없는 고난과 고통을 잇달아 부여한다.

한편, 재색을 겸비한 리카코 씨는 지독하게 칠칠치 못하고, 제멋대로고, 히스테릭하다. 악처란 바로 이런 여성을 가리키는 말일 것이다.

상황이 이렇다 보니 나는 독자라는 안온한 입장에 서 있을 수만은 없었다.

나도 모르게 신이치 군의 응원단이 되어버린다.

신이치 군은 상냥하고 착한 녀석이지만, 밀어붙이는 힘이 약하다. 그러다 보니 응원단 입장에서는 안타까움에 이를 갈게 된다. 조마조마, 두근두근, 어쿠쿠…… 남자인 나 자신도 뜨끔한 적이 있는 몇몇 에피소드의 리얼리티에 가슴이 조여들고, 신이치의 스트레스 강도를 내 일처럼 음미해가는 사이, 신이치 군을 향한 공감과 동정이 참을 수 없는 분노로 변해 무심코 중얼거림으로 새어 나온다.

똑 부러지게 말해.

더 이상 우습게 보이지 마.

너, 남자 아냐?

이 책을 다 읽은 분은 이런 나의 중얼거림에 '아, 나도 그랬는데……' 라고 씁쓸한 미소를 지으며 동의할 것이다.

어떤 분은 '시노다 세쓰코 씨는 독자에게서 이런 말이 나오길 기다렸던 거겠죠' 라며 감춰진 내막을 들춰내줄지도 모른다.

그렇다면 나는 시노다 세쓰코 씨가 쳐놓은 덫에 제대로 걸려들고 만 것이다.

이야기 후반부에서 신이치 군은 '나는 이제 한계에 다다랐다'는 말을 불쑥 내뱉는다. 물론 그것은 당사자인 리카코 씨에게 직접 하는 게 아니라 여성 편집자인 아키야마 씨에게 하는 말인데, 그야말로 신이치 군다운 행동이긴 하지만, 어쨌든 똑 부러지게 말을 한다.

'제가 많은 걸 기대하는 것도 아닙니다. 적어도 더러워진 옷은 빨래통에 넣고, 자기 팬티 정도는 자기가 빠는 조심성이 있길 바랄 뿐입니다. 아니, 그것마저 안 된다면 그런 마음가짐과 부끄러움과 감사하는 마음이라도 있어야죠. 아무것도 안 한다고 잔소리한 적도 없습니다. 남자에게, 남편에게 그런 일을 시키는 걸 미안해하는 마음이라도 있다면 저는 참을 수 있습니다.'

바로 그거야!

잘했어, 신이치 군!

참고 참아내다 폭발시킨 최후의 카타르시스——다카쿠라 겐(高倉健, 일본 배우)의 무협영화처럼 신이치 군도 마침내 떨치고 일어선 것이다. 두 주먹을 불끈 쥔 것이다.

　말 한번 잘했다!

　찬성!

　그러나 신이치 군의 건곤일척의 외침은 아키야마 씨에게 사정없이 격파되고 만다. 철저하게 분쇄되어버린다.

　그들이 주고받은 말을 여기에 상술하는 것은 촌스러움의 극치일 것이다.

　그러나 이 부분만은 인용해두고 싶다.

　"전 싸움은 잘 못했습니다. 돈도 없고요. 그렇지만 남자에게 필요한 건 돈이나 힘이 아니라, 자기가 남자라는 자존심이라고 생각합니다."

　"현실적으로는 그것 때문에 당신 스스로가 부자유스러운 거 아닌가요? 그런 의식에서 해방될 때 남자와 여자는 보다 나은 자립적인 관계를 쌓아갈 수 있을 거예요."

　신이치 군의 말에는 일리가 있다.

　그러나 그 말을 받아치는 아키야마 씨의 말에는 훨씬 강력한 일리가 있다.

　신이치 군의 응원단을 자진해서 맡은 나는 아키야마 씨에게 반론할 말이 없었다. 그저 침묵하고 입술을 깨물 뿐이다.

　그러나 지금 그들이 주고받은 대화가 작품 모티브의 절정이라고 한다면, 이 책은 지나치게 교조주의적인 작품으로 빠져버릴 것이다. '결혼에 대해 자기 편할 대로만 생각하는 남자들을 계몽하는 이야기'에 머물러서 풍부한 에피소드까지도 도식적으로 수렴될 수밖에 없다.

　그러나…… 이것은 아무래도 시노다 세쓰코 씨가 설치해놓은 덫인 것 같다.

　시노다 세쓰코 씨는 빈틈없이 딱 떨어지는 하나의 결말을 독자에게 보여준 후, 살살 흔들어대기 시작한다.

　'(신이치는) 내키지 않았다. 이유도 없이 그런 게 싫었다. 아무리 논리적으로 설명해도 그의 의식 깊은 곳에서 부정하는 목소리가 솟구쳐 올랐다.'

　'그러는 사이 방은 깨끗해졌다. 아키야마 덕분에 불과 두 시

간 만에 당장이라도 리카코와 갓난아기와 들어올 수 있는 상태가 되었다.'

머리로는 납득하지만, 그것을 받아들일 수 없는 '생리'가 있다. 그리고 '입을 움직이기 전에 손을 움직이라'는 '행동'의 메시지가 있다.

시노다 세쓰코 씨는 페미니즘이나 남녀 공동참여 사회라는 이론이 아니라, 어디까지나 남자와 여자가 함께 살아가는 현실의 측면에 서 있는 것이다.

바로 그렇기 때문에 작품 안에 삽입된 신이치 군의 육아일기가 살아 숨쉰다. 소설 자체가 생생하게 약동한다.

그리고 도식적인 이론이 아니라, 그야말로 '야단법석'인 현실의 측면에서 묘사한 이야기는 우선 일단락을 짓긴 했지만, 결코 끝나지 않는다.

안이하게 속편을 기대하는 것은 작가나 작품에 대해 예의 없는 행위이다. 물론 그건 잘 알지만, 이 책에는 왠지 5년 후의 신이치 군을 만나보고 싶다!는 요청을 하고 싶어진다.

아마 나는 5년 후의 신이치 군에게도 응원의 함성을 보낼 것이다. 나와 많이 닮은 부분을 발견해내고, 그가 겪어가는 고난에 여전히 조마조마, 두근두근, 어쿠쿠…….

신이치 군의 '생리'가 '남자의 프라이드'라는 자승자박에서 어떻게 해방되어 갈까. 그가 리카코 씨의 남편, 미키짱의 아빠로서 어떤 '행동'을 취하게 될까.

읽어보고 싶다.

신이치 군의 그 다음 여정도 함께하고 싶다.

조금은…… 아니, 상당히 두렵긴 하지만.

역자 후기

이영미

　이 책은 남녀에 대한 통념이나 개념이 어긋남으로써 파생되는 다양한 문제들을 다루고 있다. 주인공이자 화자인 신이치는 대신 나간 인터뷰에서 만난 여성에게 첫눈에 반해 어이없을 정도로 순탄하게 결혼에 성공한다. 그로 인해 주위 사람들에게 부러움과 의혹의 시선을 동시에 받는다. 그도 그럴 것이 아내인 리카코는 명문대를 졸업하고 MBA 과정까지 마친 최고의 엘리트에 탁월한 미모까지 두루 갖춘 완벽한 여자다. 이에 반해 신이치는 수입이 아내의 1/4밖에 안 되는 인기 없는 번역가 겸 자유기고가에, 남들과 변변히 대화도 못 나누는 내성적 성격에다 외모까지 처지는 별 볼일 없는 남자다.

　한마디로 이들은 미녀와 야수를 떠올리게 하는 커플로 아무리 너그럽게 봐주려 해도 도무지 어울리지 않는 묘한 조합이다. 물론 동화에서는 그들의 진정한 사랑이 저주를 풀어 야수가 멋진 왕자로 변신하는 해피엔드가 기다리지만, 이 작품에서 그런 판타지는 기대하지 않는 게 좋다. 오히려 미녀는 마녀로 탈바꿈하고, 해피엔드는 고사하고 오로지 고행의 여정뿐이기 때문이다(물론 이건 어디까지나 남성 우월적 시각에서 볼 때지만).

  그토록 대조적인 두 사람이 별 탈 없이 살아간다면 이야기 자체가 성립하지 않을 테니 이들의 결혼생활의 삐걱거림은 어느 정도 예상된 것이긴 하다. 그러나 그 비극의 정도는 우리의 상상의 범위를 훌쩍 뛰어넘는다. 작가는 결혼과 현실, 임신과 출산, 육아 등 일련의 과정을 경쾌하게 표현해 우울한 현실을 희화화시키고, 리카코는 몬스터로 신이치는 지나치게 아둔한 인물로 묘사함으로써 속도감 있게 술술 읽을 수 있게 한다. 그렇지만 이따금 해도 너무 한다는 생각에 신이치를 동정하는 마음이 드는 것도 어쩔 수 없다.

  사실 작품 속의 신이치는 가사와 육아의 짐을 모두 떠맡은 남성보다 수입이 적은 '평균적 여성'의 모습이다. 그리고 리카코는 수입이 많다는 이유만으로 집안일은 나 몰라라 하고 퇴근하면 바다사자처럼 뒹굴거리는 '평균적 남성'의 모습이다. 적어도 얼마 전까지는 거의 압도적 다수였으며, 현재까지도 주류를 형성하는 남성의 모습인 것이다. 따라서 리카코의 태도는 통념에 따라 여자로 존재해야 하는 저주에 대한 반발이며, 변화를 주도하는 선도자의 능동적인 대처 노력이라 해석할 수도 있다. 다시 말해 리카코를 '몬스터'라고 생각하게 되는 것은 실은 남성 우월적 사고에서 비롯되며, 그 '몬스터'는 적어도 근대 이래로 그러한 불균형적인 발달을 해온 '남자'였음을 증명하는 것이기도 하다.

이쯤 되면 예상을 뒤엎는 암울하고 고단한 결혼생활에 대한 책임이 리카코가 아니라 남성 우월적 사고에 젖은 사회와 그 구성원들에게 있음이 분명해진다. 코믹한 픽션인 만큼 다소 과장되고 극단적인 면은 있지만, 이 작품은 이런 설정을 통해 현대사회의 남녀의 역할, 결혼 제도, 출산, 육아, 맞벌이와 같은 중요한 문제들과 메시지를 전달하고자 한다. 아이를 낳고 기르는 것이 여성의 역할이고, 가정을 지키고 밖에서 일하는 것이 남성의 역할이라는 가치관이 무너져가는 것이 오늘의 현실이라면, 그에 따라 연애와 결혼, 남녀의 가치관도 마땅히 바뀌어야 할 것이다.

따라서 이 작품에 묘사된 내용은 특수한 두 사람의 경우이긴 하나, 남녀 관계의 보편적 문제를 다루는 것이기도 하다. 요컨대 상대에게 무엇을 바라느냐가 아니라 내가 상대에게 무엇을 해줄 수 있느냐를 생각해야 한다는 것이며, 이 작품은 그런 의식을 가지지 않는 한, 남녀는 물론 모든 인간관계가 제대로 굴러갈 수 없다는 사실을 노련한 구상력과 스토리 전개로 묘사해냈다. 그 밖에도 현대사회의 다양한 입장에 처한 등장인물들이 그 나름의 입장과 가치관을 가지고 자신의 생각을 표출함으로써 오늘날 남녀의 사회참여에 따른 다양한 문제들을 다각적인 시각에서 조명한다.

  따라서 이 작품은 독자의 입장이나 가치관에 따라 소설의 재미와 등장인물에 대한 공감도가 달라질 것이며, 좋든 싫든 독자는 어느 한쪽 진영에 편입되어서 지금까지 알아차리지 못했던 자신의 남녀관을 드러내게 될 것이다. 흡사 사상 검열을 당하는 느낌마저 들지도 모르겠다. 현재 자신이 어느 쪽에 서 있든 인간이 사회적 틀에서 완전히 자유로울 수 없는 한, 재정립

되고 변모해가는 일반 통념과 개념의 흐름에서도 자유로울 수 없다. 그러므로 이 같은 간접 체험을 통해서라도 세상의 변화에 적절히 대응할 최소한의 준비는 해두는 게 좋을 것이다. 아니, 이왕이면 기존의 틀을 과감히 깨뜨리는 독창적인 인간으로서 첫발을 내디뎌보는 건 어떨까.

초판 1쇄 인쇄 2008년 10월 13일
초판 1쇄 발행 2008년 10월 23일

지은이 시노다 세쓰꼬
옮긴이 이영미
펴낸이 김연홍

기획·편집 책임 천명애
편 집 김은혜 박애경 김수진
디자인 공경회
영 업 이상만
관 리 오재민

펴낸곳 디오네
출판등록 2004년 3월 18일 제 313-2004-00071호
주소 121-865 서울시 마포구 연남동 224-57
전화 02-334-7147 **팩스** 02-334-2068
주문처 아라크네 02-334-3887

값 12,000원
ISBN 978-89-92449-38-0 03830

잘못된 책은 바꾸어 드립니다.